시조문학 탐구

시조문학 탐구

임종찬

국학자료원

지은이 소개

1945년 경남 산청군 생초면에서 출생
부산대학교 문리대 국어국문학과 졸업
부산대학교 대학원 국어국문학과 석사과정, 박사과정 수료(문학박사)
한국문인협회, 한국시조시인협회, 부산시조시인협회 회원
한국시조학회 회장
『현대시조론』, 『시조문학의 본질』, 『개화기시가의 논리』, 『현대시조 탐색』, 『시조문학 탐구』, 『현대시조의 정서와 방향』 등을 저술
『靑山曲』을 비롯해 7권의 시조집과 1권의 수필집 간행
대만 정치대학 객좌교수 역임
부산시 문화상, 성파시조문학상, 오늘의 시조상 등 수상
현 부산대학교 국어국문학과 교수로 재직 중

책을 내며

나는 국문학의 여러 장르 중에서 시조를 중심으로 연구 활동을 해왔다. 세월이 쌓이니 이런 저런 글들이 모였고 이것을 책으로 엮으니 여러 권이 되었지만 자랑할 만한 책들이 못 된다. 그럼에도 또 책을 내게 되었으니 부끄러움을 감출 수가 없다. 그러나 어쩌랴, 잘 나도 내 자식이고 못 나도 내 자식이니 그대로 팽개쳐 둘 수가 없어 이 책을 내게 된 것이다.

이번 책에는 내가 젊은 시절에 쓴 글도 있고 새롭게 쓴 글도 있다. 예전에 쓴 것은 다소 손을 좀 보았는데 이렇게 정리하다 보니 고시조와 현대시조 연구를 아우른 책이 되었다. 다르게 말하자면 고시조는 현대시조와는 달라도 많이 다르기 때문에 시조학자들 간에, 시조시인 간에도 고시조 따로 현대시조 따로 연구 되어야 한다는 태도를 보이는 경우가 왕왕 있어왔다. 하지만 이런 태도가 바람직하지 못하다는 말을 하고 싶어서 고시조와 현대시조를 아우르는 내용을 담았다.

시조는 우리말이 부여하는 어법적 기반과 한국인의 정서가 융합된 정형시다. 옛 선현들이 시조를 짓고 부르는 일을 열심히 해왔지만 시조는 어떻게 짓는 것인가에 대해서는 특별한 언급을 하지 않았다. 곧, 시조를 노래가사로 그냥 둘 것이 아니라 중국 한시가 그러했듯이 노래를 시로 승격시켜서 정형시의 골간이 되는 창작이치를 연구 개발하여 후대 사람들이 모범으로 삼도록 했어야 했는데 이 점을 소홀히 한 것이다. 옛 사람들은 시란 응당 중국 한시를 시라고 일렀다. 시조가 노래 가사에 불과하다 해도 그 형식적 측면을 정리해서 후대 사람들에게 구체적으로 알려줬어야 옳았다. 이런 일을 소홀히 하다 보니 옛 시조집에 실린 것조차 이게 시조인가 아닌가 아리송하게 되었다('고산의 어부사시사는 시조인가, 소위 엇시조는 어째서 어긋나야하고 그 어긋나는 것이 어느 정도여야 하는가, 아니 엇시조를 인정해야 할 것인가, 사설시조는 형식이 있는 것인가 없는 것인가' 등). 후대인이라도 옛 시조를 정리하고 시조다움은 어떤 것이고 어떤 것은 시조가 아니라고 명확히 정리한 사람이 있어야 했는데 그렇지 못한 것이 현실이다. 이러한 상황에서 제대로 정리되지 않은 옛 시조를 전형으로 삼으려 하니 혼란이 따라올 수밖에 없었다. 이제부터라도 옛 시조를 살펴서 형식의 보편성(음보율 뿐 아니라 의미구조, 통사적 연결형태 등)을 찾고 이것으로 단단한 '시조틀'을 만들어 정형시로서 시조를 정립해야 한다고 본다.

최남선, 이병기, 이은상 등을 비롯한 현대시조의 개척기 시인들은 시조를 올곧게 쓰려고 하였고 그 방면에 나름대로 체계를 가졌던 시인들이었다. 그 뒤를 이어 이호우, 김상옥(그는 후기 시조에 와서는 시조틀을 어기려 들었다), 이영도 등은 시조틀에서 벗어나는 경우가 없었는데 최근에는 시조 형식을 아예 망가뜨리는 가짜 시조시인들이 대거 등장하여 시방 시조단이 '악화가 양화를 구축'하는 꼴이 되어 있다. 참으로 한심한 일이다.

우리 선조들이 만든 김치가 서양 식탁에까지 올랐다. 김치 뿐 아니라 시조도 세계 사람들이 감상하고 짓도록 해야 한다. 일본사람들이 시조보다 잘나 보이지 않는 와카를 영어권에 수출해서 영어로 와카를 짓도록 했듯이 우리도 시조를 세계화해야 한다. 그러자면 일단 시조형식의 단단함을 구축해야 할 것이다. 그래서 나는 시조에 대한 이런 저런 고민을 해왔고 그 고민들이 7권의 책 속에 들어 앉아 있다고 할 수 있다. 이번에 내는 이 책도 고민의 일단을 시조관계자 여러분들에게 보여드리고자 책을 엮었다.

어언 내년이면 정년이다. 그간 시조를 강의하면서 강단에 설 수 있었으므로 한국문학 속에 시조가 있음이 고맙고 고마울 따름이다.

차 례

■ 책을 내면서

Ⅰ. 고시조의 내용과 형식

Ⅱ. 현대시조의 구조와 세계화 방안

Ⅲ. 시조시인의 작품 세계

Ⅰ. 고시조의 내용과 형식

다각적 관점에서 본 시조 형식

Ⅰ. 서론

여태 시조 형식에 관한 이론들이 많았다. 대체로 음수율이냐 음보율이냐를 따지는 일이 중심이 되었는데 이것이 시조 형식인 양 간주되었지만 음수율이든 음보율이든 이것만으로 시조 형식의 전부라 할 수는 없기 때문에 이 논문에서는 시조의 의미형태나 문장 구조의 측면까지를 포함해서 종합적인 시조 형식에 관한 논의를 하려고 한다.

어느 나라 경우든 정형시는 오랜 기간을 거치면서 수정 보완을 하여 정제된 형식을 갖추어 왔다. 여기에 적당한 예로서 중국 한시에 대해 설명하자면 이렇다.

중국 한시의 역사는 2,000년이 넘는다. 시경 시대를 지나 漢에 와서 오언체로 발전하기 시작하여 남북조시대를 거치면서 평측과 압운을 중시하는 풍조가 생겼고 唐代에 와서야 近體詩인 律詩와 絶句로 발전하여 한시의 전성기를 맞이하게 된 것이다.[1]

---

1) 윤 정현 편; 중국역대 명시감상(문음사 2001.2) 서문.

古體詩에서도 五言古詩와 七言古詩가 있었지만 시구 수의 제한을 받지 않았지만 운을 맞춰야 했다. 매 글자마다의 平仄도 따지지 않다가 근체시에 와서는 율시는 8구, 절구는 4구로, 이것도 오언율시와 칠언율시, 오언절구와 칠언절구로 구분하게 되고 글자마다 평측 등 여러 가지 격식에 맞추어 짓도록 하였다. 시문의 의미형태도 근체시의 율시의 경우는 첫째와 둘째 구를 首聯, 셋째와 넷째 구를 함련(頷聯), 다섯째와 여섯째 구를 경련(頸聯), 일곱째 와 여덟째 구를 미련(尾聯 또는 末聯)이라 한다. 절구의 경우도 첫 구를 起, 둘째 구를 承, 셋째 구를 轉, 넷째 구를 結이라 하고 시어의 의미가 이렇게 전개되도록 하고 있다.

시조의 역사를 줄잡아 700여년 된다고 볼 수 있겠는데 그 동안 시조의 창작원리에 대한 이론이 잘 정리 개발되어 있지 않아서 이제부터라도 이 문제를 심도 있게 다루어야 할 판이다. 시조형식이 정리되지 않은 이유는 시조가 노래의 가사로 잘 이용되었지 시로서의 시조를 생각하여 시조형식을 다듬는 일에 소홀하였기 때문이다. 노래가사는 노래가 중심이니까 노래 부르는 것으로 끝나지만 시는 노래보다 詩意와 詩興에 치중하고 그것을 기록으로 남겨 시의와 시흥의 어떠함을 후세에 남기려는 의도이므로 노래와 시는 근본적으로 다른 것이다. 시조를 시의 형태로 잘 보존할 의사가 충분하였다고 한다면 시조 짓는 법을 정리하고 시조형식을 가다듬는 일을 서둘렀을 것이지만 한시를 시라고 우기는 병폐 때문에 시조가 시의 형식으로 등장하기는 어려웠던 것이다.

여태 시조형식이 정리되지 않은 채 700여년을 흘러왔다면 지금이라도 정제된 시조형식을 만들어 정형시의 완전한 형태 만들기를 서둘러야 할 것이다.

시조문학 탐구

Ⅱ. 본론

우선 기존 음보율 또는 음수율에 따른 제 의견을 들어보고 이를 종합평가해 보기로 한다.

1) 趙潤濟說

한 수의 자수 4, 4 혹은 4, 5에 중심을 두고 41자에서 50자 범위 내에 3, 4, 4(3), 4 3, 4, 4(3), 4 3, 5, 4, 3이라는 기준을 가지고 규정의 최단자수에서 최장자수 내에 신축할 것이다.[2]

2) 高晶玉說

3章 45言 내외로 된 典型的인 獨立된 時調[3]

3) 金鍾湜說

45자를 대단위로 하여 그를 다시 내분하여 3장에 나누어 15자를 1장으로 한다. 1장 15자를 다시 나누어 내구를 7자, 외구를 8자로 정하니 내7 외8이 엄격한 자수를 율동구성으로 한 바 그것을 반복하여 3장을 조직한 것이다.[4]

4) 李泰極說

이것은 3章(行) 6句로 총 자수 44자 내외의 구성을 지닌 정형시인데 每句의 자수 기준은 7자 중심이요, 終章(第3行) 첫 구만이 3자 고정과 6자 내외로 된 77. 77. 97조 기준의 고유시인 것이다. 또 이 한 구를 각

---

2) 趙潤濟; 朝鮮詩歌의 研究(乙酉文化社, 1948), p.172
3) 高晶玉; 國語國文學要綱(大學出版社, 1949), p.394
4) 金鍾湜; 時調概論과 作詩法(대동문화사, 1950), p.50

각 2分節로 나누어서 12分節된 34.34. 34.34. 36.43調를 기준으로 한 정형시로 보아도 좋다.⁵⁾

5) 金起東說

시조의 정형은 3章 4音步格 45자 내외로 된 非聯詩로서의 3行詩이다.⁶⁾

6) 鄭炳昱說

시조의 형태를 한마디로 말한다면 3장 45자 내외의 단형적인 정형시라 할 수 있다. 좀 더 세밀히 분석해 보자면 시조는 3행으로써 1연을 이루고 있으며, 각 행은 4보격으로 돼 있고, 이 4보격은 다시 두 개의 숨묶음(breath group)으로 나누어져 그 중간에 사이쉼(caesura)을 넣게 되어 있다. 그리고 각 음보(foot)는 3 또는 4 개의 음절로 구성되는 것이 보통이다.

이제 여기 그 기본형을 도시하면,

　　초장 3 · 4 ∨ 4 · 4 |　　* 3 · 4의 숫자는 음절수
　　중장 3 · 4 ∨ 4 · 4 |　　· 표시는 foot의 구분
　　종장 3 · 5 ∨ 4 · 3 |　　∨ 표시는 caesura의 위치
　　　　　　　　　　　　| 표시는 line의 종결

와 같다. 그러나 이것은 어디까지나 하나의 가상적인 기준형에 지나지 않는 것이고, 절대 불변하는 고정적인 제약을 받는 것이 아님은 우리 말 자체의 성질에서 오는 신축성에서라 할 것이다. 먼저 음수율을 살

5) 李泰極; 時調槪論(새글사, 1956), p.69
6) 金起東; 國文學槪論(정연사, 1969), p.113

　　시조문학 탐구

퍼보면 3·4조 또는 4·4조가 기본 율조로 되어 있다. 그러나 이 기본 율조에 1음절, 또는 2음절 정도의 가감은 무방하다. 그러나 종장은 음수율에 규제를 받아 제1구는 3음절로 고정되며, 종장 제2구는 반드시 5음절 이상이어야 한다. 이 같은 종장의 제약은 시조 형태의 정형과 아울러 평면성을 탈피하는 시적 생동감을 깃들게 한다.[7]

7) 金學成說
(1) 통사 의미론적 연결고리를 이루는 3개의 章(초.중.종장)으로 시상이 완결된다.
(2) 각 장은 4개의 음절 마디(평시조의 경우) 혹은 통사, 의미마디(사설시조의 경우)로 구성된다.
(3) 시상의 전환을 위해 종장의 첫 마디는 3음절로, 둘째 마디는 2어절 이상으로 변화를 준다.[8]

이상 대표적 이론을 소개하였다. 그러나 어느 것이나 대동소이한데 이를 구체적으로 정리한 것이 정병욱설이라 할 수 있다. 정병욱도 밝혔듯이 3이나 4라는 음절 수는 절대적이지 않고 한 음절 또는 두 음절의 가감이 있을 수 있다. 3이나 4음절은 한국어의 가장 보편적인 한 어절이기 때문에 한국시가에서 가장 많은 빈도를 차지하고 있다. 그리고 정병욱설만으로는 시조형식을 다 정리하였다고 할 수 없다. 즉 다음에 대해서도 설명이 더 있어야 하는 것이다.

---

7) 鄭炳昱; 한국고전시가론(신구문화사 1985), pp.178~179
8) 金學成; 시조의 정체성과 현대적 계승(時調學論叢 제 17집 2001, p.57)

1) 3 · 4에 있어

3이 1음절 감소되어 2가 될 수는 있어도 3음절에서 2음절이 감소되어 1음절로서 1 · 4가 될 수는 없다. 3이 1음절을 더하여 4는 될 수 있어도 2음절을 더하여 5가 되는 경우는 드물다. 그리고 3 · 4라 할 때 4가 1음절을 더하여 5가 되는 경우는 가끔 있지만 2음절을 더하여 6이 되는 경우는 거의 없다. 반대로 4가 3이 되는 경우는 있어도 2가 되는 경우는 없다.

2) 3 · 5에 있어

3은 거의 3으로 고정되고 5는 5 미만의 경우는 거의 없고 길어도 6이고 현대시조에 와서 7이 나타나는 수가 있지만 7이면 호흡이 너무 빨라져 자연스럽지는 못하다.

3) 종장 끝 4 · 3에 있어

4가 3으로 또는, 극히 드문 예지만 현대시조에서는 5가 보이기도 한다. 4 · 3에서 3은 4로는 될 수 있어도 2 또는 5로는 될 수 없는 것이다. 이것을 다시 정리해서 표로 보이면 다음과 같다.

초장 $3(2 - 4) \leqq 4(3 - 5)$ V $3(4 - 5) \leqq 4(3 - 5)$
중장 $3(2 - 4) \leqq 4(3 - 5)$ V $3(4 - 5) \leqq 4(3 - 5)$
종장 $3(고정)$ < $5(6 - 7)$ V $4(3 - 5) \geqq 3(4)$

V를 경계로 하여 각 장은 둘로 나누어지는데 이를 句라고 하여 각 장은 2句로 되어 총 6구가 된다. 각 구는 두 개의 음보로 나누고 각 음보는 3이나 4음절로 되지만 종장 제2음보만이 5음절이 기준이다. 각

구를 단위로 한 음절 수는 초장 7 · 8, 중장 7 · 8, 종장 8 · 7이 되고 여기서 약간의 변동이 가능한 것이다. 여기서 보듯이 앞 구가 뒷구보다 적지 않은데 종장에서만은 뒷구가 적게 되어 있다. 3이니 4라는 이 음절단위를 音步라 하는데 각 구는 2음보로 되어 있고 앞 음보에 내재한 음절 수가 뒤 음보에 내재한 음절 수에 비해 같을 수는 있어도 많을 수는 없다. 그러나 종장 뒷구 즉 4 · 3에서는 앞 음보가 뒤 음보보다 음절 수가 많은 것이 원칙이지만 적어서는 안 된다. 대부분의 고시조에서는 이 같은 형식을 잘 지키고 있는 편이지만 현대시조에서는 이런 형식에서 벗어난 작품들이 더러 있다. 물론 이것은 형식의 파괴라고 할 수 있다. 그런데 이와 같이 자수나 음보로서 시조의 형식을 말한다 해도 부족함이 생긴다. 각 3장은 어떤 의미구조로 되어 있는가 하는 점이 설명되어야 하기 때문이다.

시조는 어떤 문장구조로 의미화 하고 있는지에 대해 알아볼 차례다.

시조는 하나의 완결된 형식구조를 요구하는 정형시라고 할 때 시조 속에는 시조답게 만드는 장치가 내재하게 되고 이 내재된 장치가 형식미를 유발하게 되어 정형시로서의 완성에 이르게 된다. 고시조를 읽어 보면 다음 몇 가지를 확인할 수 있다.

첫째, 각 장은 수식어를 극도로 배제하여 논리 전개를 명확하게 하고 있음을 확인하게 된다. 서양의 고대 수사학에서 제일 먼저 요구되는 것은 배치(disposition)의 개념이었다. 이것은 사고의 배치를 의미하는데 사고의 내용을 논리적으로 정렬하게 하는 것을 말한다.[9] 고시조는 시의 형식을 취하지만 언어로서 논리 정연한 문장이었다. 사고의 배치가 안정되고 전달 내용이 정제되어서 의미의 혼란을 야기시키지 않았다. 다시 말해 사고의 내용을 논리적으로 정렬함에 있어 이것을

---

9) 고영근; 텍스트 이론(아르케, 1999), p.30

방해하는 수식어는 불필요함을 고대 수사학에서는 누누이 강조하여
왔던 것인데 고시조에서도 이 점이 분명히 나타나고 있는 것이다.

1) 이 몸이 죽어죽어 一百番 고쳐죽어
   白骨이 塵土되여 넉시라도 잇고 업고
   님 向한 一片丹心이야 가실 줄이 이시랴

                                    二數大葉 鄭夢周(瓶歌 52)

2) 이런들 엇더ᄒ며 저런들 엇더ᄒ리
   萬壽山 드렁츩이 얼거진들 긔 엇더ᄒ리
   우리도 이ᄀᆞᆺ치 얼거져 百年ᄭᅵ지 누리이라

                                    三數大葉 太宗御製(瓶歌 797)

3) 白雪이 ᄌᆞᄌᆞ진 골에 구룸이 머흐레라
   반가온 梅花ᄂᆞᆫ 어ᄂᆡ 곳이 퓌엿ᄂᆞᆫ고
   夕陽의 호을노 셔셔 갈 곳 몰나 ᄒ노라

                                    二數大葉 李穡(瓶歌 51)

4) 梨花에 月白ᄒ고 銀漢이 三更인직
   一枝春心을 子規야 알냐마ᄂᆞᆫ
   多情도 病인양ᄒ여 ᄌᆞᆷ 못 일워 ᄒ노라

                                    李兆年(瓶歌 50)

   왜 이렇게 시조는 논리 정연한 문장으로 이룩되었는가. 이것은 성리
학과 무관하지 않다고 본다. 시조가 고려 말에 발생하였다는 설은 정
설로 굳어진 듯하고, 현전하는 작품들이 이를 증명하고 있다.10) 그리
─────────────
10) 발생기의 작품들은 구전으로 전해오다가 훈민정음 창제를 기다려 문자화하였다고
    볼 수 있다. 이것이 가능한 이유는 고시조 자체가 구전을 가능하게 하는 장치를 내재

고 시조를 발생시킨 신흥사대부들은 대부분 성리학을 신봉하였다. 고려 말 신흥사대부들이 성리학을 국가 경영의 근간으로 삼고자 한 것은 사원의 폐해와 승려의 비행에 대한 불만에 그치지 않고 불교로 인하여 滅倫과 害國性이 심각하다고 보고 사회윤리를 강화함과 동시에 禮治와 德治에 의한 왕도정치로서의 혁신이 불가피하다는 인식과 함께 대의명분, 의리로 일컬어지는 성리학의 규범을 실현시킴으로써 안정적 국가기반 확립을 꾀하고자 하였던 것이다.[11] 그들은 훗날 사화나 당쟁에서 볼 수 있었듯이 대단한 열성으로 목숨을 건 정치적 투쟁을 벌였고, 그들이 치른 희생만큼 실제적 보상이 거의 없었으면서도 명예를 위한 투쟁이면서 자기 삶의 역사화에 치중하였던 것이다.[12]

불교는 성리학적 입장에서 본다면 상당히 추상적이다. 그들은 불교가 증명되지 않는 來世觀으로 현실생활을 규제하려는 것도 불만이었지만 개념을 극단화시키지 않음으로써 포괄적 사유세계를 획득한다고는 하나 이 또한 명쾌한 논거, 적확한 근거 확보가 안 된다고 보았다. 그들은 현실의 삶을 중시하고 삶에 대한 가치를 大義로 삼아 禮와 德으로서의 기강을 확립하고자 하였으므로 성리학적 진실을 명증시키기 위해 적확한 논리 근거를 확보하려고 하였다.

성리학을 신봉한 정몽주는 1)로서 자기 신원을 분명히 밝히고 있다면 이후 왕이 된 이방원은 삶의 극단화를 경계하는 2)를 남긴 것이다. 1)이 不事二君의 성리학적 논거라면 2)는 色卽是空 空卽是色이라는 불교적 논거다.(사실 그는 불교를 아주 미워한 사람이다.)

시는 언어의 효용성을 극대화하기 위해 노력한다. 그러므로 시적 대

하고 있기 때문이다. (졸저, 古時調의 本質, 國學資料院, 1993, pp.37~82 참조)
11) 조명기 외; 한국 사상의 심층 연구(우석, 1986), p.191
12) 최봉영; 조선시대 유교 문화(사계절, 1999), p.148

상에 대한 언술은 상세하고 세밀한 표현은 극도로 제약하면서 상징이나 은유의 수법으로 意義를 강화시킨다. 정서 전달을 위한 정보성의 강화를 위해 때로는 비예측적 언어를 동원하기도 하고 포괄적 언어를 활용하기도 하면서 시적 대상의 단순한 의미 부여를 초월한다.

시이긴 해도 정형시인 시조, 특히 고시조에 있어서는 이러한 현대시의 언어와는 상당히 다름을 앞서 작품들에서 확인하였다. 고시조의 언어가 1)처럼 직선적 논리표현으로 직진하거나 2), 3), 4)처럼 우회적이긴 해도 의미가 복합적으로 전개되지 않는 이유는 무엇일까.

비록 1), 2), 3), 4)가 아니라 해도 해석이 모호한 경우나 의미를 전달하고자 하는 바가 불투명한 고시조는 존재하지 않았다. 사대부들은 左아니면 右였지, 左도 右도 아닌 중도의 길은 스스로 막고 살았다. 그래서 그들은 현상과 본질을 하나로 인식하였고 자기 신념은 늘 행동으로 外化되었다. 그렇기 때문에 그들이 남긴 글 속에는 이럴 수도 저럴 수도 있는 해석의 여지는 봉쇄되고 있음을 쉽게 발견하게 된다. 그래서 고시조에 나타난 문장의 특징은 이렇게 정리될 수 있다.

고시조는 정치적 긴장을 해소하기 위한 餘技였다. 다르게 말하면 정치적 논의의 완곡한 外道로써 활용되었다. 그러나 작가 자신의 신원을 감추려고 하지 않았던 솔직한 문학이었다.

둘째, 고시조는 의미와 의미의 연결을 확실히 하여 텍스트로서 단단히 결속되어 있음을 확인하게 된다. 1), 2), 3), 4)에도 그러하지만 고시조에서는 장과 장 사이에 접속어가 생략되어 있는데 이를 보완하면 다음과 같다.

①이 몸이 죽어죽어 一百番 고쳐죽어 (그래서) 白骨이 塵土되여 넉시라도 잇고 업고 (그러나) 님 向한 一片丹心이야 가싈 줄이 이시랴.

시조문학 탐구

②이런들 엇더ᄒ며 저런들 엇더ᄒ리 (예를 들면) 萬壽山 드렁츩이 얼거진들 긔 엇더ᄒ리 (그러니) 우리도 이ᄀᆺ치 얼거져 百年ᄭ지 누리이라.

③白雪이 ᄌᄌ진 골에 구룸이 머흐레라 (그러니) 반가온 梅花ᄂ 어닉 곳이 뛰엿ᄂ고 (그래서) 夕陽의 호을노 셔셔 갈 곳 몰나 ᄒ노라.[13]

④梨花에 月白ᄒ고 銀漢이 三更인지 (아마도) 一枝春心을 子規야 알냐마ᄂ (그러나) 多情도 病인양ᄒ여 ᄌᆷ 못 일워 ᄒ노라

접속어의 생략은 시조의 형식 때문에 강제된 것이기도 하지만 시조가 아니라 하더라도 시에서나 특히 정형시에 있어서는 접속어 생략(asyndeton)은 언어 절약의 수단이면서 절제미(temperance)를 위해서 과감히 차용되는 수법이다. 어쨌든 앞 장의 정보를 뒷장의 정보로 확실히 연결시키는 연결장치가 ①, ②, ③, ④에는 존재하고 있다.

문법적 요소를 동원하여 텍스트 표층 간의 의미를 연결시키는 장치를 응결성(cohesion)이라 하고, 텍스트의 개념적(의미적) 연결성을 통해 앞과 뒤를 연결하는 것을 응집성(coherence)이라고 할 때[14] ①, ②, ③은 접속어로서의 응결성이 확보된 것이라고 한다면 ④는 응결성도 있지만 응집성이 등장하고 있는 경우다. ④는 초장 다음에 '子規가 울고 있다'가 생략되었다. 이 정보가 '子規야 알랴마ᄂ'(자규가 알고 울까마는)이란 말 안에 포함되어 있어서 의미상으로 연결되기 때문에 응집성이 존재하고 있다고 볼 수 있는 것이다. 비단 위에 예를 든 작품들뿐 아니라 고시조는 어느 것이나 장과 장 사이에는 연결성(응결성, 응집성)이 확실하게 존재하고 있어 의미의 맥락이 정돈되고 마무리 된다.

---

13) 이 시조가 의미하는 바는 이렇다고 생각한다. "백설이 자욱하고 또 구름마저 거칠어서 눈이 내릴 것 같다. 그러니 이런 악천후 속에서 반가운 매화가 어느 골엔들 피어 있겠는가. 그래서 때마저 석양이고 기후조차 악천후이고 거기다 홀로 서 있어 갈 곳을 모르겠다."

14) 고영근, 앞의 책, pp.137~141

셋째, 종장의 앞에는 접속부사가 한정적으로 놓인다는 점이다. 앞 예의 작품에서 보았듯이 여기에는 '그래서', '그런데'가 놓여야 종장이 말하는 의미의 마무리가 확보하게 된다. '그래서', '그런데'와는 의미상 약간의 편차를 보이는 말로 '그러나', '그러므로', '그러면', '그러니' 등도 있지만 이것들의 대표는 '그래서', '그런데'라고 정리할 수 있다.[15]

표준국어대사전에서는 이들 접속부사들의 의미기능을 다음과 같이 제시하고 있다.

ㄱ. 그러니[16]: 「1」 앞말이 뒷말의 원인이나 근거, 전제 따위가 됨을 나타
　　　　　　내는 연결 어미.
　　　　　「2」 어떤 사실을 먼저 진술하고 이와 관련된 다른 사실을
　　　　　　이어서 설명할 때 쓰는 연결어미.
ㄴ. 그러나 : 앞의 내용과 뒤의 내용이 상반될 때 쓰는 접속 부사.
ㄷ. 그런데 : 「1」 화제를 앞의 내용과 관련시키면서 다른 방향으로 이끌
　　　　　　어 나갈 때 쓰는 접속 부사.
　　　　　「2」 앞의 내용과 상반된 내용을 이끌 때 쓰는 접속 부사.
ㄹ. 그래서 : 앞의 내용이 뒤의 내용의 원인이나 근거, 조건 따위가 될 때
　　　　　　쓰는 접속 부사.
ㅁ. 그러면 : 「1」 앞의 내용이 뒤의 내용의 조건이 될 때 쓰는 접속 부사.
　　　　　「2」 앞의 내용을 받아들이거나 그것을 전제로 새로운 주장
　　　　　　을 할 때 쓰는 접속 부사
ㅂ. 그러므로 : 앞의 내용이 뒤의 내용의 이유나 원인, 근거가 될 때 쓰는
　　　　　　접속 부사.

---

15) 임종찬, 접속 관계에서 본 시조 연구(한국문학논총 제49집) 참조.
16) '그러니' 또는 '그러하니'로는 사전에 등재되지 않았으나, 기본형인 '그렇다(그러하다)'에 어미 '-니'가 결합된 것으로 보아 '-니'의 의미를 제시하였다.

이런 접속부사는 앞 말과 뒷말과의 차이 또는 이유나 원인을 나타내는 말이다. 시조 종장은 시적 논의의 결론적 또는 단정적 의미를 나타내는 곳이므로 이런 부사가 와야 한다. 앞서 포은 시조 등 고려 말 시조들에는 이 같은 시조로서의 의미맺음이 어떠해야 함을 명시한다는 의미에서도 시사하는 바가 크다. 물론 후대에 와서는 이 같은 종장의 의미 맺음을 소홀히 한 작품도 있다. 현대시조에 와서는 아주 혼란스러울 정도이다. 이런 의미에서 시조 원형의 자질을 고려 말 포은 등의 시조에서 살필 수 있다.

넷째, 고시조의 각 章은 다음 4가지 형태로 짜여 있어서 안정된 기반을 갖추고 있음을 확인하게 된다. 일반적으로 정형시는 시행이 통사적 제약을 받는 경우가 많다. 漢詩의 七言詩의 경우는 의미맥락이 4와 3으로 나누어지는 것과 마찬가지로 고시조는 다음과 같이 짜여지고 있음을 알 수 있다.[17]

ㄱ) 주어구 + 서술어구
ㄴ) 전절 + 후절
ㄷ) 위치어 + 文
ㄹ) 목적어구 + 서술어구

이렇게 짜여 있기 때문에 시조를 일러 3장 6구라고 한다. 이것은 시조가 정형시임을 입증하는 요소가 되기도 한다.

이상에서 살펴보았듯이 시조는 정 몽주 시조를 비롯해 발생기적 시조에서부터 시조로서의 텍스트 속성의 일부인 첫째, 둘째, 셋째 경우를 확보해가면서 계속 창작되어 왔음을 알 수 있었다.[18]

---

17) 이 점에 대해서는 졸고 '現代時調 作品을 통해 본 創作 上의 문제점 연구'(時調學論叢 12輯, 1996, 時調學會) 참조.

Ⅲ. 결론

이상에서 밝힌 바를 요약 정리하면 다음과 같다.

첫째, 여태 일반적으로 말해온 음수율은 아래와 같고 각 숫자는 음보율에서는 음보 단위가 되고 있다.

초장 $3(2 - 4) \leq 4(3 - 5) \lor 3(4 - 5) \leq 4(3 - 5)$
중장 $3(2 - 4) \leq 4(3 - 5) \lor 3(4 - 5) \leq 4(3 - 5)$
종장 $3(고정) < 5(6 - 7) \lor 4(3 - 5) \geq 3(4)$

이 표는 정병욱설에서 빠진 부분을 기워 넣은 형식이라 할 수 있다.

둘째, 문장구조의 측면에서 시조 형식을 살펴본 결과는 다음과 같이 설명된다.

1) 각 장은 수식어를 극도로 배제하여 논리 전개를 명확하게 하고 있음을 확인하게 된다. 서양의 고대 수사학에서 제일 먼저 요구되는 것은 배치(disposition)의 개념이었다. 이것은 사고의 배치를 의미하는데 사고의 내용을 논리적으로 정렬하게 하는 것을 말한다. 고시조는 시의 형식을 취하지만 언어로서 논리 정연한 문장이었다. 사고의 배치가 안정되고 전달내용이 정제되어서 의미의 혼란을 야기시키지 않았다. 다시 말해 사고의 내용을 논리적으로 정렬함에 있어 이것을 방해하는 수식어는 불필요함을 고대 수사학에서는 누우이 강조하여 왔던 것인데 고시조에서도 이 점이 분명히 나타나고 있는 것이다.

2) 고시조는 의미와 의미의 연결을 확실히 하여 텍스트로서 단단히 결속되어 있음을 확인하게 된다. 즉 고시조는 어느 것이나 장과 장 사

---

18) 고시조 중에는 이를 위반하는 작품들도 있다. 이는 고시조의 텍스트성에서 벗어난 파격이라 봐야 한다.

이에는 연결성(응결성, 응집성)이 확실하게 존재하고 있어 의미의 맥락이 정돈되고 마무리 된다.

　3) 비록 종장의 앞에는 '그래서', '그런데'라는 접속부사가 생략되어 있지만 의미상 이런 단어가 한정적으로 놓인다는 점이다. 종장은 시적 의미를 마무리하는 곳이다. 그렇기 때문에 '그래서', '그런데'가 종장 앞에 놓이게 된다.

　4) 시조의 각 章의 문장은 다음 4가지 형태로 짜여 있어서 안정된 기반을 갖추고 있음을 확인하게 된다. 일반적으로 정형시는 시행이 통사적 제약을 받는 경우가 많다. 漢詩의 七言詩의 경우는 의미맥락이 4와 3으로 나누어지는 것과 마찬가지로 고시조는 다음과 같이 짜여지고 있음을 알 수 있다.

　　ㄱ) 주어구 + 서술어구
　　ㄴ) 전절 + 후절
　　ㄷ) 위치어 + 文
　　ㄹ) 목적어구 + 서술어구

　이렇게 짜여 있기 때문에 시조를 일러 3장 6구라고 한다. 이것은 시조가 정형시임을 입증하는 요소가 되기도 한다.

　이와 같이 볼 때, 시조형식을 음수율, 또는 음보율로 설명한다 해도 음수율을 가미한 음보율로써 설명되어야 하겠고, 문장구조상의 형식을 가미해야만 보다 충실한 시조형식을 설명하게 된다고 할 수 있겠다.

접속 관계에서 본 시조 연구

Ⅰ. 서론

시조는 초장·중장·종장이 긴밀한 관계를 형성하여 하나의 의미 있는 텍스트를 이루는 것으로 볼 수 있다. 이것은 시조의 각 장이 서로 어떻게 연결되는지에 따라서 시조라는 전체 텍스트의 의미를 좌우한다고 하겠다. 이러한 각 장들의 연결은 각 장 사이에 있는 연결 기제에 의한 것이다. 그러므로 이들이 연결되어 있는 양상을 살피는 것은 시조의 전체 의미 파악에 있어서 필수적인 것이라 할 것이다. 시조가 정형시라고 한다면 그 정형의 의미를 의미 연결 형태에서도 찾지 않으면 안 된다고 본다.

본 연구의 목적은 정형시인 시조의 각 장 사이에 어떠한 연결 기제들이 있는지를 살피고, 그것이 시조의 전체적인 의미 형성에 어떻게 관여하는지를 고찰하는 데 있다. 또한 이러한 연결 기제들의 의미 기능을 통하여 시조의 전형적인 연결 양상을 살피고, 시조의 의미적 완결성을 고찰하고자 한다. 이를 통하여 시조의 전통을 현대에 되살리기 위해서 현대시조를 창작함에 있어서 어떤 의미적 연결을 통하여 시조의 형식적·내용적 완결을 이루어야 하는지에 대하여 시사점을 찾고자 한다.

중국 한시의 역사는 2,000년이 넘는다. 시경 시대를 지나 漢에 와서 오언체로 발전하기 시작하여 남북조 시대를 거치면서 평측과 압운을 중시하는 풍조가 생겼고, 唐代에 와서야 近體詩인 律詩와 絶句로 발전하여 한시의 전성기를 맞이하게 된 것이다.[1] 그 뿐 아니라 기승전결이라는 의미단락을 두어 이것끼리 조화롭게 연결되어야만 한시형태가 되도록 만들었다.

시조도 일찍부터 시조의 형식 논리를 다듬어서 정형시로서 모자람이 없도록 노력하여 왔다고 한다면 시조의 활성화는 물론 세계 문학 시장에 당당히 수출되었을 것이지만 그렇지 못하였고 아직도 시조의 창작 원리는 물론이고 형식 논리조차 제대로 연구된 결과가 흔하지 않아서 시조시인 사이에서조차도 시조 형식 그 자체를 불안정하게 인식하고 있는 실정이다.

이 논문은 시조의 의미 연결 방식, 특히 어떤 연결어를 활용하여 시조의 각 장이 유기적으로 결합하고 있는가 하는 점에 초점을 두고 살핀 것이다.

Ⅱ. 중장과 종장의 접속 관계 양상

여기에서는 시조의 각 장에서 나타날 수 있는 접속 관계를 나타내는 접속 부사의 의미 기능에 대하여 살펴보기로 한다. 물론 시조 작품들

---

1) 윤정현 편(2001), 서문 참조.

에서는 각 장의 연결 기제가 접속 부사의 형태로 제시되기보다는, 주로 접속 어미의 형태로 실현되거나 문장의 형태로 실현되는 경우가 대부분이다. 각 장이 문장의 종결형으로 끝나는 경우에는 그 연결의 양상을 문맥으로 파악할 수밖에 없다. 하지만 이러한 문맥적인 연결의 양상도 결국은 접속 어미나 접속 부사의 의미 기능으로 살펴볼 수밖에 없을 것이다. 이러한 점에서 각 장의 접속 관계를 접속 부사 또는 접속 어미의 의미 기능을 중심으로 살펴보려 하는 것이다.

먼저 조사 대상으로 삼은 정형시조에서는 '그리고, 그래서, 그런데, 그러면, 그러므로' 등과 같은 접속부사들을 각 장들 사이에 상정할 수 있었다. 따라서 여기에서는 먼저 접속부사들이 나타내는 의미 기능을 간단하게 제시하고, 그 의미적인 연결 방식의 구체적인 양상에 대해서 다루고자 한다.

먼저 『표준국어대사전』에 제시된 이들 접속 부사의 의미 기능을 제시하면 다음과 같다.

ㄱ. 그리고 : 단어, 구, 절, 문장 따위를 병렬적으로 연결할 때 쓰는 접속
　　　　　　부사.
ㄴ. 그래서[2]: 앞의 내용이 뒤의 내용의 원인이나 근거, 조건 따위가 될 때

---

2) 여기에는 '그러니'도 포함시켰다. '그러니' 또는 '그러하니'로는 『표준국어대사전』
에는 등재되지 않았다. 즉, 기본형인 '그렇다(그러하다)'에 어미 '-니'가 결합된 것
으로 보아, 형용사의 활용형으로 보고 있다. 그런데 다른 사전에서는 '그러니'를 접
속부사로 보는 경우도 있다. 표준국어대사전에 제시된 '그러하다'의 뜻은 ① 앞말
이 뒷말의 원인이나 근거, 전제 따위가 됨, ② 어떤 사실을 먼저 진술하고 이와 관련
된 다른 사실을 이어서 설명하는 의미로 제시되어 있다. 물론 쓰임에 따라 '그러니'
로 써야 할 경우 '그래서'로 써야 할 경우가 있다. 예를 들면 "① 듣기 싫다. 그러니
그만해라, ② 듣기 싫었다. 그래서 그만해라 했다."와 같이 '그래서'의 후행문은 명
령이나 제안문이 올 수가 없고 그렇지 않은 경우에는 '그래서'와 '그러니'가 함께
쓰일 수가 있다. 환경적인 경우에 따라 '그래서'와 '그러니'가 같게도 또는 다르게
도 쓰인다고 본다. 장기열, 「국어 접속부사의 특성과 그 기능」, 『福祉行政硏究』 제

쓰는 접속 부사.

ㄷ. 그런데[3] : 「1」 화제를 앞의 내용과 관련시키면서 다른 방향으로 이끌어 나갈 때 쓰는 접속 부사.

「2」 앞의 내용과 상반된 내용을 이끌 때 쓰는 접속 부사.

ㄹ. 그러면 : 「1」 앞의 내용이 뒤의 내용의 조건이 될 때 쓰는 접속 부사.

「2」 앞의 내용을 받아들이거나 그것을 전제로 새로운 주장을 할 때 쓰는 접속 부사.

ㅁ. 그러므로 : 앞의 내용이 뒤의 내용의 이유나 원인, 근거가 될 때 쓰는 접속 부사.

그러나 위 접속부사에 제시된 의미 기능은 기본적인 의미로 제시된 것이지, 모든 경우를 망라할 수 있는 것은 아니다. 또한 실제 시조 작품들에서는 접속부사가 실현되기보다는 연결 어미에 의해서 드러나는 경우가 많으며, 연결 어미가 실현되지 않고 문맥에 따라서 그 접속 관계가 드러나는 경우가 많다. 이것은 상황이나 문맥에 따라서 이들의 의미가 달라질 수 있다는 것을 의미한다. 그러므로 각각의 시조 작품들 속에서 나타나는 초장과 중장의 관계, 중장과 종장의 관계, 초·중장과 종장의 관계, 초·중·종장의 관계 속에서 이들 접속 관계의 의미를 파악해야 정확한 의미 파악이 가능할 것이다. 하지만 의미적인

19집, 2003, 참조.

3) 본고에서는 '그런데'의 의미 영역이 '그러나'의 의미 영역까지 포괄한다는 점에서 '그러나'를 '그런데'에 포함시켰다. '그런데'와 '그러나'도 환경에 따라 달리 쓰일 때가 있을 것이다. 이를테면 앞 문장에 대한 국면의 전환을 위해서는 '그러나'가 '그런데'와 함께 쓰이지만, 앞 문장과 후행 문장과의 대립·대조의 경우에는 '그런데'보다는 '그러나'가 자연스럽다. 하지만 반대로 다음과 같은 경우가 있다. "① 비가 왔다. 그런데 땅이 젖지 않았다. ② 비가 왔다. 그러나 땅이 젖지 않았다."라는 문장이 있다 하자. 이 ②의 경우 '그러나'는 '그런데'에 대용어로 쓰였다고 보는 것이 타당하다. 왜냐하면 ①의 '그런데'는 '그런데도 불구하고'의 '그런데'이고, ②의 '그러나'는 '그런데'를 대신한 대용어로 보이기 때문이다. 이 점 어학자들의 자문을 얻고 싶다.

연결 관계에서 볼 때, 초장과 중장이 어떠한 관계에 있다 하더라도 아직은 완결된 내용을 나타내지 못하기 때문에 초·중장과 종장과의 의미 연결 관계를 중심으로 살펴볼 것이다. 이것은 한 편의 시조가 완전한 의미를 나타내기 위해서는 종장에서 그 내용이 완결되어야 한다고 보기 때문이다.

이러한 관점에서 본 연구에서는 초장과 중장이 종장에서의 의미 마감을 위해 어떠한 양상으로 존재하는가를, 초장과 중장이 '그래서'라는 접속부사로 종장과 연결되는 유형을 '그래서'型, '그런데'라는 접속부사로 연결되는 유형을 '그런데'型으로 나누어 살펴본다.

1. '그래서'型

'그래서'형은 초·중장과 종장이 사건의 시간적 선후 관계 또는 인과적 관계로 연결되는 경우에 해당한다. 이 경우 초장과 중장은 '그리고, 왜냐하면, 그러면, 그런데' 등으로 연결되어 다시 종장과의 연결 관계를 나타내었다.

1) 그리고 + 그래서

여기에서는 초장과 중장이 '그리고'로 접속되고, 이것이 다시 종장과 '그래서'로 연결되는 경우를 살펴본다.

(1)

ㄱ. 萬壽山 萬壽峯에 萬壽井이 잇더이다
   그 물로 비진 술을 萬年酒라 ㅎ더이다
   진실노 이 盞 곳 잡으시면 萬壽無疆ㅎ오리다

<大東 315>

ㄴ. 이런들 엇더ᄒ며 저런들 엇더ᄒ리
   萬壽山 드렁츩이 얼거진들 긔 엇더ᄒ리
   우리도 이ᄀᆺ치 얼거져 百年ᄭᅵ지 누리이라[4)]

                                    <太宗, 瓶歌 797>

ㄷ. 가마괴 눈비마자 희는듯 검노민라
   夜光明月이 밤인들 어두오랴
   님 向ᄒᆫ 一片丹心잇ᄯᆫ 變ᄒᆯ 쑬이 이시랴

                                    <朴彭年, 海一 25>

먼저 이 작품들은 모두 각 장이 하나의 문장으로 끝나 있다. 그런데
표면적으로는 접속 관계를 나타내는 표지가 없지만 문맥을 통하여 앞
과 뒤 문장의 의미를 통해 접속 관계를 파악하는 것이 충분히 가능하
다.

  (1)의 작품들은 모두 초장과 중장 사이에 '그리고'라는 접속 부사를
상정할 수 있다. 하지만 이들이 모두 같은 의미 기능을 나타내지는 않
는 것으로 보인다. 즉, (1) ㄱ에서는 '나열'이 중심 의미로 나타나고, 동
시에 첨가의 의미도 드러나는데, (1) ㄴ에서는 '첨가'가 중심 의미로
나타나면서 나열의 의미가 나타난다. 한편 (1) ㄷ에서는 까마귀가 아
무리 흰 눈을 맞아도 검은 것처럼, 밤에 비치는 달 또한 밝다는 의미를
나타내면서 '강조'의 의미가 드러난다.

  (2)
  목 붉은 山上雉와 홰에 안즌 松骨이와
  집 압 논 푸살미 고기 엿는 白鷺ㅣ로다

_____

4) 이 작품은 '그리고 +그래서' 또는 '예를 들면 +그래서'로도 볼 수 있을 것이다.

草堂에 너희 아니면 날 보닉기 어려워라

(2)는 초장과 중장이 하나의 문장으로 되어 있는데, '山上雉', '松骨이', '白鷺'라는 단어들의 대등 접속으로 이루어진다. 따라서 문장의 접속이 아니라 단어의 접속이라는 점에서 다른 작품들과는 구별된다. 다시 말해 章으로서의 한 의미 형태를 완성하지 못하고 다음 章과의 연계 하에 한 의미 형태를 완성하고 있으므로 시조로서의 파격인 셈이다.

(3)

ㄱ. 삿갓셰 되롱의 입고 細雨中에 호믜 메고
　　山田을 훗믹다가 綠陰에 누어시니
　　牧童이 牛羊을 모라다가 줌든 날을 씩와다

<金宏弼, 甁歌 72>

ㄴ. 千萬里 머나먼 길희 고은님 여희옵고
　　닉 ㅁ음 둘틱 업셔 냇ㄱ의 안자시니
　　져 물도 닉 은 곳ㅎ여 우러 밤길 녜놋다

<王邦衍, 甁歌 59>

ㄷ. 瑤空애 둘 붉거늘 一長琴을 빗기 안고
　　欄干을 디혀 안자 古陽春을 틋온 말이
　　엇더타 님 향혼 시름이 曲調마다 나ᄂ니

<張經世, 沙村集>

ㄹ. 활지어 팔에 걸고 칼 ㄱ라 엽히 추고

鐵甕城邊에 笛箇 베고 누어시니

보완다 보와라 소리에 좀 못드러 ㅎ노라

<林晋, 瓶歌 511>

ㅁ. 늬히 됴타 ㅎ고 남 슬흔 일 하지 말며

남이 흔다 ㅎ고 義 안이여든 좃지 말니

우리도 天性을 직희여 삼긴 듸로 ㅎ리라

<朱義植, 瓶歌 390>

ㅂ. 大棗 볼 불근 골에 밤은 어이 쯔드르며

베빈 그르헤 게는 어이 ᄂ리는고

슐 익쟈 쳬쟝ᄉ 도라가니 아니 먹고 어이리

<黃喜, 詩歌 27>

ㅅ. 金生麗水 │ 라 흔들 물마다 金이 나며

玉山崑崗이라흔들 뫼마다 玉이 나랴

아모리 女必從夫 │ 들 님마다 조츠랴

<瓶歌 714>

ㅇ. 이셩져셩 다지ᄂ고 흐롱하롱 닌 일업ᄂ

功名도 어근버근 世事도 싱슝상슝

每日에 흔 盞 두 盞ㅎ여 이렁져렁 ㅎ리라

<瓶歌 831>

   (3)은 크게 세 경우로 나누어 볼 수 있다. 먼저 (3)ㄱ~ㄹ은 연결 어미 '-고'로 초장과 중장이 연결되어 있다. 곧 초장과 중장이 대구의 형식을 취하면서 하나의 의미 단위가 되어 종장과 연결된다는 것이다. (3)ㅁ~ㅅ은 대등적 연결 어미 '-(으)며'로 연결되어 초장과 중장을

Ⅰ. 고시조의 내용과 형식 35

대등적으로 연결하면서 '나열'의 의미를 나타낸다. 이것이 하나의 의미 단위가 되어 종장과 연결되었다. (3)ㅇ은 초장과 중장이 '나열' 또는 '첨가'의 의미로 대등하게 연결되어, 종장과 한 의미 단위로 연결되었다.

(4)
ㄱ. 興亡이 有數ㅎ니 滿月臺도 秋草ㅣ로다
　　五百年 都業이 牧笛에 부쳐시니
　　夕陽에 지나는 客이 눈물 계워 ㅎ노라

＜元天錫, 甁歌 515＞

ㄴ. 秋江에 밤이 드니 물결이 ᄎ노믜라
　　낙시 드리오니 고기 아니 무노믜라
　　無心흔 달ㅂ빗만 싯고 뷘 빗 져어 오노믜라

＜月山大君, 源國 255＞

ㄷ. 綠駬霜蹄 슬 지게 먹여 시ᄂᆡ물에 씨셔 타고
　　龍泉雪鍔 들게 ᄀ라 다시 싼혀 두러메고
　　丈夫의 爲國忠節을 젹셔볼가 ㅎ노라

＜崔瑩, 甁歌 799＞

(4)ㄱ～ㄴ은 초장이 한 문장으로 완결되어 있고 접속어가 실현되지 않았으므로 중장과의 관계는 문맥에 따라 추출해야 한다. 이 때 초장과 중장은 각각 대등 나열의 접속 관계를 나타낸다. (4)ㄷ은 각 장이 모두 연결되어 하나의 문장으로 이루어져 있다. 초장과 중장, 중장과 종장이 어미 '－고'로 연결되는 것을 볼 때, 이들은 모두 대등 접속의 의미를 나타내는 듯 보인다. 그런데 이들의 접속 양상은 차이가 있다. 즉,

초장과 중장은 대등적으로 연결되는 것으로 보아야 하지만, 중장과 중장은 연결 어미의 형태에 따른 접속 관계라고 보기보다는 문맥적인 연결로 보아야 한다. 즉, 종장은 초장과 중장의 내용에 대한 결과로 풀이해야 한다는 것이다.

이상의 내용을 바탕으로 도식화하여 제시하면 다음과 같다.

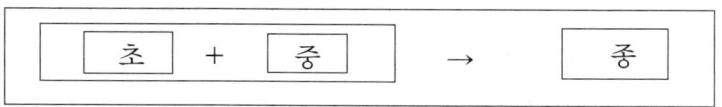

2) 왜냐하면 + 그래서

이것은 초장과 중장이 '왜냐하면'의 인과 관계로 연결되어, 이것이 다시 종장과 '그래서'라는 인과 관계로 연결되는 경우이다.

(5)

ㄱ. 五丈原 秋夜月에 어엿불슨 諸葛武候
　　竭忠報國다가 將星이 써러지니
　　至今에 兩表忠臣을 못닉 슬허ᄒ노라

<郭興, 甁歌 49>

ㄴ. 싀벽비 일긘 날의 일거스라 아희들아
　　뒷 뫼 고ᄉ리 하마 아니 ᄌ라시랴
　　오늘은 일 것거 오너라 싀 술 안주ᄒ리라

<積城君, 甁歌 528>

ㄷ. 이러니 저러니 ᄒ고 날 ᄃ려란 雜말 마소
　　내 당부 님의 盟誓 오로다 虛事ㅣ로다

情밧긔 못일 盟誓를 ᄒᆞ여 무슴 ᄒᆞ리오

<瓶歌 815>

　(5)ㄱ은 '諸葛武候'를 주어로 볼 것인가 아니면 호격어로 볼 것인가의 문제가 있다. 즉, 장의 연결로 본다면 호격어로 처리해야 할 것이고, 바로 뒤에 있는 '竭忠報國다가'와의 관계로 본다면 주어로 처리해야 한다는 것이다. (5)ㄴ~ㄷ은 초장과 중장이 하나의 문장으로 실현되어 종장과 인과 관계로 연결되어 있다.
　이것을 도식으로 나타내면 다음과 같다.

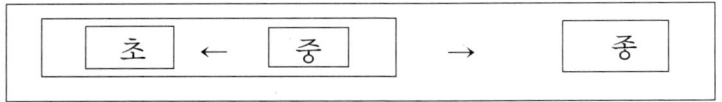

3) 그러면 + 그래서
　여기에서는 초장과 중장이 조건이나 가정의 연결 기능을 가진 '그러면'으로 접속되어, 다시 종장과 '그래서'라는 인과 관계로 연결되는 경우를 살펴본다.

　(6)
　희여 검을ᄲᅵ라도 희는 것시 셜우려든
　희여 못 검는 듸 ᄂᆞᆷ의 몬져 흴 쑬 어이
　희여셔 못 검을 人生인이 그를 슬ᄒᆞ ᄒᆞ노라

<海一 376>

　(6)은 초장이 조건 또는 가정의 의미로 중장과 연결된다. 이것이 다

시조문학 탐구

시 종장의 '슬흥ᄒ노라'의 이유가 된다. 이 때 중장과 종장이 서로 연결 관계를 형성하는 것인지, 초장과 중장이 함께 종장과 연결 관계를 형성하는 것인지를 판단하기 어렵다. 그러나 후자의 경우로 보아야 할 것인데, 그 이유는 문맥으로 볼 때 중장의 내용만이 이유가 되는 것이 아니라 초장과 중장이 함께 하나의 텍스트를 이루고, 이것이 종장과 연결 관계를 맺는 것으로 보는 것이 타당하기 때문이다.

이것을 도식으로 나타내면 다음과 같다.

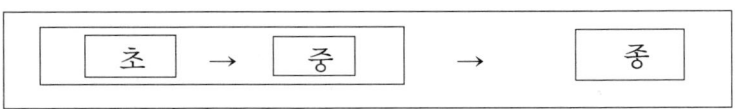

4) 그런데 + 그래서

초장과 중장 사이에 전환의 '그런데'라는 접속어를 상정할 수 있고, 이것이 다시 종장과 인과의 '그래서'라는 접속 관계를 상정할 수 있는 경우이다.

(7)
ㄱ. 烏騅馬 우는 곳에 七尺長劍 빗겻ᄂᆞᆫ듸
   百二函關이 뉘 ᄯᆞ이 되단 말고
   鴻門宴 三擧不應을 못내 슬허ᄒ노라

   <南怡, 甁歌 61>

ㄴ. 朔風은 나무긋틱 불고 明月은 눈 속에 ᄎᆞᆫ듸
   萬里邊城에 一長劍 집고 셔셔
   긴 ᄑᆞ롬 큰 ᄒᆞᆫ 소릐에 거칠 거시 업세라

   <金宗瑞, 甁歌 325>

ㄷ. 白雪이 ㅈㅈ진 골에 구룸이 머흐레라
　　반가온 梅花는 어늬 곳이 퓌엿는고
　　夕陽의 호을노 셔셔 갈 곳 몰나 ᄒ노라

<李穡, 甁歌 51>

ㄹ. 간 밤에 우던 여흘 슬피 우러 지니여다
　　이제야 生覺ᄒ니 님이 우러 보니도다
　　져 물 거스리 흐리고져 나도 우러 녜리라

<甁歌 589>

(8)
ㄱ. 碧梧桐 시믄 쯧은 鳳凰을 보려트니
　　나 시믄 타신가 기드려도 아니온다
　　無心흔 一片明月이 븬 가지에 걸여셰라

<甁歌 705>

ㄴ. 늙어 말녀이고 다시 져머 보려터니
　　靑春이 날 속기고 白髮이 거의로다
　　잇다감 곳밧츨 지날 졔면 죄 지은듯 ᄒ여라

<樂서 386>

　　(7)ㄱ~ㄴ은 초장과 중장이 형태적으로 '－(으)ㄴ/는데'라는 어미
로 연결되어 있고, (7)ㄷ~ㄹ은 초장이 한 문장으로 완결되어 있으며
전환 관계로 접속되어 있다.
　　(8)은 형태적으로는 인과의 연결 어미인 '－(으)니'로 연결되어 있지
만, 의미적으로는 '그런데'로 접속되어 있다. 그러므로 이 연결 유형에
포함시켰다.

(9)

春山에 눈 노기는 부람 건듯 불고 간 듸 업다
져근듯 비러다가 무리 우희 불이고져
귀 밋틱 히 무근 셔리를 녹여볼가 ㅎ노라

<우탁, 瓶歌 45>

위 작품은 각 장이 한 문장으로 종결되어 있으며, 접속 부사나 어미
가 실현되어 있지 않다. 그러므로 의미적으로 그 연결 관계를 파악해
야 한다. 초장에서는 봄바람이 이미 사라졌지만, 중장에서는 그것을
다시 불러 일으켜 시적 화자의 머리에 불리고자 한다는 것이다. 그리
하여 종장에서는 그 결과로 어떤 효과를 얻을 것인가를 언급한다는 점
에서 초장과 중장은 역접 관계로, 중장과 종장은 인과 관계로 해석할
수 있다. 따라서 이 경우의 의미 연결 관계는, 초장은 중장에 대한 배경
이 되고, 중장은 초장에 대해 전경이 됨을 알 수 있다.

이것을 도식으로 나타내면 다음과 같다.

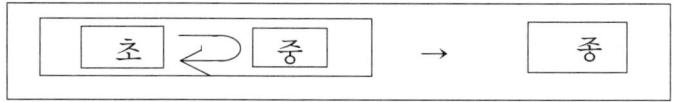

2. '그런데'型

'그런데'형은 초 · 중장과 종장이 역접 관계나 전환 관계로 연결되
는 경우에 해당한다. 이 때 초장과 중장 사이의 연결 관계는 주로 '그
리고, 그래서, 그래도, 그러면'에 의해 드러난다.

1) 그리고 + 그런데

이 경우는 초장과 중장이 '그리고'라는 첨가, 대등, 나열의 접속 관계를 나타내고, 이것이 다시 종장과 전환 또는 역접의 관계로 연결된 것이다.

(10)
ㄱ. 흔 손에 가시를 들고 또 흔 손에 막틱 들고
　늙는 길 가시로 막고 오는 白髮 막틱로 치랴트니
　白髮이 제 몬져 알고 즈림길로 오더라

<禹倬, 甁歌 47>

ㄴ. 功名과 富貴란 餘事로 혀여 두고
　廊廟上 大臣네 盡心國事 ᄒ시거나
　이렁셩 저렁셩 ᄒ다가 내죵어히 ᄒ실고

<李德一, 漆室遺稿>

ㄷ. 두고 가는 의 안과 보닉고 잇는 의 안과
　두고 가는 의 안은 雪擁藍關에 馬不前 쑨이언이와
　보닉고 잇는 의 안은 芳草年年에 恨不窮을 ᄒ노라

<甁歌 859>

ㄹ. 天心에 돗은 돌과 水面에 부는 ᄇᆞᆯ암
　上下聲色이 一中에 갈렷는이
　살름이 中을 타 낫신이 어읽이는 흔 가지라

<朱義植, 海一 264>

(10)ㄱ~ㄴ은 초장과 중장이 '－고'라는 연결 어미로 접속되어 있

고, (10)ㄷ은 접속조사인 '-과/와'로 연결되어 있다. 이것은 전자가 문장의 연결이라면, 후자는 단어의 연결임을 나타낸다. 따라서 (10)ㄷ에서는 초장과 중장이 의미적으로 분리되지 않고 하나의 단락을 이룬다는 것을 의미한다. (10)ㄹ에서 초장과 중장의 접속 관계는 어떤 형태로도 실현되어 있지 않다. 다만 내용상 초장에서 '달과 바람'이라는 단어 접속을 나타내고, '上下聲色' 또한 '달과 바람'과 함께 동등한 자격을 지니는 것으로 해석하는 것이 옳다는 점에서 단어들의 접속으로 처리하는 것이 좋을 것이다. 그런데 이때는 단어를 연결해 주는 '-과/와'가 없고 구(句)가 단절되어 있는 듯하므로, 첨가의 의미를 나타내는 '그리고'가 생략된 것으로 파악하는 것이 좋겠다.

(11)

ㄱ. 일심어 느즛 퓌니 君子의 德이로다
　　風霜에 아니 지니 烈士의 節이로다
　　至今에 陶淵明 업스니 알 니 덕어 ᄒ노라

<成汝完, 源國 120>

ㄴ. 이시렴 브듸 갈짜 아니 가든 못 ᄒᆞᆯ쏜야
　　無端이 슬튼야 ᄂᆞ미 말을 드럿는야
　　그려도 하 애도래라 가는 쯧을 닐러라

<成宗, 海周 8>

ㄷ. 江西의 議論이 높고 茶飯은 蒲塞로다
　　荻栗의 맛슬 아던동 모르던동
　　술릭예 흔 바쾌 업스이 갈 길 몰나 ᄒ노라

<張經世, 沙村集>

ㄹ. 花灼灼 범나븨 雙雙 柳靑靑 괴꼬리 雙雙
　　눌즘승 긜즘승 다 雙雙 ᄒᆞ다마ᄂᆞᆫ
　　엇디 이 내몸은 혼자 雙이 업ᄂᆞ다

　　　　　　　　　　　　　　　　　<鄭澈, 松星 75>

　(11)ㄱ~ㄴ은 각 장이 하나의 문장으로 완결되어 있고, (11)ㄷ은 중장과 종장이 하나의 문장으로 완결되며 (11)ㄹ은 각 장이 모두 연결되어 한 문장을 이루고 있다.

　먼저, (11)ㄱ을 보면 초장과 중장의 연결 관계로 볼 때 대등적으로 접속되어 있으며, 특정 대상의 자질을 논하고 있다는 점에서 첨가라고 볼 수도 있다. 종장은 앞서 말한 바를 뒤집어 결론에 이르고 있으므로 역접의 관계에 있다. (11)ㄴ은 초장과 중장이 동일하게 의문형으로 종결되어 있다. 그러므로 이들의 접속 관계는 문맥으로 파악할 수밖에 없다. 또한 동일한 문장 유형으로 종결되었고 이것이 종장에서 시적 화자의 의도를 나타내기 위한 목적이라면 이들이 대등적으로 접속되는 것으로 보아야 할 것이다. (11)ㄷ은 초장이 완결된 문장이고 중장과 종장이 하나의 의미 단위를 이루고 있다. 이 때 초장과 중장에서는 특정한 대상에 대한 언급에 있어서 필요한 것들을 대등적으로 나열하고 덧붙였다. 그리고 종장에서는 그것이 어찌되었든(또는 어찌하였든) 시적 화자의 태도를 나타내었다.[5] (11)ㄹ은 지금까지 다룬 접속 관계와는 다른 양상을 보인다. 즉, 초장에서는 각 개체들이 짝을 지어 있음을 보이고, 중장에서는 이러한 개체들의 부류 단위로 확장하여 짝을 짓고 있음을 나타낸다. 또 중장의 3구째까지가 초장과 함께 하나의 의미 단

---

5) 이 때 초·중장과 종장의 접속 관계를 완전히 역접이라고 보기에는 무리가 있어 보이고, 전환이라고 하기에도 무리가 있어 보인다. 다만, 앞에 제시된 내용과는 무관하게 시적 화자의 태도를 나타낸다는 의미로 파악되므로 역접에 포함시킨 것이다.

　시조문학 탐구

락으로서 중장의 4구에 있는 '호다'와 결합하여 한 의미 단위를 이룬
다. 그러므로 대등 접속이라기보다는 포괄적인 부류, 즉 상위어로 나
아가는 확장 관계라고 보는 것이 나을 듯하다.6)

(12)

ㄱ. 泰山이 놉다 호되 하늘 아릭 뫼히로다
   오르고 쏘 오르면 못 오를 理 업건마는
   스룸이 제 아니 오르고 뫼흘 놉다 호돗다7)

<양사언, 楊士彦, 源國 109>

ㄴ. 兄弟 열히라도 쳐서믄 흔 모미라
   호나히 열흰주룰 뉘 아니 알리마는
   엇더더 욕시메 걸여 흔 묘민 주룰 모릭느뇨

<李叔樑, 汾川講好歌>

(12)의 작품은 모두 초장이 한 문장으로 완결되고, 중장과 종장이 연
결 어미로 접속되어 한 문장을 이루고 있다. 초장에서는 어떤 자연의
이치를 나타내면서 그것에 의해 나타나는 인식의 결과를 보여 준다는
점에서 '그러니'라는 접속 부사에 의해 연결되어 있다고 볼 수 있다.
그런데 중장과 종장은 모두 '－마는'이라는 역접의 연결 어미로 접속
되어 있고, 연결 어미가 없다 하더라도 문맥에 따라 충분히 역접의 관

---

6) 이 경우 '그래서'라는 인과 관계로 해석할 수도 있지만, 이것은 원인과 결과의 관계
   로 보기에는 무리가 있다. 오히려 초장의 내용에 대하여 '이처럼, 이와 같이' 등과
   같은 접속어로 요약, 정리되는 연결 관계로 보는 것이 의미 해석에 있어서 더 효과
   적인 것으로 생각된다. 그런데 기존의 접속 관계로는 이에 대한 처리가 어렵기 때문
   에 '그리고'가 나타내는 첨가의 의미 기능을 확장 적용시켜 이러한 의미를 나타내
   는 것으로 처리하고자 한다.
7) 이 작품은 '그리고＋그런데' 또는 '그래서＋그런데'로 볼 수도 있을 것이다.

계로 접속되어 있음을 알 수 있다.

이것을 도식으로 나타내면 다음과 같다.

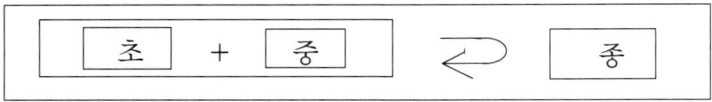

2) 그래서 + 그런데

이 경우는 초장과 중장이 '그래서'라는 인과의 접속 관계를 나타내
고, 이것이 다시 종장과 전환 또는 역접의 관계로 연결된 것이다.

(13)

ㄱ. 秋江 붉근 둘에 一葉舟 혼자 저어
　　낙대를 썰처 드니 자는 白鷗 다 놀란다
　　어듸셔 一聲漁笛은 조차 興을 돕ᄂᆞ니

<金光煜, 靑珍 154>

ㄴ. 草堂에 일이 업서 거문고을 베고 누어
　　太平聖代를 숨에나 보려 ᄒ니
　　門前의 數聲漁笛이 줌든 날을 씨와라

<柳誠源, 甁歌 65>

ㄷ. 碧海ㅣ 竭流後에 모래 모혀 섬이 되여
　　無情芳草는 해해마다 푸르르되
　　엇지타 우리의 王孫은 歸不歸를 하ᄂᆞ니

<具容, 源增 9>

ㄹ. 간 밤의 부든 ᄇᆞ람 눈 셔리 치단 말가

落落長松이 다 기우러 가노미라

ㅎ믈며 못 다 픤 곳치야 일너 무엇 ㅎ리오

<俞應孚, 甁歌 66>

(13)ㄱ~ㄷ은 초장이 문장으로 끝맺지 않고, 초장과 중장이 '―아/어(서)'로 연결되어 있다. 이 연결 어미의 의미가 그대로 이들의 접속 관계를 보여 주고 있다. (13)ㄱ은 초장과 중장이 함께 하나의 의미 단락을 이루고 있고, (13)ㄴ~ㄷ은 전체 장들이 하나의 문장으로 끝맺어 의미 단락을 이루고 있다. (13)ㄹ은 각 장이 문장으로 끝맺어 있으므로, 문맥으로 그 접속 관계를 파악해야 한다. 초장에서는 의문형으로 문장이 끝나 있지만, 실제로는 의문의 의미를 나타내지 않는다. 즉, 바람과 눈서리가 쳐서 낙락장송이 다 기울어 간다는 의미로서, 중장과 인과 관계의 의미를 나타낸다. 이러한 초·중장의 의미 단락이 종장에 와서 시적 화자의 의도를 드러냄에 있어서 전환의 관계로 접속되어 있음을 알 수 있다.

(14)

ㄱ. 이 몸이 죽어죽어 一白番 고쳐 죽어

　　白骨이 塵土되여 넉시라도 잇고 업고

　　님 向흔 一片丹心이야 가싈 줄이 이시랴

<鄭夢周, 甁歌 52>

ㄴ. 三冬에 뵈옷 닙고 岩穴에 눈비 마자

　　구름 낀 볏뉘도 쐰 적이 업건마는

　　西山에 히지다 ㅎ니 눈물 겨워 ㅎ노라

<曹植, 甁歌 13>

ㄷ. 눈물이 珍珠라면 흐르지 안케 싸두었다가
　十年後 오신 임을 구슬 城에 안치련만
　痕迹이 이내 업스니 그를 설워하노라

<源增 79>

ㄹ. 무음이 어린 後ㅣ니 ㅎ는 일이 다 어리다
　萬重雲山에 어닉 님 오리마는
　지는 입 부는 보람에 힝혀 긘가 ㅎ노라

<徐敬德, 瓶歌 96>

　(14)ㄱ~ㄷ은 전체 장이 하나의 문장을 형성하고, (14)ㄹ은 초장이 하나의 문장을 이루고 중장과 종장이 한 문장으로 완결된다. (14)ㄱ~ㄴ은 초장이 '－아/어(서)'라는 연결 어미로 접속되어 있으므로 선행 사건으로 인하여 후행 사건이 발생한다는 의미 관계로 파악할 수 있다.

　(14)ㄷ의 '－다가'라는 연결 어미는 본래 전환의 의미를 나타내는 것이다. 그러나 문맥으로 볼 때, '눈물을 싸 두고 그래서 10년 후에 임이 오면 그것으로 만든 성에 모시려 한다'는 의미를 나타낸다고 볼 수 있다. 그렇다면 전환이라기보다는 선행 동작(또는 사건)의 결과로서 후행 동작(사건)이 나타나는 것으로 파악 가능하다. 이러한 점에서 초장과 중장의 접속 관계를 전환으로 보지 않고 인과 관계로 본 것이다. 이것이 종장과 전환 또는 역접의 관계를 이루고 있는 것이다. (14)ㄹ은 초장에서 시적 화자의 심리적 상태를 나타내고, 중장과 종장에서 그 이유를 드러내는 것으로 볼 수 있으므로 인과 관계로 접속되어 있음을 알 수 있다. 중장과 종장은 '－마는'이라는 연결 어미로 접속되어 역접 이라는 것을 알 수 있다.

시조문학 탐구

이것을 도식으로 나타내면 다음과 같다.

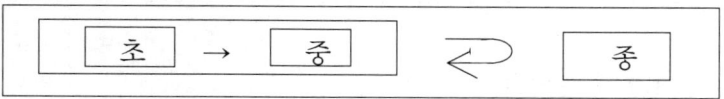

3) 그래도 + 그런데

이 경우는 초장과 중장이 '그래도'라는 양보의 접속 관계를 나타내고, 이것이 다시 종장과 전환 또는 역접의 관계로 연결된 것이다.

(15)
玉을 돌이라 ᄒ니 그려도 이드리라
博物君子는 아ᄂ 法 잇건마ᄂ
알고도 모로ᄂ 체 ᄒ니 글노 슬허ᄒ노라

<洪暹, 甁歌 176>

이 작품은 초장이 하나의 문장으로 맺고, 중장과 종장이 한 문장으로 이루어져 있다. 먼저 초장과 중장은 동일한 옥이라는 대상물에 대한 가치 평가를 하는 주체가 어떤 당파에 속해 있는가에 따라서 그것이 옥과 돌로 평가되는 것에 대한 탄식을 나타낸다. 중장은 초장의 내용을 전제로 하면서 '博物君子'의 경우에는 초장과는 다를 것이라고 예상을 한다는 점에서 '그래도'라는 접속어를 상정할 수 있다. 그리고 중장과 종장의 관계는 형태적으로도 '-마ᄂ'이라는 연결 어미로 접속되어 있으며, 내용적으로도 역접의 관계라는 것을 쉽게 알 수 있다.
이것을 도식으로 나타내면 다음과 같다.

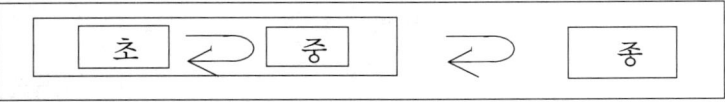

4) 그러면 + 그런데

이 경우는 초장과 중장이 '그러면'이라는 조건, 가정의 접속 관계를 나타내고, 이것이 다시 종장과 전환 또는 역접의 관계로 연결된 것이다.

(16)
이 뫼흘 헐어내야 져 바다흘 메오면은
蓬萊 고온 님을 거러가도 볼엿만은
이 몸이 精衛鳥 궃트여 바자닐만 ㅎ노라

<徐益, 海一 87>

이 작품은 초장에 '－(으)면'이라는 가정이나 조건의 연결 어미가 실현되어 있고, 중장에는 '－마는'이라는 역접의 연결 어미가 실현되어 있어서 그 접속 관계를 형태적으로 알려 주고 있다. 또한 그 의미적 연결 관계도 여기에서 벗어나지 않는다. 이 경우는 초·중장과의 연결 관계는 '그래서 + 그런데'와도 유사한 의미형태를 띤다.

이것을 도식으로 나타내면 다음과 같다.

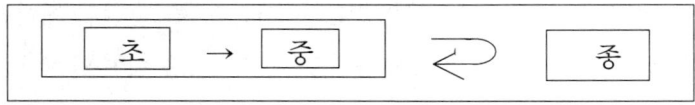

III. 결론

이상으로 시조의 초·중장과 종장 사이의 접속 관계를 살펴보았다. 본고에서는 중장과 종장과의 접속 관계를 크게 두 가지로 보았는데, '그래서'와 '그런데'의 접속 관계가 그것이었다. '그래서'는 앞 문의 내용이 뒤 문 내용의 원인이나 근거, 조건 따위가 될 때 쓰는 접속 부사이므로 종장 앞에 '그래서'가 온다면 종장은 초·중장에 대한 결과로 등장하는 경우가 되므로 더 이상 시적 논의를 계속할 수 없게 마무리 짓는 역할을 하게 된다.

'그런데'는 앞의 화제를 다른 방향으로 이끌 때나 앞의 내용과 상반되는 내용을 이끌 때 쓰이는 접속부사이다. 즉 앞 화제를 부정하거나 이것과 다른 논의를 끌어내어 뒤의 화제 의미를 강화시키기 위해 쓰이는 접속부사이므로 종장 앞에 이것이 온다면 앞의 시적 논의와 달리 뒤의 논의를 강화시키는 효과가 있으므로 종장 앞에 이 말이 옴으로 해서 종장의 의미가 강화 된다. 그리고 더 이상의 시적 논의를 막아버리는 구실을 한다.

초장과 중장, 중장과 종장의 접속 관계가 동일하면 전통적인 시조의 의미 단위로서 적절하지 못하다. 그 이유는 시적 논의가 마무리 되지 않게 끝나는 경우가 되기 때문이다. 초장과 중장이 유기적 결합을 통하여 큰 하나의 의미덩어리가 되고 이것과 종장과의 관련 하에서 시조의 의미 형태가 완성을 보게 되는 것이 일반적인 시조의 형태이다.[8] 고시조에서는 바로 이런 점을 유의하여 각 장 사이에 동일한 접속부사

---

8) 이 점에 대해 필자는 『고시조의 본질』, 국학자료원, 2006, 33쪽에서 시조의 의미 구조를 다섯 형태로 도식화하였다. 그러나 대부분의 고시조는 초, 중장이 하나의 큰 의미형태가 되고 이것이 종장과의 연관에서 인과적으로 연결되거나 전환적 또는 상반적으로 연결되어 한 편의 시조가 완성된다고 본다.

가 오지 않도록 하고 있다. 이것은 초장과 중장이 하나의 의미 단위를 이루고, 이것이 다시 종장에 와서 그 의미를 완결지어야 한다는 점을 고려한 결과이다.[9]

시조를 초장, 중장 그리고 종장이라 이름 붙인 이유도 초장, 중장에서의 시적 논의가 종장에서 마감됨을 의미하므로 종장 앞에 '그래서' 또는 '그런데'가 오게 되어 있고 이 점을 살려야만 시조로서의 의미 완결을 보게 되고 시조 묘미가 살아나게 됨을 확인하게 되었다.

이렇게 볼 때 고시조 창작에 있어 종장에서 시적 논의가 마감됨을 위해 종장 앞에 '그래서' 또는 '그런데'가 오도록 배려한 작품이 다수를 차지하지만 그렇지 못한 부적절한 시조작품이 있었음도 확인되었다. 나아가 현대시조 창작에 있어서도 종장에서 시적 논의가 마감될 수 있게 하기 위한 노력이 있어야 할 것이다.

---

9) 고시조 중에는 초장과 중장 사이 그리고 중장과 종장 사이에 동일한 접속 부사가 반복으로 쓰인 경우도 더러 있다. 이 경우는 시조의 의미가 마무리 되지 못함으로 해서 부자연스런 시조로 간주할 수밖에 없다. 그리고 종장 앞에 '그래서' '그런데'가 오지 않는 경우도 더러 있다. 이것 역시 시조 종장의 의미를 살리지 못하는 작품이라 할 수 있다.

시조문학 탐구

장시조에 나타난 반도덕성

Ⅰ. 서론

장시조는 그 내용에 있어서, 단시조와 같거나 흡사한 점도 있지만, 단시조와 전혀 다른 점을 가지고 있기도 하다. 특히, 단시조에는 강호(江湖)의 노래가 제일 많은데 비하여[1] 장시조에는 남녀 애정을 노래한 작품이 제일 많다.[2] 남녀 애정을 노래한 것 중에서도 음방(淫放)·치정(痴情)에 모티브를 둔 작품이 특히 많다.[3]

음방·치정의 요소는 단시조 속에서는 거의 보이지 않기에 이것은 장시조의 특색을 나타내는 요소라 할 수 있다. 그러면 왜 단시조에서는 잘 보이지 않던 이런 요소들이 장시조에 와서 흔하게 등장하고 있는 것일까. 나아가서 장시조의 이 같은 현상을 우리는 어떻게 이해해

---

1) 서원섭님의 「時調文學硏究」(p.190)에서 보면, 단시조에 있어서는 강호계(江湖系)의 시조가 제일 많고, 그 다음으로 애정계(愛情系)의 시조가 많다 하였다.
2) 이능우님의 「古詩歌論攷」(p.293)와 서원섭님의 위의 책(p.297)에 의하면, 장시조에는 남녀 애정의 문제를 다룬 작품이 제일 많다는 것이다.
3) 위의 책, p.294

야 할 것인가. 이런 등등의 의문을 우리는 가지게 된다. 이것은 대단히 흥미 있는 문제가 아닐 수 없다.

문학은 시대적 상황을 대변하거나 초월하거나 그것을 개량적으로 해석하여 독자에게 의미있게 전달하는 정보체계라고도 할 수 있다. 이런 의미에서 볼 때 음방, 치정 등과 같은 요소가 장시조에 유독 많이 등장하는 것은 시대적 상황과 작자의 심리상태와 유관하다고 하겠다. 그래서 이 의문을 풀기 위하여 사회학에서 자주 이야기되고 있는 Anomie 이론과 결부시켜 장시조를 연구하고자 한다.

Ⅱ. Anomie의 개념

Anomie란 말을 사회학에서 처음 사용한 사람은 프랑스의 사회학자 Emile Durkheim이다. 그는 1893년에 출판한 '분업론'(*The Division of Labor*)이란 책에서 이 말을 처음으로 사용하였으며 그 뒤 그가 쓴 '자살론'(*Suicide*)에서 계속 이 말을 사용하였다.

Durkheim이 쓴 '분업론'에서는 어떻게 하여 고도로 분화된 사회가 응집력을 확보하게 되느냐 하는 문제를 다루면서 세 가지의 분업 형태를 설명하고 있는데, 첫째는 강제된 분업이요, 둘째는 사회의 연대성(連帶性)을 산출시키지 못하는 분업이요, 셋째는 Anomie의 분업으로 설명하고 있다.

Anomie의 분업이란 산업의 위기·노동자와 자본가 간의 갈등·점차 전문화 되어가는 과학 등의 추세에서 생기게 되는 종합 내지 상호 적용의 결핍과 관련된 분업형태를 말한다.4)

---

4) 韓完相; 現代社會와 靑年文化(法文社, 1973), p.316

시조문학 탐구

다시 말하면, 그가 분업론에서 사용한 Anomie의 개념은 복잡한 사회체제 내의 전문화된 제부분 간의 상호보완적 관계를 규제하기 위하여 필요한 절차적 규칙이 선명하게 나타나지 않는 상태를 지시하고 있는 것이다.[5] 그러나 그가 자살론에서 쓴 Anomie의 개념은 앞서의 분업론에서 언급한 것과는 다소 다르게 사용하고 있음을 알 수 있다. 여기서 그는 Anomie의 개념을 전체 사회를 위해 필요한 도덕적 규범이 선명하게 나타나지 않는 상황으로 풀이하고 있다. 이러한 Anomie 상태는 보통 분열적인 사회변동(예를 들면 전쟁에서 평화로의 전환, 갑자스럽게 부자가 된다든지, 그 반대로 몰락한 경우, 심지어는 갑작스런 배우자의 죽음)으로 인하여 일어나는 경우가 많은데, 이러한 Anomie의 상태가 자살의 중요한 요인이 된다고 하고는 이를 아노미성 자살(*Anomic Suicide*)이라 하였다.[6]

Olsen은 이같은 다소간의 차이를 구별하여, 분업론에서의 Anomie의 개념을 부조화(不調和, discordance)라 하고, 자살론에서의 Anomie의 개념만을 계속 Anomie란 용어로 쓸 것을 제의했던 것이다.[7]

Durkheim에 이어 Anomie의 이론을 더욱 발전시킨 사람은 Merton이다. 그는 미국 사회에서 유발하는 일탈행동(逸脫行動)[8]은 역시 Anomie 현상 때문이라는 것이며, 이 Anomie 현상은 문화적 목표(*Cultural goal*)와 제도화된 수단(*institutionalized means*) 사이의 괴리(*disjunction*)에서 비롯된다고 하였다.[9]

---

5) 위의 책, p.329
6) Durkheim; Le Suicide(林熺燮譯, 自殺論, 三省出版社, pp.202~233)
7) 韓完相; 앞의 책, p.331
8) 행동의 규범, 습관, 또는 공통의 형에 동조하지 않는 행동이면 일시적이거나 또는 영속적이거나 간에 일탈행동이라 할 수 있다.(社會心理學, G. W. 올포트著, 宋大炫譯, 正音社, p.253)
9) Robert Merton; Social Theory and Social Structure 1968, p.188

미국사회의 여론이나 교육은 성공의 가치를 특히 강조하는데, 이 성공이란 미국민이면 누구나(미국민이 아니더라도 마찬가지이겠지만) 다 기대를 걸고 있지만 누구에게나 이 성공을 성취할 만한 합법적인 수단이 갖추어져 있다고 할 수 없다. 불리한 인종집단이나 불리한 계급집단에 속함으로써 성공에 대한 꿈을 실현하지 못하는 사람들도 얼마든지 있는 것이다.

이와 같이, 성취하고자 하는 문화적 목표는 뚜렷하지만 제도화된 수단이 따르지 못함으로 인하여 괴리가 생기는 이 경우를 Anomie 현상이라 Merton은 설명하고 있다.

한편 Talcott Parsons는 Anomie의 개념을 다음과 같이 설명하고 있다.

> 아노미란……많은 수의 개인들이 자기네의 개인적인 安定과 社會體系의 순탄한 機能에 본질적으로 필요한 그런 종류의 통합을 심각할 정도로 缺如하는 상태를 뜻한다. ……
> 이런 상태에 대한 개인의 전형적인 反應은 …… 不安定이다.10)

Melvin Seeman은 Anomie의 일반적 개념은 소외 감정(*Alienation*)을 논함에 있어서도 불가결의 부분이라고 말한 뒤11), 이 Anomie의 개념이 너무 확대되어 널리 사회 현상과 정신 상태의 다양성까지도 포함하고 있다 하고는 개인적인 조직파괴라던가 상호불신까지도 Anomie 현상이라 말한다 하였다.12) 나아가 Anomie의 이론을 개인의 심리상태에

---

10) 金璟東; 現代의 社會學(轉英社, 1978), p.469
11) Melvin Seeman; On the meaning of alienation(American Sociological Review 1959. Vol. 24 No.6, p.787)
12) 위와 같음.

적용시켜 Anomie란 말을 쓰는 학자들이 있다.[13)]

특히 R. Maciver는 개인의 사회적 결합의 느낌 ― 그의 morale의 주된 원천 ― 이 파괴되거나 치명적으로 약화되어 있는 상태를 Anomia 현상이라 하였으며, 또한 Riesman도 사회적으로 부적응된 사람의 심리상태를 Anomia 현상이라고 규정하고 있다.[14)]

그러나, 사회적 활동을 규제하는 적절한 규범을 가지지 못하거나, 전통적 규범이 그 힘을 상실한 상태를 Anomie 현상이라고 한 Durkheim의 견해나, 문화적 목표와 제도화된 수단 사이의 괴리현상으로 본 Merton의 견해나, Parsons가 '개인적인 안전과 사회체계의 순탄한 기능에 본질적으로 필요한 그런 종류의 통합을 심각할 정도로 결여한 상태'를 Anomie라 한 견해나, 다소 확대된 느낌을 주는 상기 Seeman의 견해도 궁극적으로는 크게 다를 바 없는 비슷비슷한 설명들이라 하겠다.

또한 Maciver나 Riesman의 견해도 Anomie 현상을 개인의 경우로 이해한 것밖에 차이가 없으므로, 역시 비슷한 설명이 되고 있다.

다시 말해서, 이들이 말한 Anomie 현상의 개념은 애초 Durkheim이 자살론에서 말한 Anomie의 개념과 크게 다를 바가 없는 것이다. 약간 설명을 더 붙여 말하자면, 사회구조 안에 적응하지 못함으로 해서 일어나는 일탈행동(*deviant behavior*)으로서 무규범(*normlessness*)의 상태에 빠진 군집된 심리상태를 Anomie라 할 수 있겠다는 것이다.

규범(*norm*)이란 일반적으로 특정역할을 가지고 살아가는 사람들이 준수해야 하는 규칙(*rules*), 규정(*prescription*) 또는 표준(*standard*)을 의미한다. 따라서 시민, 친구, 부모, 선생 등은 그들의 행위에 필요한 규범

---

13) 원래 Anomia는 희랍어였는데 이것을 불어로는 Anomie라 한다. 그러나 Anomie는 그 대상이 사회집단이라 한다면, Anomia는 그 대상이 개인이라는 차이가 있다.
14) 金炳梓; 社會心理學(經文社, 1978), p.511

이 있는 것이다.[15] 여기에 사람이면 모두가 가지는 원규(原規, *mores*)와 민습(民習, *folkways*)이 추가로 포함된다. 원규란 살인과 신성한 것에 대한 모독의 금지 또는 자식에 대한 부모의 책임 규정과 같은 문화적으로 뚜렷한 규범을 의미하고[16] 민습은 그 나라(또는 그 지방)의 일반 대중이 가지는 사회 습속을 의미한다.

따라서 무규범이란 반사회적 행위(*anti–social behavior*)나 반도덕적 행위(*immoral behavior*)라고 말할 수 있다.

반사회적 행위나 반도덕적 행위가 유발하는 것은 사람들이 사회생활 속에서 갖게 되는 사회적 갈등[17]이나 계급적 갈등에 그 원인이 있는 것 같다.

이러한 무규범으로서의 Anomie 현상은 사회 안에서 여러 가지 작용을 하게 된다.

Albert Cohen은 비행소년들이 만드는 부분문화(*Sub–cultures*)[18]는 Anomie 때문에 일어나는 현상이라 하였다. 하층계급의 청소년들은 주로 중류층의 지위와 성취의 기준에 맞출 도리가 없다는 현실에 대하여, 그 반작용의 수단으로서 비행적인 부분문화를 만든다는 것이다. 이렇게 생겨난 부분문화는 이들이 이룩할 수 있는 현실적인 반인습적(反因襲的)인 일탈적(逸脫的)인 지위와 성취의 기준들을 제공한다고 하였다.[19]

그러나, G. H. Sykes와 D. Martza는 이와 같은 Cohen의 견해와 약간

---

15) Broom Selznick; Sociology(Harper & Row Publishers Incorporated, 49 east 33rd N. Y.), p.65
16) 위와 같음.
17) 사회적 갈등은 수평적 연관에서의 갈등, 즉, 직업, 산업, 종교, 인종간의 갈등을 의미하고, 계급적 갈등은 수직적 연관에서 오는 상하의 신분 계층간의 갈등을 의미한다.
18) 어떤 부분집단이나 범주에 속하는 사람들이 그 사회의 지배적인 문화 유형과는 다른 것을 지닐 때, 이를 부분문화라 일컫는다. (金環東, 現代의 社會學, p.211)
19) 金環東; 現代의 社會學, p.470

시조문학 탐구

다른 견해를 펴고 있다. 즉, 하층 계급의 비행소년들은 중류층 가치관을 거부하는 것이 아니라, 그것을 중성화시키고 자기네의 특수한 행동(비행)을 정당한 것으로 인식한다는 것이다.[20]

Merton은 이같은 비행적인 부분문화는 기존의 문화적 목표와 제도적 수단을 거부하고 새로운 것으로 대치하려는 데서 발생하며 이 경우를 반역형(*Rebellion*)이라 하였다.[21]

개인의 적응양식의 유형		
적응양식	문화적 목표	제도화된 수단
Ⅰ. 복종형(Conformity)	+	+
Ⅱ. 개신형(Innovation)	+	−
Ⅲ. 의식형(Ritualism)	−	+
Ⅳ. 은둔형(Retreatism)	−	−
Ⅴ. 반역형(Rebellion)	±	±

(+) 받아들임(acceptance)

(−) 거부함(rejection)

(±) 일반적인 가치기준의 거부와 새로운 가치기준의 대치(rejection of prevailing values and substitution of new values)

상기 Merton이 표로 보인 다섯 가지 적응양식에 대해서 살펴보자면 다음과 같다.

첫째의 복종형(*conformity*)은, 문화적 목표와 제도화된 수단을 다 같이 받아들이는 경우로서 모범시민이 여기에 속한다 하겠다.

둘째의 개신형(*Innovation*)은, 문화적 목표는 받아들이되, 제도화된

---

20) 앞과 같음.

21) Merton; 앞의 책, p.194

수단을 거부하는 경우이다. 예를 들면, 돈을 벌고자 하는 목표에 대하여 비합법적인 수단(도둑·사기·위조 등)을 택하는 경우가 되겠다.

셋째의 의식형(*Ritualism*)은, 문화적 목표는 잊어버리고 제도화된 수단만 택하는 경우인데, 관료조직 속에서 흔히 볼 수 있는 소위 관료병(*bureau pathy*) 환자가 이 경우에 속한다 하겠다.

넷째의 은둔형(*Retreatism*)은, 그 사회에서의 문화적 목표나 제도화된 수단, 이 모두를 거부하는 경우로서 정신병자, 자폐성 환자(自閉性患者), 부랑자(浮浪者), 무숙자(無宿者), 방랑자(放浪者), 무뢰한(無賴漢), 만성음주자(慢性飮酒者), 약물 중독자 등이 여기에 속한다 하겠다.

다섯째의 반역형(*Rebellion*)은, 이미 존재하는 기존의 것을 거부하고, 자기 나름대로의 새로운 것을 수용하려는 경우인데, 여성해방운동가나 히피족들의 경우가 되겠다.

Ⅲ. 열린 공간 – 작가층의 변화

장시조는 단시조가 가지는 틀(형식면과 내용면)을 부순 새로운 형태의 시조라는 의미에서 그 출발의 의의를 가진다.

단시조는 그 발생기라고 하는 고려 말에서부터 고시조시대의 끝이라고 하는 한말(韓末)까지 지속되어 오는 동안에 주로 이전 양식의 답습을 통한 약간의 변이형태(*transformational tendency*)가 있었을 뿐이었지 답습을 거부한 기형적 태도(*deformational tendency*)는 없었던 것이다. 즉, 거의 모든 작품이 앞서간 작가들이 인식하고 경험한 사실에 대한 재인식과 재경험을 시조라는 그릇(형식)에 담고 있었던 것이다. 그러나, 장시조는 형식면에서나 내용면에서 닫힌 공간(*close room*)이라고 할 수 있는 단시조를, 형식면에서나 내용면에서 그대로 답습하지 않으려는 태도를 보인 열린 공간(*open room*)의 시조형태인 것이다.

이렇게 볼 수 있는 이유로서는 다음의 몇 가지를 예로 들 수 있을 것이다.

첫째, 장시조는 단시조의 고정화된 형식을 파괴하였다. 장시조의 형식에 대하여는 많은 학자들의 설이 있으나, 어느 하나로 통일할 수 없을 정도로 구구하다.

가) 이병기

辭說時調는 初章·中章·終章에 두 句節 以上 또는 終章 初句라도 平時調 그것보다 몇 字 以上으로 되었다. 그러나 初章·終章이 너무 길어서는 아니 된다.[22]

나) 高晶玉

初·中章이 다 制限 없이 길고 終章도 어느 程度 길어진 時調다.[23]

다) 金鍾湜

辭說時調는 初·中·終 三章의 句法이나 字數가 平時調와 같은 制限이 없고서 아주 自由스러운 것으로 語調도 純散文體로 된 것이다.[24]

라) 金起東

初·中·終章이 다 定型에서 音數律의 制限을 받지 않고 길게 지어진 作品을 辭說時調라 하며……[25]

22) 李秉岐; 國文學槪論, p.117
23) 高晶玉; 國語國文學要講, p.396
24) 金鍾湜; 時調槪論과 作詩法, p.89
25) 金起東; 國文學槪論, p.115

마) 趙潤濟

그 形式은 辭說的이었던 만큼 過去의 모든 拘束을 打破하랴 하는 데서 훨씬 自由로운 形式을 取하여 初·中·終 三章 中에 어느 一章이 任意로 길어질 수 있다는 것이다. 그러나, 이것도 嚴格히 말하면 初章은 거의 길어지는 법이 없고 中章이나 終章中에 있어 어느 것이라도 마음대로 길어질 수 있다는 것인데, 그 中에서도 大槪는 中章이 길어지는 수가 많다.[26]

바) 鄭炳昱

終章의 제1句를 除外한 어느 句節이나 하나만이 길어진 것을 中型時調 또는 엇時調라 하고, 두 句節 以上이 길어진 것을 長型時調 또는 辭說時調라고 한다.[27]

사) 李泰極

長時調(辭說時調·長型時調) : 이것은 短時調의 規則에서 어느 두 句 以上이 各各 그 字數가 10字 以上으로 벗어난 時調를 말한다.[28]

아) 徐元燮

總字數面에서 볼 때 辭說時調는 70字에서 803字까지의 字數로 된 時調라 할 수 있다.[29]

이상에서 보는 바와 같이, 어떤 분은 章의 변화에서, 또 어떤 분은 句의 변화에서, 또 어떤 분은 음절 수의 변화에서 장시조 형식을 설명하고 있다. 이와 같이 여러 학설이 등장하게 된 원인은 장시조 그 자체가 거의 무형식의 시조라는 이유 때문이다. 심지어 3장의 구별이 애매하

---

26) 趙潤濟; 國文學槪說, p.112
27) 鄭炳昱; 時調文學事典의 '時調文學의 槪觀'
28) 李泰極; 時調槪論, p.73
29) 徐元燮; 時調文學硏究, p.32

시조문학 탐구

여 어디서 각 장을 끊어야 할지조차 모를 작품들도 있는 것이다.

둘째, 단시조 속에 나타나는 시어(*Poetic diction*)는 양반 사대부들의 두고 쓰는 문자로 거의 한정되어 있지만, 장시조 속에서의 시어는 고정되어 있지 않으면서 서민의 쌍소리에서부터 근엄과 위용을 나타내는 말에 이르기까지 상당히 넓게 확산되어 있다.[30]

셋째, 단시조 속에 나타나는 소재는 거의 일정하다. 그러나 장시조는 훨씬 풍부한 소재를 가지고 있다. 단시조 속에 잘 보이지 않는 것으로 몇 가지씩만 예를 든다면, ① 등장인물로서, 샌리뷔쟝ᄉ·닛비쟝ᄉ·기쟝ᄉ·水鐵匠·瓦冶ㅅ놈·風流郎·밋남진·소ᄃᆡ書房·愛夫·老都令·沙工놈·선머슴·水賊·광ᄃᆡ·나근에·갓나희處女·개쭐년·알간나희·환양노ᄂᆞᆫ년·암居士·軍牢 등, ② 동물류로서, 두터비·ᄑᆞ리·白松骨·갈랑니·준벼록·셴박회·사향쥐·쥰치·갈치·메오기·가물치·불약금이·게올이·기·닭 등, ③ 식물류로서, 춤외너출·슈박너출·츩너출·삼ᄃᆡ·모시·곳모종·피나모굽격지·쏫리나무·검쥬남긔·삭짜리 등, ④ 기타로서, 님의 연장·방귀·갈골아쟝쟐이·퉁爐ㅁ 등으로 미루어 볼 때, 단시조의 소재보다 퍽 다양하다 하겠다.

넷째, 주제 면에서 생각해보면, 단시조가 가진 것은 물론 거의 다 가졌다 하겠지만, 단시조에 거의 보이지 않는 음방·치정의 요소가 장시조에는 아주 흔하게 등장하고 있는 것이다.

이와 같은 여러 사실들로 미루어 볼 때, 장시조는 단시조에서 파생된 시조문학이라 하더라도, 단시조의 답습을 거부한 기형적 태도(*deformational tension*)를 취한 시가 형태임을 알 수 있다. 다시 말해 열린 공간(*open room*)의 시조인 것이다.

---

30) 졸고, 「시어(poetic diction)의 확산」(韓國文學論叢 第1輯) 참조.

그러면 왜 장시조는 이런 기형적 태도를 취하고 있는가 하는 의문이 생기게 된다.

이것은 다름 아닌 단시조의 주된 작가층과 장시조의 주된 작가층이 서로 다른 데에 근본적인 원인이 있었다고 생각된다. 주지하다시피, 단시조의 주된 작가층은 양반 사대부층과 거기에 부속된 기녀들이었으며 그들 위주의 전유물(*communal art*)이 시조였다고 할 수 있다. 그러나 장시조는 중인 계층 위주의 전유물이었다고 할 수 있다. 그 이유로는 다음 몇 가지의 사실에서 확인할 수 있다.

첫째, 왕왕이 장시조의 작가층을 이야기할 때, 주로 평민들[31]에 의하여 창작되었다고 말하는 수가 있지만, 장시조의 작가들은 평민 위주가 아니라는 사실이다.

시조는 주로 창을 하기 위한 창사(唱詞)로서 가치를 지니고 있었으므로, 시조의 작가는 창을 할 줄 아는 사람들이었을 것이다. 창을 배우고 익히는 데에도 긴 시간이 필요하며, 또 체계 있는 교육을 요구하므로 정식으로 사범을 통하여 배워야하는 것이 원칙이다. 창을 배웠으면 그 창을 활용할 기회(주로 연회같은 장소)를 가져야 한다. 그러나 생업에 바쁜 일반 평민들에게는 시조의 창(가곡이든 시조창이든)을 배울 기회가 드물었을 것이며, 또 배웠다 하더라도 이를 활용할 기회 역시 마련하기 어려웠을 것으로 생각된다.

설혹 혼자만이라도 짓고 부른 평민층의 사람이 있었다 해도(또는 혼자가 아니라 여러 사람이 짓고 불렀다 하더라도) 이들의 작품이 시조집에 실리기가 심히 어려운 실정이라는 것을 감안할 때, 오늘날 전하는 시조작품들은 평민의 목소리라고는 할 수 없다.

근대 유럽문학에 있어서도 일반 평민들은 문학의 창작에 가담할 수

---

31) 여기서 평민이라는 것은 일반 양민, 즉, 중인 계층 이하를 의미한다.

가 없었던 것이다. 귀족층은 명예와 한가한 여유가 있었다고 한다면, 하층 계급은 교육을 거의 받지 못했으므로, 문학적 심상을 글로 표현하기 어려웠고 생업에 바빴던 것이다. 그러나 중류층에 있어서는 경제적 궁핍에서 벗어나 어느 정도 교육을 받을 수 있었고, 또 시간적 여유를 가질 수 있었으므로 이 계층에 의하여 근대 유럽문학은 발전을 보게 되는 것이다.[32)]

이와 마찬가지로, 조선조시대의 평민층(서민층)은 지배 계층(양반 사대부계층과 중인계층)에 억눌려 살았으며, 지배 계층의 수탈대상이 되어 있었기 때문에 교육을 받을 기회가 거의 주어지지 않았었다. 설령 교육을 받을 수 있는 여건이 된 평민이 있었다 하더라도, 과거시험에 응시할 수 있는 신분이 아니어서[33)] 배움에 대한 집념이 강할 수가 없었던 것이다. 그러므로 이들 평민층은 자연히 문자해득이 어려웠고, 시조 형식에 따른 창작이 불가능한 것이었다고 생각되는 것이다.

둘째, 오늘날 전하는 장시조 작가들은 거의 모두가 중인계층에 속하는 인물들이었다.[34)]

셋째, 작자 미상의 장시조도 주로 중인 계층에서 창작하였으리라 추측할 수 있게 된다.

숙·영조 무렵은 가악이 극성하던 시기이며, 이 시기에 중인계층에 속하는 창가자(唱歌者)의 활동이 눈부시었다.[35)] 이와 때를 같이하여, 장시조의 전성기도 역시 숙종조에서 영조조에 걸친 약 1세기 동안[36)]

---

32) Renè wellek & Austin warren; The Theory of Literature, p.96.
33) 四方博; 李朝人口에 關한 身分階級別的 考察(梨大社會學科 번역 1962)의 제1장 참조.
34) 최동원님은 「古時調研究」(p.173)에서 '長時調의 작가와 唱者는 주로 中人階層이었으며, 그 중에서도 胥吏出身의 歌客이 長時調를 발달시킨 主役들이라 하였다. 최동원님은 이 책에서 이 문제를 깊이 다루고 있다.
35) 최동원; 앞의 책, p.172

이므로, 작자 불명의 장시조도 이 무렵에 많이 창작되었으며, 그 작품의 작자는 중인 계층 위주였음은 미루어 추측할 수 있는 일이다.

넷째, 고시조집의 편찬자 역시 중인 계층에 속하는 사람으로 되어 있는 경우가 많다. 3대 가집이라고 하는 청구영언·해동가요·가곡원류의 편찬자들은 모두 중인 계층의 사람들이다. 그 밖의 가집에서도 중인 계층의 사람들이 서문 또는 발문에 참여하고 있는 것으로 보아 책 편찬에 직접, 간접으로 관여하였음을 알 수 있다.

편찬자들이 중인 계층 위주라고 한다면, 자연히 그들과 가까운 그들 신분의 작가들이 쓴 작품을 많이 싣게 되었을 것이므로, 무명씨의 경우도 중인 계층의 작가일 가능성이 있는 것이고, 또 편찬자 자신의 작품이지만 이름을 밝히지 않았을 가능성도 있는 것이다. 특히 음방·치정의 장시조는 지은이가 분명하지 않다.(음방·치정이 사회 도덕에 위배되므로 지은이 이름을 명기하지 않았는지도 모른다.)

이렇게 볼 때, 작가가 알려진 작품들은 물론 중인 계층 위주의 작품들이지만, 작가가 알려지지 않는 장시조[37]도 중인 계층의 사람들에 의해 창작되었을 것이라는 추측을 할 수 있겠다.

그렇다면, 중인 계층의 작가들은 왜 단시조가 가졌던 형식과 내용을 거부하고 새로이, 열린 공간의 시조를 찾고 부른 것일까.

---

36) 위의 책, p.174

37) 최동원님의 조사에 의하면 장시조의 작품 수는 총 시조작품 수 3,335수 중 525수에 해당되며, 이 중에서도 작가가 알려진 작품 수는 131수라 하였으니, 무명씨의 장시조 작품은 무려 394수나 되는 셈이다.(앞의 책, p.170)

Ⅳ. Anomie와 중인계층

앞 장에서 장시조의 주된 작가층은 중인 계층이라고 하였다. 그러면 과연 중인 계층은 어떤 인물들로 구성된 계층인가.

중인이란 명칭은 醫·譯·籌·觀象·律·寫字·圖畵 등의 사무를 맡은 기술관들이 서울의 중심지역인 장교(長橋)에서 수표교(水標橋) 사이에 집단으로 거주한 데서 생겨난 명칭이다. 그러나 중인 계층이라 할 때에는 서얼·서리·군교·토관(土官) 등을 포함시켜 부르는 명칭으로 쓰인다.

이들 중인 계층은 고려시대까지만 하여도 양반 관료와 별다른 차별대우를 받지 않고 살아왔었지만, 고려 말기부터 조선 초까지 약 백여년 간에 걸친 사회신분층의 재편성 과정에서 양반 사대부 계층에 의해 사회적으로 차별 대우를 받게 되었던 것이다.[38]

이들 중인 계층의 인물들은 일반 평민과 양반의 중간에 드는 중간층의 인물로서, 양반 정치를 보좌하는 말단 행정 실무자 또는 기술 담당의 관리였던 것이다. 이들 중인 계층들은 양반 사대부들만이 종사할수 있는 華·要·淸의 職으로 나아가는 길이 제도적으로 막혀 있었으므로, 그들의 직책(실용기술이나 행정실무)은 자연히 세습되었던 것이다.[39]

그러나 비록 올라갈 수 있는 품계를 제한받고 살았지만 실용기술과 행정실무를 통하여 축적한 각종 지식과 경제적 실력은 양반을 능가하는 경우가 많았다. 그리고 말단 행정실무를 통한 이권과 외국과의 밀

---

38) 한국사(문교부 국사편찬 위원회) 10, p.596
39) 이들은 원칙적으로 잡과시에 합격해야만 관리로서 임명되었다. 그러나, 잡과시는 특수 기술을 익혀야하므로 여기에 응시하는 사라들은 자연히 중인출신의 자제들이었다. 그렇기 때문에 자연히 세습되어갔다.

무역을 통한 재산의 축적, 또는 특수기술을 통한 재산의 축적이 있었으므로 비교적 안정된 생활을 했던 사람들인 것 같다.

그들은 결혼도 같은 신분끼리 했으며, 한 곳에 같이 모여 살았기 때문에 그들끼리는 서로 긴밀한 연관을 맺고 있었다. 또 무슨 일이 있을 때마다 그들끼리 모여 집회를 가졌던 것이다.[40]

그들은 지식 수준이나 경제적 기반은 양반 사대부들을 능가하는 경우가 많았지만, 아버지가 중인 계층이라든가, 아버지는 양반 사대부이지만 어머니가 첩이라는 이유 때문에, 출세의 길이 제도적으로 막히고 양반과 다른 차등대우를 받고 살았으므로, 그들은 사회제도에 대한 모순과 양반에 대한 반발심을 갖고 살았던 인물들이었다. 그렇기 때문에 그들은 양반 사대부들과 다른 새로운 문화적 목표를 추구하기도 하였던 것이다. 구체적인 예로, 외래문화인 기독교와 민족문화라 할 수 있는 천도교는 모두 중인 계급에 의하여 먼저 수용되었었다.[41] 또한 동학의 교주들은 중인 계급 중에서도 아전 서자 출신들이었고[42] 양반 사대부들이 유교이념을 신봉하고 있을 때, 중인 계층에 있어서는 불교를 신봉하는 이질적 행동을 하는 경우가 많았던 것이며[43] 당시 정치적 패배자의 입장에 있던 남인들에 의하여 먼저 수용되었던 실학도 중인 계층들에게 깊이 전파되어 있었다.

이와 같이, 양반 사대부층과 다른 독자적인 문화적 목표를 추구하고 있다는 것은 일종의 양반층에 대한 소외의식[44]에서 출발한 일탈행위

---

40) 李光麟; 韓國開化史硏究(一潮閣, 1974), pp.270~271
41) 金泳模; 韓國社會學(法文社, 1978), p.190
42) 위의 책, p.191
43) 李光麟; 開化黨硏究(一潮閣, 1973), p.10
44) 여기서의 소외(alienation)라는 말은 사회학에서 말하는 인간이 만든 문화로부터 거꾸로 인간이 지배당하는 경우의 인간의 심리상태가 아니라, 상부계층과 하부계층에 있어서 문화적 의식이 서로 다름으로해서 유발되는 괴리(disjunction) 현상을 하부계층

인 것이다.

Melvin Seeman은 소외감정에서 유발되는 현상으로는 무능력(*powerlessness*)・무의식(*meaninglessness*)・무규범(*normlessness*)・격리(*isolation*)・자기유리(*self—estrangement*) 등의 다섯 가지가 있다 하였다.[45]

Seeman이 설명하고 있는 소외현상 중에서 '무규범(*normlessness*)'은 사회적 활동을 규제하는 적절한 규범이나 전통적 규범을 상실한 상태로 Anomie 현상과 같은 것이다. 즉 Anomie 현상은 소외감정의 일종인 셈이다. Seeman은 Anomie를 설명하는 자리에서 다음과 같이 말하였다.

> 아노미의 일반적 개념은 소외감정을 논함에 있어서도 불가결의 부분이며, 또한 그것은 우리의 기대성에 대한 개념과도 관계됨이 분명하다. ······ 불행히도 무규범(*normlessness*)의 개념은 너무 확대되어 널리 사회현상과 정신상태의 다양성까지도 포함하게 되었다. 그리하여, 개인적인 조직 파괴라던가, 문화적인 파괴라던가, 상호불신까지도 말하곤 한다. 소외감정을 논함에 있어 Anomie란 말을 사용하는 사람들은 주로 사회에 있어서의 수단(*means*)의 강조에 대한 정밀한 이론 구성에 관심을 가진다. 예를 들면 일반적으로 지지하는 표준의 결여라던가 도구적, 수공적인 태도의 발전에 관한 것을 말한다.[46]

이와 같이 Anomie 현상은 소외감정과 통하는 것이다.

Anomie 현상을 조선조사회 속에서 발견하자면 사회적 갈등에서 찾기보다 계급적 갈등에서 찾는 편이 훨씬 용이할 것이다. 특히 조선조

이 심하게 느끼는 경우로 쓰이었다.

45) Melvin Seeman; On the meaning of alienation(American Sociological Review. 1959. Vol. 24. No. 6, pp.783~791)

46) Melvin Seeman; 앞의 책, p.787

사회는 계급 간의 알력이 심했던 사회였기 때문이다. 중인계층 사람들이, 양반 사대부계층 사람들이 향유하고 있던 문화적 의식을 버리고, 그들 나름대로의 새로운 문화의식으로서의 서구 종교를 수용한다든가, 새로운 종교를 수립한다든가, 또는 조선조사회의 통치이념이요, 사회규범이라고 하는 유교를 버리고 불교를 숭상하는, 등등의 제 행위는 상층계급에 대한 반작용 행위이다.

이것은 Seeman이 말한 '일반적으로 지지하는 표준의 결여' 또는 기존문화에 대한 '문화적인 파괴'라는 의미에서 Anomie의 요소를 띠고 있는 것 같다.

Durkheim이나 Merton의 설명으로 풀이한다 하더라도 통치자인 양반 사대부들이 만들어 놓은 기존문화의 사회표준(유교이념)을 흔들어 놓은 것이니, 이같은 행위의 요인은 역시 Anomie 현상으로 볼 수 있을 것이다.[47]

문학은 사회를 반영하게 된다고 할 때 조선조 문학 속에서도 이같은 Anomie라는 사회현상이 투영되어 있음을 발견하게 되는 것이다.

단시조는 양반 사대부들이 발견한 그들 위주의 전유물이요, 오락물이요, 교양물이었다. 그렇기 때문에 양반 사대부의 취향 안에 갇힌 단시조는 닫힌 공간의 시가로 굳어간 것이다. 단시조는 시조문학의 표준이요, 규범에 해당하였지만, 장시조는 단시조의 이런 성질에서 벗어난 시조문학의 변이형태요, 열린 공간의 시가임은 앞에서 설명한 바와 같다. 장시조 그 자체가 단시조에서 왔기는 하지만, 단시조의 형식과 내용을 거부하고 나선 일탈적인 문학인 셈이다. 곧 인간사회로 비유하여 말하면 문학의 세계 속에서의 아노미적 경향(a Anomic tendency)이 장

---

47) 이것은 반발심리로 볼 수도 있다. 그러나, 반발심리 안에는 도피, 저항, 소외, 아노미 등의 개념이 포함되므로, 반발심리하고 한다면 그 개념이 커지어 막연한 느낌이 있다.

시조라고 할 만하다.

또, 장시조를 창작한 작가의식에서 보아도 장시조 속에 등장하는 여러 요소 중에서 아노미적 경향의 요소를 추출해 낼 수 있을 것 같다.

주로 양반 사대부층에서 창작한 단시조에서는 거의 보이지 않는 음방·치정 같은 반도덕적(또는 무규범적) 요소가, 주로 중인 계층에서 창작한 장시조 속에 아주 흔하게 나타나는 것은, 앞서 설명한 중인 계층의 제 사실로 미루어 볼 때, Anomie 현상의 결과로 볼 수 있을 것이다.

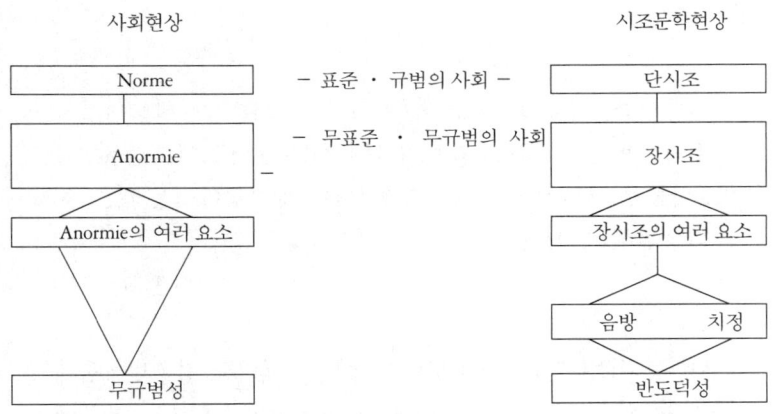

이것을 알기 쉽게 표로 보이면 위와 같다.

반도덕성(무규범성)을 내용으로 하는 장시조들은 크게 두 가지로 나누어 설명할 수 있다. 하나는 비행의 성관계요, 또 하나는 노골적인 성의 유희현상이 그것이다.

이것들은 규범(유교이념이 주는 도덕관념)에서 벗어났거나, 규범을 무시한 현상이며, 사회집단구성원간의 행동을 통제하는 규범적 가치의 조직화된 추세(*organized set of normative values*)로 볼 수 없는 일탈행위인 것이다.

1) 비행의 성관계

도덕이란 말은 넓은 의미로서는 인간들 사이의 올바른 관계를 뜻하지만 좁은 의미로서는 올바른 성관계를 뜻한다.[48] 따라서, 비행의 성관계는 올바른 성관계가 아닌 도덕에 어긋나는 일종의 범죄행위이다. 그러면 과연 여기에 속하는 작품들은 어떤 것이 있는지 몇 작품만 예를 들어 보자

개를 여라문이나 기르되 요개곳치 얄믜오랴 믜온님 오게 되면 꼬리를 회회치며 지뛰락 나리뛰락 반겨셔 늬닷고 고온님 오게 되면 뒷방울 바둥바둥 무로락 나오락 캉캉 즛는 요 도리암캐 쉰 밥이 그릇그릇 날진들 너 먹일 줄이 이시랴.

만횡(瓶歌 924)

내게는 怨讐ㅣ가 업셔 개와 닭이 큰 怨讐로다. 碧紗窓 깁픈 밤의 품에 들어 자는 임을 자른 목 느르혀 홰홰쳐 울어 닐어 가게 ㅎ고 寂寞重門에 왓는 님을 믈으락 나오락 캉캉 즈저 도로 가게ㅎ니 암아도 六月流頭 百種前에 서러저 업씨 ㅎ리라.

朴文彧(靑謠 67)

작품상으로 볼 때, 작자는 고운 임과 미운 임을 가지고 있다. 미운 임은 개가 반기는 것으로 보아 정당한 임인 것 같다. 그러나 고운 임은 개가 물려고 하는 것이라든가 寂寞重門에 몰래 찾아와 날이 새기 전에

---

48) Joseph G Brennan; The Meaning of Philosoph(郭江濟역, 學文社, 1977, p.421)

시조문학 탐구

작자 곁을 떠나야 하는 것으로 보아 정상적인 부부관계는 아니다.

　　스람마다 못할 것은 남의 님 꾀다 情드려 놋코 말 못ᄒ니 이연ᄒ고 통
　　ᄉ정 못ᄒ니 나 죽갯구나. 꼿이라고 뜻어를 늬며 닙히라고 홀터를 늬며
　　가지라고 꺽거를 늬며 해동청 보라매라고 제 밥을 가지고 굿여를 낼가
　　다만 秋波 여러번에 남의 님을 후려를 내여 집신 간발ᄒ고 안인 밤중에
　　월장도쥬ᄒ야 담 넘어갈 제 싀익비 귀먹쟁이 잡녀석은 남의 속늬는 조
　　금도 모르고 안인 밤중에 밤ᄉ람 왓다고 소릭를 칠 제 요늬 간장이 다 녹
　　는구나. 참으로 네 모양 그리워셔 나 못살게네.

(樂高 918)

　남의 집 며느리에게 정들여 놓고 밤중에 몰래 담을 넘어 가는데, 시
아버지에게 들켜 어쩔줄 모르겠다는 내용이다. 역시 남의 아내를 넘보
는 부도덕한 행위이다.

　이 작품에서는 행동의 주체자가 남자인 경우이다.

　　밋남편 그놈 廣州廣德山 싸리뷔 장ᄉ 소닥남진 그놈 朔寧이라 잇뷔
　　장ᄉ 눈졍의 거른 님은 뚝닥 두드려 방마치 장ᄉ 드를르마라 홍독개 장
　　ᄉ 빙빙도라 물네 장ᄉ 우물견의 치다라 간당간당 ᄒ다가 워랑충청 풍
　　덩 빠져 물 담복 떠늬는 드레꼭지 장ᄉ 어듸가 이 얼골 가지고 됴릭박 장
　　ᄉ못 어드리.

만横(甁歌 933)

　본남편은 싸리비장수이다. 그런데, 작중 인물은 본남편을 두고, 여
러 샛서방을 따로 정해놓고 있다. 거기다 또 샛서방을 하나 더 얻으려
한다.[49]

────────────────

49) 장시조 작품 속에는 장사치와 아낙네와의 수작을 내용으로 하는 작품들이 몇 편 등장

듕놈도 사룸이양호야 자고 가니 그립삽디 듕의 송낙 나 베옵고 늬 족
도리만 듕놈 베고 듕놈의 長衫은 나 덥삽고 늬 치마란 듕놈 덥고 자다가
깨야보니 둘의 思郎이 송낙으로 호나 족도리로 담북 잇튼날 호던 일 生
覺호니 못 니즐가 호노라.

編數大葉(甁歌 1084)

승려와의 정사를 내용으로 하고 있다.

승려 신분으로서 남의 여자를 넘본다는 것도, 또한 남의 아내가 승
려와 놀아난다는 것도 윤리도덕에 위배되는 것이다.(이같은 승려들의
성적 탈선행위를 읊은 장시조는 이 외에도 몇 작품이 더 보인다.)

작자는 승려들의 행실이 실제로 이러했다는 뜻으로서의 고발을 목
적으로 하고 있다기보다 가상으로서의 이러한 행위를 그려 본 것이라
하겠다. 말하자면 규범에서 떠난 무규범의 세계를 나타내고자 하는 의
도에서 탈선 승려가 등장한 것이라 생각할 수 있다.

2) 성적 유희(性的 遊戱)

여기에는 성기 자체에 대한 묘사와 성행위에 대한 묘사의 두 요소가
있다. 먼저 성기에 대한 묘사를 읊은 작품 한 수만 소개한다.

밋남진 그놈 紫聰 벙거지 쓴놈 소딕書房 그놈은 삿벙거지 쓴놈 그놈
밋남진 그놈 紫聰 벙거지 쓴놈은 다 뷘 논에 졍어이로되 밤中만 삿벙거
지 쓴 놈 보면 샐별 본 듯 호여라.

言樂(靑六 830)

한다. 이것 역시 조선조 사회에서의 도덕성에서 벗어나 있다.

시조문학 탐구

본남편의 그것은 자줏빛 말총으로 만든 벙거지요, 샛서방의 그것은 삿갓벙거지 쓴 모양이다. 그런데, 본남편의 그것은 벼를 다 벤 논에 선 허수아비로되, 밤 중에 샛서방의 삿갓벙거지를 보면 샛별 본 듯하다는 것이다.

다음은 성행위에 대한 묘사를 한 작품 몇을 소개한다.

> 드립더 바드득 안으니 세 허리지 자늑자늑 紅裳을 거두치니 雪膚之 豊肥ᄒ고 擧脚蹲坐ᄒ니 半開ᄒ 紅牧丹이 發郁於春風이로다. 進進코 又 退退ᄒ니 茂林由中에 水春聲인가 ᄒ노라.
>
> 樂時調(甁歌 975)

> 셋괏고 사오나온 저 軍牢의 쥬정 보소 半龍丹 몸똥이에 담벙거지 뒤 앗고셔 좁은 집 內近ᄒ듸 밤듕만 들녀들어 左右로 衝突ᄒ여 새도록 나 드다가 제라도 氣盡턴디 먹은 濁酒 다 거이네 아마도 후酒를 잡으려면 저 놈브터 잡으리라.
>
> 申獻朝(蓬萊樂府)

이 외에도 이런 유의 작품들은 장시조 속에 많이 있다.

그러나 이것은 장시조 속에만 있는 것이 아니라, 같은 조선조문학인 판소리에서도 또 가면극(특히 도시가면극), 인형극 같은 민속악 속에 서도 가끔 발견할 수 있는 현상이기도 하다. 그러면 이것도 또한 Anomie 현상의 결과로 봐야 할 것이냐 하는 의문이 생길 수 있다. 그러 나 이 문제는 성질상 장시조의 그것과 같다고 할 수 없을 것 같다.

첫째, 판소리나 가면극, 인형극은 흥행예술로서 광대나 사당패라고 하는 직업 예술인의 생활도구였던 것이다. 그렇기 때문에 이들의 연희 내용에는 관람객의 동원이라는 문제가 포함되어 있다. 사설 속에 한문으로 된 유식한 문자가 섞여 나오는 것은 양반 좌상객들을 위함이라면, 양반에 대한 풍자를 삽입한 것은 일반 서민, 천민의 기호에 맞추고자 함이었다. 여기에 또한 반상에 관계없는 흥밋거리로써 성문제가 등장한 것이다.

둘째, 판소리, 가면극, 인형극에 등장하는 인물 중에는 장시조에서와 마찬가지로 비정상적, 반도덕적 언동을 하는 인물이 등장하는데, 이는 광대나 사당패라고 하는 유랑민의 생활의 반영일 수도 있다. 빈곤과 불안정한 뜨내기 유랑민들은 비정상적이고 반도덕적이며 기존 문화에 위배되는 일탈행위를 자행할 수도 있었다고 보아진다. 그들은 그들의 현실생활의 비참성을 오히려 희극적 재담거리로 바꾸어 생활도구로 삼았던 것이라 할 수 있다.[50]

셋째, 장시조 속에 나타나는 무규범성(반도덕)이 판소리, 가면극, 인형극의 창작소재로 활용되었다고도 할 수 있다.

18C는 장시조의 전성기였다. 그러나 19C에 오면 장시조는 쇠퇴하기 시작하여 19C 후반, 즉 조선말에 와서는 거의 소멸단계에 이른다.[51] 대신 이 시기는 판소리나 잡가와 같은 민속악이 발달하고 그 세력이 팽창한 것이라는 사실로 볼 때,[52] 장시조의 내용이 민속악 계통으로 흘러들어가 민속악의 동력이 되었다고 할 수 있게 된다. 그러니까, 상부 계층에 대한 계급 갈등에서 오는 무규범성이 아니라, 앞 시기에 홍성한 문학내용의 일부를 답습한 상태였다고 할 수 있다는 것이다.[53]

---

50) 徐鍾文;「변강쇠歌」研究(판소리의 理解, 創作과 批評社, p.283)
51) 최동원; 앞의 책, p.194
52) 최동원; 앞의 책, p.310
53) 장시조의 무규범성과 민속악 계통의 무규범성은 그 성질이 다르다 할 수 있다면 시대를 거슬러 올라가 고려속요 속에서의 무규범성은 어떻게 설명될 수 있겠는가 하는 문

시조문학 탐구

V. 결론

이상에서 보는 바와 같이, 유교이념을 통치이념과 생활이념으로 삼던 조선조사회에서 보면, 장시조는 실로 어처구니없는 이탈이며, 반도덕이며, 무규범의 상태를 내포하고 있었던 것이다.

이와 같은 현상이 장시조 속에 흔하게 등장하는 것은 장시조의 주된 작가층인 중인 계층의 의식구조가 무규범의 상태를 동경하거나, 아니면, 규범과의 충돌(*Conflict of norms*)[54] 의식을 가졌던 것으로 이해할 수 있다.

일찍이, Durkheim이 Anomie 이론을 처음으로 전개할 때 말했듯이 사람들이 확실하게 얻을 수 있는 목적과 명백한 선택의 여지가 없는 생활을 할 때, 다시 말해, 그들 위에 텅 빈 공간만이 존재할 때(*only empty space above them*) 그들은 정서적 고민(*emotional distress*)에 빠지기 쉽다[55] 하고 이런 상황에서부터 사람들은 집단의 통제와 규제가 제공하는 안정성을 상실하게 된다(*he loses the security that group control and regulation provide*)[56]고 하였다.

중인 계층은 양반 사대부계층과는 달리 문화적으로 성취하고 싶은 목표는 뚜렷하지만 제도화된 수단 때문에 그 목표를 성취할 수 없었던

제가 또 남아 있다. 이것은 고려속요가 발달하게 된 사회적 배경에서 찾을 수 있겠다. 몽고 지배 하에서의 고려 왕실은 권신배들과 얼려 퇴폐와 음란 속에 빠져 있었음을 여러 기록이 제시하고 있다. 그들의 이런 생활과 결부되어 나타난 것이 고려속요인 것(최동원; 앞의 책, p.37)이라면 역시 계급적 갈등에서 오는 Anomie 현상과는 다른 차원에 속한다 하겠다.

54) Dwight G Dean의 「Alienation Its Meaning and Measurement」(American Sociological Review 26. Octover 1961, pp.754~755)에 의하면 Anomie의 형태엔 무목적성 (Purposelessness)과 규범의 충돌(conflict of norms)의 두 형태가 있다 하였다.

55) Broom Selznick; Sociology(Harper & Row publishers Incorporated, 49 east 33rd St NY), p.28

56) 앞과 같음.

사람들이었으므로, 정서적 고민 상태에 있었던 사람들이라 볼 수 있다.

이것이 결국 무규범(비도덕)을 내용으로 하는 장시조로 나타나게 된 것이며 이런 의미에서 볼 때, 이같은 내용을 장시조 속에 담은 중인 계층의 작가들은 Merton이 말한 반역형(*Rebellion*)에 가까운 인물들이라 할 수 있을 것 같다.

이들 작가들이 단시조보다 장시조에 편향하게 된 것도 까다로운 형식이나 고루한 내용을 동경하지 않은 데서 출발한 것이라고 본다. 이것은 Albert Cohen이 지적한 것처럼, 하층 계급의 청소년들이 중류층의 지위와 성취의 기준에 맞출 도리가 없다는 현실에 대하여 반작용의 수단으로 비행적인 부분문화(*Sub —cultures*)를 만드는 이치와 비슷하게 중인 계층에 있어서도 양반 사대부층이 가졌던 단시조와는 다른, 장시조를 찾게 되고[57] 또 그 속에 반도덕적인 내용을 담게 된 것이라 본다.

결국, 앞서 보인 무규범의 장시조들은 중인 계층이 만든 하나의 비행적인 부분문화요, 양반 사대부들의 단시조에 대한 반문화(*counter —cultures*)[58]라고 할 수 있을 것이다. 이것이 일어난 동기는 물론 상부 계층에 대한 계급적 갈등이며 이 계급적 갈등에서 초래된 Anomie 현상 때문이라고 할 수 있겠다.

---

57) 장시조를 발생시킨 것도 중인 계층과 무관하지 않지만 장시조를 발전시킨 것은 주로 중인 계층이었다고 보여진다.
58) 지배적인 문화에 반대하고 도전하는 문화를 말한다.(金璟東님의 앞의 책 p.211)

시조문학 탐구

미학적 측면에서 본 민요와 장시조

Ⅰ. 서론

민요는 주로 일반 서민들이 노동이나 놀이 또는 제의를 거행할 때에 불렀던 노래이다. 장시조는 주로 양반 사대부(중인 계층 포함)들의 노래로서 그들의 여흥을 위하여 존재하였던 노래이다. 민요는 입에서 입으로 전해왔으며, 가창을 할 때에는 악기도 없이, 그저 흥에 겨운 서민들의 어깨춤을 수반한 노래였다고 한다면, 장시조는 일찍부터 가책에 올라 문자로 전파되기도 하였으며, 가창을 할 때에는 일반적으로 가야금이나 거문고나 대금 등의 악기를 수반한 연회장소 같은 데서 행세차로 불렸던 노래라 할 수 있겠다.

그러므로 이들 노래 속에는 양반 사대부층과 일반 서민과의 의식의 차이를 보이는 그 어떤 요소가 내재해 있을 가능성은 이미 있다고 볼 수 있겠다.

본 논문에서는 이 두 노래에 나타난 미의식을 서로 비교하여 그 차이를 살피고자 한다. 미의식적인 측면이라고 한다 하더라도 좀 막연한

감이 있으므로, 여기서는 소위 대화체에 있어서의 앞의 작중화자와 뒤의 작중화자가 주고받는 노랫말들이 미적으로 어떠한 연결을 보이고 있는가 하는 문제를 서로 비교해 보고자 하는 것이다.

이 논문에서는 대화체의 작품들[1]만을 비교 대상으로 삼으려 한다. 시가에서의 대화체는 극적인 효과를 노리는 문장구성상의 기교라 할 수 있다. 다시 말하자면, 대화체의 작품들은 독자나 청자에게 극적인 효과를 주기 위한 문장기교다. 이런 의미에서 대화체의 장시조와 민요를 비교[2]하고자 한다.

Ⅱ. 노동의 현장에서 본 두 노래

민요나 장시조는 주로 노래를 함으로써 노동의 고역을 덜어 보자는 의도와, 노래를 함으로써 놀이의 흥을 돋우자는 의도를 가지고 있다고 할 수 있다.

이와 같은 의도로써 노래 불리어졌다고 한다면, 이들 두 노래 속에는 노역을 덜자든가 또는 흥을 돋우자는 데에 필요한 준비된 그 무엇이 노래 속에는 미리 내재해 있게 된다고 볼 수 있다. 준비된 그 무엇은 노래하는 이가 노래할 때에 느끼는 어떤 재미, 곧 미감이라고 할 수 있

---

1) 여기서의 대화체란 작품 중에 작중 화자가 두 사람 이상으로서, 서로 대화 형식을 취하는 작품을 의미한다. 민요에서는 대화체의 작품 수를 헤아리기 어렵지만, 장시조에 있어서는「역대시조전서」에 수록된 장시조 총 오백여수 가운데에 사십 수 정도가 대화체의 작품으로 보인다.
2) 장시조와 민요를 비교하는 작업은 일찍이 고정옥이 그의「조선민요연구」에서 잠깐 연구한 바가 있다. 여기서 그는 장시조가 민요에서 왔다는 설을 주장하기 위해서 민요와 흡사한 장시조를 예로 들고 있다. 그리고 조동일은 그의「우리 문학과의 만남」에서 모노래와 시조(단시조)를 서로 비교하고 있다.

을 것이다. 그 미감은 노래 가사에 있을 수도 있는 것이고, 곡조에 있을
수도 있는 것이다.

미감(美感)이란 허버어트 리이드의 말에 의하며 어떤 상황에 인간이
접하였을 때에 쾌적한 제 관계를 마음 속에 감득하게 되는 것을 말한
다고 하였다.[3] 그러므로 미감은 미적 가치를 가진 어떤 대상을 통하여
인간이 느낀 심적 충격인 것이다. 어떤 대상에 미적 가치를 부여하는
것은 물론 주관의 평가의식에 따른 결과다. 가령 '이 장미는 붉다(A)'
와 '이 장미는 아름답다(B)'의 두 경우를 놓고 생각해 보자. A는 있는
사실 그대로를 밝힌 사실판단(factual judgement)의 형식을 취하고 있
다고 할 수 있겠다. 그러나 B는 A와는 좀 다르다. B는 있는 사실 그대
로라기보다는 장미를 보고 느낀 주관적 표현이므로, 의미체계가 A와
꼭 같다고 할 수 없게 된다. 곧 이같은 B의 판단을 가치판단(valuative
judgement)의 형식이라 한다.

사실판단은 사실을 그대로 표명하는 판단형식이요, 가치판단은 가
치 주체가 가치 객체에 대해 주관의 평가의식을 표명하는 판단형식이
다.[4]

사실판단은 일상어 속에 얼마든지 찾아낼 수 있는 평범한 판단이라
고 한다면, 가치판단은 미적 직관에 해당하는 판단이라 예술가에 의해
자기의 직관적 체험세계를 미적으로 나타내어 타인에게 전달하는 경
우에서 자주 볼 수 있는 것이다. 그리고 가치판단은 주관적 개인적인
체험이면서도 이와 동시에 보편성이 있는 체험이어야 타인에게 공감
될 수 있다.

---

3) 허버어트 리이드(백기수, 서라사 공역); 예술론, 경림출판사, 1978, p.22
4) 백기수; 미학, 서울대학교 출판부, 1978, p.119

Ⅰ. 고시조의 내용과 형식

서마지기　논배미가　반달만치　남았고나
　　네가무슨　반달인가　초생달이　반달이지.5)

　이것은 모심기 노래이다.

　이 노래를 부를 때에는 선창과 후창으로 편을 갈라서 부르는데,6) 경
우에 따라서는 선후창의 교환창으로 부르지 않고 모두 다 함께 합창하
는 경우도 있다. 그러나 노래 형식만은 작중화자가 둘로 나타난 교환
창 형식이다.

　이 노래를 문제 삼는 것은 앞에 등장한 작중화자의 노래와 뒤의 작
중화자의 노래가 대칭을 이루고 있다는 데에 있다.

　앞의 소리는 모심을 면적이 얼마 남지 않은 상태를 반달이라 했는
데, 이 말을 받은 뒷소리는 앞소리를 부정하고 나서는 것이다. 모심을
면적이 얼마 남지 않은 상태를 반달이라 했다든가 이를 또 초승달에
비유하고 있는 것은 비합리적이고 모순된 표현이라 할 수 있다. 이것
은 또한 주관적 가치판단에 의한 판단체계, 다시 말하면 모심을 면적
을 보고 느낀 미적 직관에 의한 판단인 것이다.

---

5) 임동권 편; 한국민요집 3, 집문당, 1975, p.51
이 노래와 비슷한 노래로서 다음과 같은 노래도 있다.
　　바다겉은　이논배미　반달겉이　남았구나
　　니가무슨　반달이고　그믐초생이　반달이지
　　　　　　　　　　　　　(위의 민요집, p.14)
혹시 이와 같은 노래는 이렇게 해석이 되는 건 아닌지 모르겠다. 그렇게 너르게 보이던
서마지기 논이 이제 얼마 남지 않아서, 그 얼마 남지 않은 부분이 반달같이 아름다운
상태라 보고 반달이라 말했는데, 이 말을 받는 쪽은 그게 그런 것이 아니고, 정말 아름
다운 상태가 되려면 그믐이나 초승달 모양의 정말 얼마 안남은 상태가 아름다운 상태
인 반달인 것이니, 얼른 모를 심자는 발상에서 초승달이 반달이라 한 것은 아닐까하고
추측해 보는 것이다.
6) 편을 갈라서 노래를 할 경우에는 그 노래 속에 등장하는 작중 화자의 입장을 대역하
　게 된다.

82
　시조문학 탐구

이 민요에서 보듯이 비합리적인 근거 아래에서 미는 존재하게 되는 것이지, 또 일반적이고 보편적인 데서 미를 발견하기란 어렵다.

엄밀히 말하면 보편성에는 미가 없다. 우리가 당연히 보편적인 것으로 구성할 수 있고 또 그런 것으로 구성하여야 되는 미의 개념은 현실적으로 아름다운 그 무엇에 불과한 것이며, 어디서나 재현하는 공통적인 것이다. 따라서 그것이 미 그 자체는 아니다. 아름다운 그 자체가 무엇인가를 말하려면 첫째, 어떤 개별적인 경우를 보고 나서 말하여야 하며, 둘째, 예술가가 말하듯이 즉 개념적으로 이해하고 나서가 아니라 관조하고 감수하고 나서 말하여야 하는 것이다. 그러나 그렇게 되면 개념이 성립하지 않는다. 미와 미적가치 일반이 비합리적인 근거와 의미가 바로 여기에 있다.[7]

이상의 하르트만의 설명과 같이 미는 보편성에서 벗어난 상태에서 존재하고 있는 것이다. 바꾸어 말하면, 이제 모심을 면적이 두어 평 남짓 남았다고 할 때보다는 반달같이 남았다고 할 때가 보편성을 벗어난 가치판단 하에 놓이게 된다고 하겠다. 후창에서도 마찬가지다. 반달을 초승달로 바꾸어 말하는 이것은 예술이 갖는 역설적 기능에 속하며, 또 예술은 단편적이거나 괴기적이거나 미완성적이라는 견해[8]에 가까워진 표현이라고도 할 수 있을 것이다.

　　　물고는철철　헐어놓고　주인할량　어데갔노
　　　문어전복　　손에들고　첩의방에　놀러갔네.[9]

주인은 물고를 헐어 고용인들을 노동하게 해놓고는 노동의 현장에

----

7) N. 하르트만(전원배 역); 미학, 을유문화사, 1976, p.370
8) 알로이즈리이글(김정한 역), 예술미학론, 문명사, 1975, pp.146~158
9) 임동권 편; 한국민요집 1, p.7

서 멀리 떨어져 나와 노동과는 다른 행동을 하고 있다는 것이다. 그러나 노동의 현장인 논에 주인이 없을 리 없고 주인도 없는 논에 모를 심을 리도 없는 것이다. 다만 선창(이 노래를 선후교환창이라 할 때)은 주인 들으라는 고용인의 소리인데, 여기서 주인을 부르는 이유는 때가되었는데 아무 기척이 없다는 이유에서이다. 모내기하는 이 노동은 온몸운동이 되어 쉽게 배가 고프다. 주인이 있었더라면 참을 내든지, 아니면 점심을 내든지 할 것인데, 아직 그런 기미가 없는 것으로 보아 아마 주인이 이 자리에 없는가보다 하고 넌지시 주인 들으라고 하는 독촉소리인 것 같다.[10] 후창은 주인의 입장에선 타인의 목소리인데, 주인은 지금 딴전 보고 있기 때문에 모심기하는 현장에 없다고 이른다. 그렇기 때문에 점심참을 낼 때가 되었는데도 아직 기별이 없다는 것이다. 이 말은 빈정거리는 투의 말이라고도 할 수 있겠다. 그렇건 저렇건한 쪽에서는 모내기에 바쁜데, 한 쪽에서는 첩의 방에서 맛있는 음식을 먹으며 놀아난다는 것은 서로 대칭적인 행위라 할 수 있다. 곧 묻고대답하는 것이 서로 대칭적이라 할 수 있겠다.

이상의 민요에서 본 바와 마찬가지로 민요에 있어서는 대화체 속에나타난 작중화자들의 주고받는 말이 서로 대칭적인 연결 관계를 이루

---

10) 모심기 노래 중에는 점심을 기다리는 노래가 많다.
더디오네 더디오네 점심참이 더디오네
미나리라 수금채에 맛본다고 더디오요.
(임동권 편 한국민요집 2, p.49)
이와 같은 점심참을 기다리는 노래가 모심기 노래 속에 많은 이유는 첫째, 남의 집에 품을 들 때에는 아침이나 저녁밥은 자기 집에서 먹지만, 점심이나 참은 품 든 집에서 먹기 때문에 점심이나 참을 기다리는 노래가 많은 것이다. 둘째, 모심기가 고된 노동이라, 쉽게 배가 고프기 때문인 것 같다. 물론 이 노래도 앞에서와 마찬가지로 선창은 고용인의 노래, 후창은 주인 입장의 노래다. 여기서도 묻고 대답하는 것이 대칭적인 내용에 가깝다. 즉 선창에서는 점심참을 빨리 가져와야 한다는 내용이고, 후창에서는 맛있게 해 올리려 그러니 기다려 달라는 뜻인 것 같다.

고 있음을 살펴보았다.

> 살구꼿 봉실봉실 핀 밧머리에 이라이라 하는 저 농부야 그 무슨 곡실
> 을 시무랴고 봄밧을 가오 예주리 천자강이 홀아비콩 눈씀적이 팟 녹두
> 기장 청경 차조 새코 씨르기 참깨 들깨 동부 쥐눈이 찰수수를 갈랴 함나
> 그 무엇슬 스무랴하노 그것도 저것도 다아니오 구곡장진 신곡미등할
> 쌔에 제일 농량인 긴한 봄보리 가오.

(耕春麥) (樂高 970)

이 노래에서 보듯이 농부에게 묻고 있는 앞의 작중 화자는 무슨 곡
식을 심으려고 밭을 갈고 있느냐. 잡곡을 심으려 하느냐고 묻는다. 뒤
에 오는 작중 화자인 농부는 잡곡을 심으려 하는 것이 아니라, 봄보리
를 심으려고 밭을 갈고 있다고 대답하였다.

앞의 목소리는 배고픈 보리고개를 모르는 노동을 구경하는 입장에
선 사람의 목소리라고 한다면, 뒤의 목소리는 배고픈 보리고개를 바로
아는 노동을 직접하고 있는 농민의 목소리로 나타나 있다.[11]

그러면 과연 이 장시조와 앞의 예로 든 민요 속에 등장하고 있는 작
중 화자들 끼리의 주고받는 말들은 그 연결이 미학적으로 어떠한가 하
는 의문이 남아 있다. 이 문제를 알기 쉽게 설명하기 위해서 아래의 그
림을 이용하여 설명하기로 한다.

A) □ □ □ □

B) □ ○ □ ○

---

11) 민요에 나타난 작중화자들은 서로 평등한 입장에서 대화하는 것이 일반적으로 많은
데, 장시조에 와서는 위 작품에서 보는 바와 같이 주고받는 말이 평등하지 않은 입장
에서 서로 대화하고 있는 경우가 많다.

A 그림은 동일한 높이에 약간의 크기 차이를 보이는 두 사각형의 나열 형태이다. 이 그림은 동일한 것 같으면서도 동일하지 않고, 상이한 것 같으면서도 서로 상사한, 이러한 양형의 배열에 대해서 쾌감보다는 오히려 불쾌감을 느끼게 된다. 즉, 이 양형에서는 뚜렷한 등일(等一)과 결연한 수별(殊別)을 찾아볼 수가 없기 때문이다.

B 그림에 있어서는 A 그림과는 반대로 사각형과 원과의 나열이다. 이 그림에서는 형식원리의 뚜렷한 등일과 수별이 형성되어 있으므로, 양형에서 오는 인상이 강렬함을 느낄 수가 있다. 따라서 우리는 A의 단조로운 나열보다는 변화가 보이는 B에서 더 미적인 쾌감에 접하게 되는 것이다.

단조로운 것은 그 인상력을 덜게 마련이다. 즉 동일한 부분이 반복될 때에는 각개가 갖는 인상력은 틀림없이 감소되는 것이다. 그러므로 우리들의 심적 활동의 본성에 갖추어진 힘, 다시 말하자면 모든 사물을 강하게 경험하려는 욕구에서 우러나오는 힘의 요구를 손상케하는 것이다.[12]

장시조에 있어서는 앞의 작중화자가 밭에 잡곡(□)을 심으려 하느냐고 물었을 때에 답을 하는 뒤의 작중화자는 봄보리( )를 심으려 한다고 하였다. 이것은 앞의 목소리나 뒤의 목소리가 서로 비슷한 물음과 답을 주고받은 셈이기도 하는 것이다. 그러나 가령 민요에서 보면,

이논에다　　모를심어　잔잎이휠휠 영화로다
우리야부모님 산소등에　솔을심어　　영화로다.[13]

---

12) 미학연구회 편; 미학, 문명사, 1975, p.81
13) 임동권 편; 한국민요집 2, p.51

시조문학 탐구

이렇게 노래하고 있는데, 앞의 행에서는 모를 심어 영화라 했지만 뒤의 행에 있어서는 솔을 심어 영화라 하고 있다. 즉 심는 내용이 서로 다르게 나타나고 있는데, 장시조에서는 이런 표현이 보이지 않고 있는 것이다. 곧 위 도표에서 보면 장시조는 A에 가까운 구조 속에 놓인다고 할 수 있겠다. 그러나 민요에 있어서는 앞의 작중 화자의 목소리를 □라 한다면, 뒤의 작중 화자 목소리는 ○이라 할 수 있겠으므로, B에 가까운 구조에 놓인다 할 수 있을 것이다. 그러므로 여기서 예로 든 작품들을 비교해 볼 때에, 민요와 장시조는 그 작중 화자의 말의 주고받는 연결 관계가 서로 다른 미적 구조를 가지고 있음을 알 수 있는 것이다.

Ⅲ. 남녀 애정을 통해 본 두 노래

민요에서는 노동을 하면서도 남녀의 애정을 서로 교환하는 노래가 많다.

가)
방실방실   윗는님을   못다보고   해가지네
걱정말고   한탄마소   새는날에   다시보세.[14]

먼저 선창인 남자의 목소리는 사랑스러운 임을 더 보지 못하고 오늘 해가 져서 섭섭하기 짝이 없다는 투다. 후창인 여자의 목소리는 헤어지기 섭섭하다고 생각할 필요가 없다는 것이다. 내일 또 이런 작업장에서 다시 만나게 될 것인데, 지는 해를 원망하느냐는 투다.

---

14) 조동일; 경북민요, 형설출판사, 1977, p.23

선창은 사랑스러운 임과 조금이라도 더 같이 있기를 바라는 마음에
서 헤어지기를 아쉬워한다면, 후창은 내일 다시 만나면 될 터이니, 오
늘은 여기서 헤어지는 게 좋겠다는 마음이다. 주고받는 말이 대칭을
이루면서도 마찰이 없는 퍽 자연스러운 연결을 이루고 있다고 할 수
있는 것이다.

나)

양천량천	흐르는물에	배추씻는	저처녀야
겉대나떡잎은	다저치고	속에나속대를	나를주게
언제나보던	임이라고	속에나속대를	달라시오
지금보면	초면이고	이따보면	구면일세
초면구면은	그만두고	부모님무서워	못주겠네.[15]

배추 속은 맛이 있어 쌈으로 먹기도 하고 그냥도 먹는다. 그래서 총
각은 속대를 달라한다. 속대를 달라하는 것은 단순히 배추의 속대만을
의미하고 있는 것이 아닐 수도 있다. 처녀는 총각의 이러한 간청을 부
모님이 무서워 못주겠다는 것이다.

다)

저건너	연당앞에	연밥따는	저처녀야
따는연밥은	내따주께	요내품안에	잠들어라
잠들기늦지는	않아도	연밥따기가	늦어간다.[16]

여기서도 역시 처녀가 총각의 청을 들어줄 수 없다고 하는데, 그 이

---

15) 임동권 편; 한국민요집 2, p.452
16) 임동권 편; 한국민요집 1, p.164

시조문학 탐구

유는 연밥따기가 늦어지기 때문이라고 핑계하는 것이다. 앞의 노래에
서는 부모님을 핑계하여 상대방의 청을 거절하더니, 이번에는 일을 핑
계하여 상대방의 청을 거절하고 있는 것이다.

이와 같이, 민요에는 처녀와 총각이 서로 주고받는 대화형식으로 된
작품이 많은데, 이런 대화형식에 있어서는 앞의 예로 보인 작품들에서
보았듯이, 서로 마음은 통해 놓고 있으면서도 상대방의 청을 거절하고
있는 것이다.

장시조에 오면 민요에서처럼 처녀와 총각이 주고받는 내용의 작품
들이 한 수도 보이지 않는다. 장시조 전체를 두고도 그렇지만 시조문
학 전체를 두고도, 처녀와 총각이 등장하는 작품은 보기가 힘들다. 대
신 장시조에서는 민요와는 다르게 처녀가 등장할 자리에 각시가 등장
하고 있다.

각시님 믈너 눕소 내 품의 안기리 이 아히놈 괘심ᄒ니 네 날을 안을소
냐 각시님 그말마소 됴고만 닷져고리 크나큰 고양남긔 쎙쎙 도라가며
제 혼자 다 안거든 내 자늬 못 안을가 이 아히놈 괘심ᄒ니 네 날을 휘울소
냐 각시님 그 말 마소 됴고만 도샤공이 크나큰 대듕션을 제 혼자 다 휘우
거든 내 자늬 못 휘울가 이 아히놈 괘심하니 네 날을 붓흘소냐 각시님 그
말 마소 됴고만 벼록 블이 니러 곳 나게 되면 청계라 관악산을 제 혼자 다
붓거든 내 자늬 못 붓흘가 이 아히놈 괘심ᄒ니 네 날을 그늘 올 소냐 각시
님 그 말 마소 됴고만 빅지댱이 관동달면을 제 혼자 다 그늘오거든 내 자
늬 못 그늘을가 진실로 내 말 ᄀ틀쟉시면 빅년동쥬하리라.

(古今 261)

窓밧기 어른어른 ᄒᄂ니 小僧이 올소이다. 어졔 져녁의 動鈴ᄒ랴 왓
든 듕이 올ᄂ니 閣氏님 즈ᄂ 房 독도리 버셔 거ᄂ 말 그틱 이늬 쇼리 숑낙

을 걸고 가자 왓소 져 듕아 걸기는 걸고 갈지라도 後ㅅ말이나 업게 ᄒᆞ여
라.

蔓橫 (瓶歌 937)

　장시조에 있어서의 작중 화자가 갖는 이성적인 교제는 도덕에서 어
긋난 반도덕적인 교제가 상당히 많으며, 반도덕적인 교제라도 적나라
한 성행위를 노골적으로 나타내고 있는 경우가 많은 것이다.[17] 그리고
장시조에 나타난 작중 화자들[18]은 민요에서처럼 구애행위에 대하여
거절하는 태도가 아니라, 오히려 기다렸다는 듯이 성행위를 만끽하려
드는 태도를 취하고 있다. 이 작품들도 예외는 아니다. 여자 측은 남자
의 청을 거절하지 않고 달게 받아들이는 태도이다. 그러나 앞에서도
설명하였듯이, 민요에 있어서는 두 작중 화자가 서로 충돌하지 않으면
서도 대칭을 이루고 있는 것이다. 가령, 가)의 민요에서 보면 오늘 임을
더 못 보는 안타까움을 말하자 내일 다시 보자고 말한다. 오늘 더 임을
못 보는 안타까운 마음에서 헤어지기를 섭섭해 하자 오늘만 날이 아니
니, 새는 날에 다시 보자고 하는 것은 앞의 말에 대한 대칭적인 말이다.
　나), 다)의 민요에 있어서도 역시 앞과 뒤는 서로 대칭적인 구조를
가지고 있다. 총각이 처녀에게 청을 들어 달라하자 이 말을 들은 처녀
는 총각의 청을 들어 줄 의향이 있지만 다른 이유 때문에 들어줄 수 없
다는 말로써 거절을 하는 것이다. 서로 뜻은 비슷하게 접근하고 있지
만 그렇다고 상합하는 태도를 보이지 않고 있는 것이 예로 들은 민요

---

17) 이점에 관해서는 필자의 졸고 ‘장시조에 나타난 반도덕성’. 동의공전 논문집 4집,
　　1978 참조.
18) 이와 같이 각시와 아이 또는 각시와 중과의 격에 맞지 않은 사람 끼리를 격에 맞추려
　　는 파격적인 면이 장시조 속에는 있다. 이것은 또한 민요의 세계 속에서는 보기 힘든
　　장시조의 미학적 특색이라 할 수 있게 된다.

들이라 하겠다.

　장시조와 민요에 등장한 남녀 애정행위에 대한 반응은 다음 표로 설명할 수 있을 것 같다.

　　　A) △ ▼ △ ▼
　　　B) △ ▲ △ ▲

　남자의 심상을 △, 여자의 심상을 ▲로 나타내었다. A)그림에서 보면 같은 크기의 삼각형이 똑같은 위치를 보이지 않고 하나는 직립이고 하나는 도립의 형태이므로 서로 대칭적인 위치를 가지고 있는 그림이 되고 있다. 그러나 B)의 그림은 똑같은 삼각형이 나란히 도열한 형태의 그림이 되고 있다. 이렇게 볼 때 앞서의 민요들은 A)그림에 해당된다고 한다면, 앞서의 장시조들은 B)그림에 해당된다고 할 수 있다.

　민요는 서로 싫어하지 않는다는 입장(다 같은 크기의 삼각형)이지만, 남자의 청을 들어주지 못하는 대칭적인 입장, 또는 남자의 사고와는 다른 입장인 대칭적 구조(△▼)라고 한다면, 장시조는 서로 싫어하지 않는다는 입장(다 같은 크기의 삼각형)끼리의 상합관계인 병렬관계(△▲)에 놓여 있는 것이다. 그러므로 민요에 있어서는 남자(△)와 여자(▲)의 움직임과 이것들의 도립과 직립이라는 두 움직임이 있어 변화가 있는 미적인 노래라고 한다면, 장시조에는 남자(△)와 여자(▲)가 지기상합하는 움직임을 보이는 단조로운 노래임을 알 수 있게 된다. 그리고 위 그림에 있어서 각 삼각형의 꼭지점을 연결하면 A)의 그림은 대략 ~~~~ 이런 형태의 파상선(波狀線)이 되고 B)는 대략 ― ― ― ― 이런 형태의 직선이 되고 있다.

　파상선은 경쾌하고도 구속이 없는 분화이므로[19] 미학적으로 직선

보다는 훨씬 아름답다고 할 수 있다.

Ⅳ. 결론

민요와 장시조에 등장하는 작중화자들이 서로 주고받는 말을 미의
식적인 측면에서 살펴 본 결과, 다음 표와 같은 미적 구조를 가지고 연
결되어 있음을 알 수 있었다.

민 요	장시조
□○□○	□■□■
△▼△▼	△▲△▲

물론, 민요와 장시조에 있어서 대화체의 작품들은 모두 이 같은 미
적 구조 속에 놓이는 것은 아니다. 다만, 민요에는 장시조에 보이지 않
는 이같은 미적 구조를 가지고 있다는, 있고 없고의 차이가 있을 뿐이
다. 그러므로 대화체에 있어서는, 민요가 이같은 미적 구조를 가짐으
로해서 이런 미적 구조를 가지지 않은 장시조 보다는 미의식적으로 더
우위에 있다고 할 수 있겠다.

아울러 장시조는 이 논문에서 미처 발견하지 못한 그 어떤 미적인
세계[20]를 내재하고 있기 때문에 긴 생명을 유지하여 올 수 있었던 것

---

19) 미학연구회 편; 미학, 문명사, 1975, p.92
20) 민요에서는 처녀 총각이라는 바람직한 이성간의 교제가 등장하고 있다면 장시조에
서는 아이와 각시, 승려와 속인 장사치와 아낙네 등 불륜으로 연결되는 남녀가 등장
하고 있다. 장시조의 이것은 당시 현실이 그러함을 의미하기 보다는 노래의 흥을 유

시조문학 탐구

으로 생각되고, 민요는 위에 표로 보인 바와 같은 미적 구조가 있으므로 해서, 민요를 부르는 사람이나 듣는 사람에게 보다 많은 미적 쾌감에 접하도록 해주는 한 요소가 된다고도 생각할 수 있겠다.

발하기 위한 반도덕성에 강점을 두려고 하니 이색적 남녀를 등장시킨 것이라 할 수 있다.

시조문학에 나타난 작중화자의 현실감

Ⅰ. 서론

시조문학 중에서도 소위 단시조라고 하는 작품들만 골라 읽어 보면 무엇인가 갑갑함을 느낄 때가 있다. 갑갑함은 한정된 공간 안에 갇혀 있을 때에 느끼는 기분이다. 그러다가 장시조를 읽어보면 단시조에서의 갑갑함이 풀리는 듯한 시원함을 느낄 때가 있다. 시원함은 물론 한정된 공간에서 벗어날 때 흔히 느끼는 기분이라 하겠다.

우리가 시조문학을 대할 때에 이와 같은 기분을 느낀다고 한다면, 첫째, 이 같은 기분이 사실로 증명이 되느냐 하는 문제를 알아봐야 할 것이다. 둘째, 이것이 사실이라고 한다면 갑갑하고 시원한 기분이 들도록 하는 그 장치(device)는 과연 무엇이냐 하는 점을 알아봐야 할 것이다. 여기서는 작품의 해석을 통하여 작중 화자의 태도를 알아보려고 하기 때문에 첫째, 둘째 의문은 작품을 해석하는 과정에서 자연스럽게 풀리리라 본다. 그리고 셋째는, 첫째와 둘째의 결과가 문학사적 입장에서 어떤 의미를 가지느냐 하는 문제를 총체적으로 알아보고자 하는 것이다.

Ⅱ. 현실에 안주하려는 태도

단시조 작품 속에 가장 많이 등장하는 어휘는 임(또는 임이라 할 것을 미인이라고 할 때도 있다.)이라는 말이다.

이 말은 임금을 지칭하는 대용어로 쓰이고 있어서, 임이라는 말이 나오는 단시조는 거의 모두가 임금에 대한 충성심을 나타내는 작품이다.

ㄱ)
幽蘭이 在谷ᄒ니 自然이 듣디 됴해
白雲이 在山ᄒ니 自然이 보디 됴해
이 듕에 彼美一人를 더옥 닛디 못ᄒ얘

李 滉(陶山六曲板本 4)

여기서 이 황이 말하는 彼美一人은 임금을 두고 이른 말이라 할 수 있다.

이황 같은 점잖은 도학자가 한갓 여인네를 그리워하여서 여인을 두고 유란보다도 백운보다도 더 좋은 존재로 미인을 지칭할 것 같지가 않아서이다.(흔히 유란이라든가 백운은 선비의 고고한 정신에 비유되곤 하였다.)

정철도 임금을 두고 "고온님 옥ᄀ튼 양직 눈의 암암ᄒ여라"하고 있다.

당시 사대부들은 임금을 그냥 임금(통치자의 우두머리)으로 모시려

하지 않고 유란보다도 백운보다도, 옥같은 존재로 비유해야만 직성들이 풀렸던 모양이다. 어찌 생각하면 소위 사내 대장부들의 체신으로서는 수다스럽다는 느낌마저 들기도 한다.[1]

ㄴ)
머귀닙 디거야 알와다 ᄀᆞ올힌 즐을
細雨 淸江이 서ᄂᆞ랍다 밤긔운이야
千里의 임 니별ᄒᆞ고 좀 못드러 ᄒᆞ노라

鄭 澈(松星 66)

ㄷ)
내 ᄀᆞ슴 헷친 피로 님의 양ᄌᆞ 그려닉여
高堂素壁에 거러두고 보고지고
뉘라셔 離別을 삼겨 스름 죽게 ᄒᆞᄂᆞᆫ고

申 欽(甁歌 237)

ㄴ)과 ㄷ)에서는 자신을 버림받은 여인으로 나타내고 있음을 본다. 버림을 받은 여인이라면 마땅히 자기변명이 있거나 야속한 상대에게 비판이나 원망을 하여야 할 것인데도 이 작품들에서는 상대방을 원망하거나 비판하려는 기색은 조금도 보이지 않는다. 오히려 상대방은 자기를 버렸지만 자기는 상대방을 버리지 못한다는 태도이다. 버리지 못하는 정도가 아니라 임이 그리워 잠을 들지 못하고, 또 심지어는 가슴속의 피를 내어서 임의 얼굴을 그리겠다는 것이다. 임 때문에 잠 못 들어 하는 시조는 김민순의 "寤寐에 님 싱각노라 좀든 적이 업셰라"하

---

1) 주로 작자가 관직에서 물러나 있을 때에 임 또는 美人이란 말로써 임금을 나타내고 있다.

는 시조를 비롯하여 단시조 속에 많이 보이지만, 가슴의 피로서 임의 얼굴을 그려낸단 말은 신흠이 처음이 아닌가 한다.

만약 작자들이 사대부들이 아니고 일반 가정의 부인들이라고 한다면 이는 열녀로서의 면모를 단단히 보이고 있는 셈이다. 그러나 작자는 엄연히 사대부들이고 임은 임금이다.

임을 그리워하는 이 같은 작품들을 살펴보니, 옛 신하인 작자가 임금을 그리워하는(작품 이면으로 본다면 옛 신하 시절 생활을 그리워하는 것으로도 볼 수 있겠다.) 내용을, 버림받은 아내가 남편을 잊지 못하여 다시 옛날의 부부관계로 돌아가고 싶어하는 내용과 흡사하게 묘사하고 있음을 알 수 있다.

박팽년의 시조에서도 "아무리 女必從夫ㄴ들 님님마다 좃츠리"라고 하여 임금과 신하와의 관계를 부부관계로 비유하고 있음을 본다. 군신의 관계가 이처럼 부부관계로 비유되는 것은 이해하기에 따라서는 이상한 일이라 하겠지만, 조선조사회에서는 오늘날과 같이 남편과 아내가 서로 동등한 인격체로서 존재하지 못했기 때문에 임금과 신하의 관계가 부부관계로 묘사되었다 해도 위계질서가 흔들리는 것은 아니라고 생각된다. 이른바 주자의 '소학'에서 강조하고 있는 삼강오륜 중의 夫婦有別이란 것이 바로 夫와 婦와의 관계는 다름이 있다는 것이다.

다시 말해서 아내는 남편을 뒷바라지해주는 인물로 간주되었던 것이 조선시대이므로 임금과 신하가 부부로 비유되어 있다 해서 서로 좋아지내는 동등한 입장이라고 이해해서는 안 되겠다는 것이다.

남편과 가장 가까이 있으면서 남편을 보좌해주는 사람이 아내이듯이, 임금과 가장 가까이 있으면서 임금을 보좌해주는 사람이 신하이므로, 군신관계가 부부관계로 비유된 것이라 하겠다. 그리고 이 언적이 이르는 바와 같이 陽은 天道요 君道며 陰은 地道요 臣道라는 것이니[2],

음의 신도의 이치에 따라서 신하를 여인에 그것도 아내에 비유하고 있는 것 같다.

조선조사회의 통치이념이기도 하였던 주자식의 발상은 인간사회를 상하 계층별로 엄연히 구별 짓고 있는 것이 특징이다. 즉, 인간사회를 수평으로 보지 않고 수직으로 보아서 위와 아래가 있는 것이 인간사회라는 것이다.[3]

이 상하계층의 엄격한 고수가 인간의 도덕질서로 통했다. 도덕질서도 인간이 인위적으로 만들어낸 것이 아니고 자연적으로 그렇게 미리 마련되어 있었던 것으로 이해하는 것이 주자식의 사고방식인 것이다. 그러므로 여기서 말하는 임금과 신하, 그리고 남편과 아내, 지주와 농노와 같은 상하구조는 인간이 만들어낸 것이 아니라 하늘이 만들어낸 天理라고 이해하게 된다.[4]

앞에서 말했듯이, 임금에게 버림받은 신하가 버림받은 데 대한 불평을 나타내지 않고 오히려 임금에 대한 그리운 정을 나타내게 되는 것은 삼강오륜식으로 사회질서를 수립하고자 하는 주자학적 입장에서 보면 오히려 자연스럽다 하겠다. 즉, 임금에 대해서는 신하가, 남편에 대해서는 아내가, 지주에 대해선 소작인이 취할 태도는 복종이라는 논리인 셈이다.

---

2) 韓永愚; 「朝鮮前期 性理學派의 社會經濟思想」(『韓國思想大系』Ⅱ의 p.101에서 재인용)
3) 이와 같이 주자학을 신봉하던 士大夫층에서는 임금 이하의 인간사회를 士農工商 이라는 신분계급을 두어 계층화 시키고 있었지만, 실학자들은 인간사회를 계층적으로 이해하려는 것이 아니라, 직업적인 사회분화로 보려했던 것이다. 그러므로 인간사회를 上下階層으로 본 것은 수직 관계로 파악했다고 할 수 있겠고, 인간사회를 직업적인 사회분화로 본 것은 수평관계로 파악했다고 할 수 있겠다.
4) 이 점에 대해서는 李佑成님의 「韓國經濟社會思想 序說」(『韓國思想大系』Ⅱ)에서 상론하고 있음.

시조문학 탐구

ㄹ)

어버이 그릴 줄을 처엄붓터 아란마는
님군 向흔 뜯도 하늘히 삼겨시니
眞實로 님군을 니즈면 긔 不孝ㄴ가 녀기롸

(遺懷謠五 戊午謫慶源時所作) 尹善道(孤遺 74)

윤선도가 밝히고 있는 바와 같이 임금을 향한 충성심은 애초 하늘이 만들어 놓은 인륜도덕이라 여겼으며 임금은 은혜로움을 간직한 인물로 간주되었다. 그러므로 복종은 물론이고 하늘과 같이 받들어야 했던 것이다. 그래서 사람들은 임금의 은혜를 성은이라고 표현하고 성은의 망극함을 늘 일러 왔던 것이다.

박인로의 "聖恩이 罔極흔 줄 사름 들아 아느슨다", 백 경현의 "이리도 聖恩이오 져리도 聖恩이라", 또 양주익의 "나아가도 聖恩이요 물너가도 聖恩이라" 등은 다 이러한 발상에서 근거한다. 거기다가 사대부들은 임금에 대해서 스스로 채무자연하고 있다. 유혁연이 자신의 늙어 감에 있어 "어즈버 聖主鴻恩을 못 갑흘가 흐노라"라고 하였으니, 늙어 죽는 것을 두려워하기 보다는 임금에 대한 은혜를 못 갚을까 걱정하고 있는 실정이다. 이항복도 역시 강호에 기약을 둔 지 오래이지만 "聖恩이 至重ᄒ시민 갑고 가려 ᄒ노라"라고 하였고, 정구도 청산 백운과 더불어 살고 싶어 하였지만, 역시 "聖恩이 至重ᄒ시니 갑고 가려 하노라"로, 김진태도 국화와 더불어 벗하면서 살고 싶다고 했지만, 역시 "우리도 聖恩을 갑파든 너를 좃차 놀리라"고 하였으니, 모조리 임금에 대한 빚 때문에 강호에 묻혀 살 수가 없고 자연과 더불어 즐기며 살 수가 없다는 이야기이다.

이렇게 스스로를 채무자연하는 태도는 각자가 벼슬길에 있을 때이고, 일단 벼슬길에서 물러나 있으면 빚 갚을 기회를 얻고자 함에서인 지는 몰라도 앞에서 보인 彼美一人을 더욱 잊지 못한다 하기도 하고, 천리에 임 이별하고 잠 못 들어 한다고, 또 심지어는 가슴 헤친 피로 임 의 얼굴을 그리려 하기도 한다. 즉, 임금 곁을 떠나 있는 것을 몹시 괴 로워하고 있다.

이와 같이 임금 곁에 있으면서 벼슬살이를 하고자 하는 것은 그들 표현대로 성은을 갚는 길, 생활의 여유를 갖는 길, 거기다 또 다른 일면 이 있었던 것이 아닌가 한다.

사대부들은 상하계층 구별의 기준을 덕에다 두고 있었다. 덕이 큰 사람은 군주가 되고 덕이 작은 사람은 신하가 된다고 하였던 것이다.[5] 그런데 만약 신하된 자리에서 물러나 있게 된다면 이는 덕이 작은 사 람이 아니라 없는 사람이 될 우려가 있으므로 어찌했든 덕이 큰 임금 곁을 떠나려 하지 않았으며, 타의에 의하여 떠나 있게 되었다고 한다 면 하루 빨리 임금 곁으로 달려가고 싶어 했던 것이 아니었나 한다. 이 런 상황 하에서이고 보니 임금에 대하여 불평을 한다는 일은 감히 엄 두도 낼 수 없는 일이 되고 만 것이리라.

앞에서 예를 든 시조들을 살펴본 결과, 군신관계가 부부관계로 묘사 되어 있었는데, 이렇게 생각한다면 일반 백성은 물론 어린 자식에 해 당된다. 백성이 자식에 비유되기는 벌써 신라의 향가 안민가에서도 밝 히고 있는 터이다. 그런데 여태 예를 든 시조들에서만 보면, 가정으로 치면 부부금슬에 관해서만 이야기 하고 있어서 자식은 팽개쳐 놓은 느 낌이 들지만, 그러나 다른 작품들을 보면 사대부들은 가정을 원만하게 꾸려 나가려고 했음인지 어린 자식들을 그냥 제 멋대로 자라도록 내버 려 두지 않고, 그들이 지향하였던 주자이념을 가르치려는 태도를 볼

---

5) 栗谷全書拾遺 卷 4 天道人事策

시조문학 탐구

수가 있다. 단적으로 훈민가니 오륜가니 하는, 민을 훈계하는 목소리들이 바로 어린 자식(백성)을 가르치려는 태도의 하나라고 볼 수 있는 것이다.

ㅁ)
天地間 萬物中에 사름이 最貴호니
最貴호 바는 五倫이 아니온가
사름이 五倫을 모르면 不遠禽獸 호리라

朴仁老(蘆溪集 27)

ㅂ)
江原道 百姓들아 兄弟숑수 호디 마라
죵쉬 밧쉬는 엇기예 쉽거니와
어듸가 쏘 어들 거시라 흘긋할긋 호는다

鄭 撤(松星 17)

ㅅ)
벗을 사괴오디 처음의 삼가호야
날도곤 나으니로 글호여 사괴여라
終始히 信義룰 딕희여 久而敬之 호여라

金尙容(仙源續稿)

이상의 시조에서 알 수 있는 바로는 관이 민에게 이르는 지엄한 분부의 목소리 같기도 하지만, 부모가 자식에게 타이르는 지엄한 훈계의 목소리 같기도 하다.

임금에 대해서는 끊어진 사랑을 이으려고 온갖 이야기가 다 나오더니, 이번에는 급회전하여 지엄한 목소리로 바뀌어졌다. 사대부들은 이렇게 백성들을 훈계하려고 하는 데에는 역시 주자학적 사고가 숨어 있는 것이라 본다. 이 사실을 증명하기 위해서는 원래 주자학이 이 나라에 도입되게 된 그 원인에서부터 살펴봐야 분명하게 드러날 것 같다.

이 나라에 주자학이 들어오기는 일반적으로 고려 말이라고 한다. 고려 말에 주자학이 들어오게 되는 데에는 몇 가지 이유가 있었다.

첫째, 고려시대는 불교가 국교였는데, 승려와 불교 신도들의 부패와 타락이 심하게 되자, 고려 말에 이르러서는 불교에 대하여 일반 민심이 거리를 느끼기 시작하였으므로, 주자학을 받아들이는 데에 시기적으로 맞았다고 할 수 있다.

둘째, 새로 권력층을 형성한 소위 신흥사대부들은 불교의 해독을 제거하기 위해서 현실적인 사회윤리강령이 필요해졌는데, 여기에 부합되는 것이 주자학이라는 사실을 발견하기에 이르렀다. 다시 말해서 가정에서는 부자와 부부 간의 윤리가 있어야 하고, 국가, 사회에서는 군신, 장유, 붕우 간에 윤리가 있어야 국가와 사회가 안정을 기할 수 있다는 현실적인 문제 때문에 신흥사대부들은 주자학의 도입을 서둘렀던 것이라 생각할 수 있다.

셋째, 신흥사대부들의 이 같은 주자학의 명분론, 의리론을 받아들인 밑바닥에는 그들이 지주였으므로 소작인과의 관계에서 도덕질서 확립이 필요했음도 무시하지 못할 요인 중의 하나라고 하겠다.[6]

조선이 건국되면서 이 주자학은 그대로 통치이념으로 받아들여지는데, 그 이유는 새로 탄생을 보는 조선조사회는 중앙집권적 왕권을 확립해야 했기 때문으로 보인다.

원래 주자학의 정치사상은 중용사상을 계승했다고 볼 수 있다. 중용의 정치적 의미는 주나라 말기 봉건적 신분 정치체제가 포함하고 있던

6) 李佑成; 「韓國經濟思想序說」(『韓國思想大系』 II p.29)

　　시조문학 탐구

분권화된 왕권을 보강하여 중앙집권적 관료체제를 구축하려든 것이었다. 그러므로 주자는 송의 망명정권인 남송의 왕권을 강화하는 데 주안을 두었던 것이다.[7] 이러한 다분히 정치적인 바탕에서 주자학이 성립되었는데, 조선이 주자학을 받아들인 것도 정치적인 일면을 가지고 있다고 보여진다.[8]

처음엔 주자학에 관한 형이상학적 사변적 연구를 별로 보여준 바가 없고 오직 현실적 사회이론, 즉 인륜만을 기치로 높이 게양했던 것이었는데[9], 조선이 건국되자 이론적인 근거를 확실히 하려는 노력이 계속되었던 것이다. 여기에 조광조(1481~1519), 이언적(1491~1553)같은 사람들이 이론을 보강하였다.

통치를 잘 하기 위해서는 문자의 필요성을 느끼게 되었다. 백성들이 임금에 대한 신하, 아버지에 대한 자식, 지아비에 대한 지어미의 명분과 의리는 물론이고, 지주에 대한 소작인의 의무까지 하나의 체계화를 확립하기 위해서는 문자가 필요해졌다. 훈민정음은 바로 이런 정책 하에서 만들어졌던 것이라 생각할 수 있다는 것이다.[10] 그리하여 훈민정음으로 삼강행실도 같은 책을 펴내기도 하고 조선 건국의 타당성과 그 무구함을 뒷받침하기 위해서 용비어천가 같은 노래책을 펴내기도 하였던 것으로 여겨진다.

또한 조선의 사회는 어리석은 백성들(세종대왕께서도 훈민정음 서문에서 일반백성을 愚民이라 하였다.)을 훈도해야 하는 임무를 士에게

---

7) 金漢植; 實學의 政治思想(一志社 1979, p.30)
8) 고려말 주자학이 도입된 것은 다분히 정치적 바탕에서라 하겠다. 그리하여 주자학은 고려 말에서 조선 초까지에 걸쳐서 官이 주도된 官學的인 분위기였다고 할 수 있다. 그러던 것이 退溪에 이르러 주자학이 이론적인 확립을 꾀하게 되었고 宋代의 朱子學에서 조선식 朱子學으로 발전하게 되었다고 본다.
9) 李佑成님의 앞 논문(같은 책, p.27)
10) 李佑成; 「朝鮮王朝의 訓民政策과 正音의 機能」(『震檀學報』42, 1976, p.85)

부여하였던 것이다.[11)]

그러니까 앞의 시조 ㅁ), ㅂ), ㅅ)에서 보이는 훈민의 기색은 이러한 분위기에서 비롯되었다고 짐작할 수 있겠다. 곧 삼강행실도 같은 책을 대신해서 노래를 통해 주자학적 사회도덕질서를 백성들에게 가르치려고 했던 것이고, 성현의 가르침에 따르게 함으로써 상하의 위계질서를 분명히 하여 조선조사회에 안정을 기하려 했던 것으로 생각할 수 있는 것이다.

지금까지 살펴본 단시조에서는 임금에 대한 충성심을 노골적으로 드러내어 성은이 망극하다고 이르기도 하고[12)], 서로 다투어 임금을 모시려하기도 하고, 또 백성을 훈계하기도 하였다. 그러나 단시조에는 백성들의 아픔을 대변한다든가 아니면, 사회를 새로운 방향으로 개혁하려는 태도 같은 것이 전혀 보이지 않는다는 것이다. 무엇이든지 현실이 부여하고 있는 상황을 무비판적으로 수용하고 순응하려는 정적인 태도만 보이는 것이 단시조인 것을 여태 보아온 것이다.

이렇게 본다면 단시조를 썼던 시조 작가들은 조선조사회가 안고 있었던 사회 제반의 모순점에 대해서는 자각을 하지 못했거나, 자각하였더라도 도외시하였다는 뜻이 된다. 그러나 지적 수준이 높은 그들이 조선조사회 모순을 모르고 있었다고는 말하기 곤란하다. 오히려 모순을 알았다 하더라도 모르는 척 했다는 편이 바른 해석일 것이다. 다시

---

11) 性理學者들의 공통된 생각은 儒者가 곧 官吏라는 「儒吏爲一」이었고, 儒者는 곧 士를 의미했다.

12) 曺植의 다음과 같은 시조는 예외에 해당하는 보기 드문 작품이다.

三冬에 뵈옷 닙고 岩穴에 눈비 마자
구름 낀 볃 뉘도 쬔 적이 업건마는
西山에 히 지다 ᄒᆞ니 눈물 겨워 ᄒᆞ노라

(瓶歌 13)

여기서는 임금을 성은이 망극한 존재로 칭하는 것 같지가 않다.

말해 체제를 변호하고 옹호하기 위한 수단으로서[13] 주자학을 이용하고, 그 분위기에 젖어 안주하려고 했다 할 수 있을 것이다.

서론에서 단시조를 읽다가 보면 무엇인가 갑갑하고 막혀 있는 느낌이 든다고 하였다. 앞에서도 이야기 했지만 마땅히 있어야 했던 현실세계에 대한 냉정한 비판을 단시조가 갖지 못했다는 것은 단시조의 한계를 드러내는 일 중의 하나임에는 틀림없는 일이라 하겠다.

III. 현실에서 벗어나려는 태도

장시조에서도 단시조와 같이 주자식의 윤리도덕을 강요하는 내용이 아주 없는 것은 아니고 간혹 보인다. 그러나 단시조에서 흔하게 나타나고 있던 성은이 망극하다는 말이나, 또 임을 이별하고 잠을 들지 못하는 연군의 정을 나타내고 있는 작품 같은 내용은 보이지 않는다. 대신, 단시조에서는 발견하지 못한 사회현실에 대한 비판이나, 사회를 새로운 방향으로 유도하려는 움직임을 가진 작품들이 장시조에서는 보인다.

단시조에는 보이지 않던 이러한 작품들이 장시조에서는 나타난다는 것은 무엇보다도 단시조와 장시조의 전성기가 서로 다르다는 데에도 이유가 있을 것이고, 또 그 작가층이 서로 다르다는 데에도 이유가 있을 것이다.

단시조는 주자학이 절대적으로 신봉되었던, 주로 15C에서 17C에 걸쳐 전성한 시조라고 한다면 장시조는 실학이 융성하였던 주로 18C

---

13) 양창삼, 「조선후기사회의 계급과 구조에 대한 이론적 연구」(『현상과 인식』 1982 봄호 p.155)

에 전성한 시조이다. 또 단시조는 주로 양반사대부들이 지었다고 한다면 장시조는 주로 중인계층에서 지었다고 할 수 있다.

실학은 과연 어떤 학풍이었으며, 실학자들의 문학은 어떠했던가? 실학은 새롭게 조선조사회를 재조명해야 할 당위성을 주장한 의미에서 주자학을 비판하고 나선 학풍이라 하겠다.[14] 주자식의 사고는 인간생활에 있어서의 상하관계를 고정불변한 것으로 파악하고 있었다. 그러나 조선 말기에 일어난 실학파들의 사고는 그 정반대의 입장에 있음을 본다. 특히, 다산 같은 이는 이 점에 대해 가장 노골적으로 반기를 들고 있었다. 그에 의하면 모든 사회제도, 윤리, 규범 등이 시대에 따라, 객관적인 조건에 따라 끊임없이 변한다고 생각했고, 또 변해야 한다고 생각했다.[15] 그는 현상을 정적으로 파악하지 않고 동적으로 파악한 셈이 된다. 그가 이와 같이 조선조사회를 동적으로 파악했다는 것은 주자식의 사고에서 벗어나, 현실에 대한 개혁 의지를 가졌다는 뜻으로 해석할 수 있다. 그는 "조그마한 것도 병들지 않은 것이 없다"[16]고 조선조사회를 개탄한 적도 있다. 이것은 지주와 소작인 또는 관료와 백성의 관계를 주자식으로 타협함으로써 공존하려는 정적인 태도가 아니고, 서로 해결해야 할 소지가 있는 대결의식관계로 파악하고 있는 셈이어서 조선조사회를 동적으로 파악한 태도라 할 수 있겠다.

---

14) 실학을 주자학의 한 갈래로 보는 견해도 있고, 그렇지 않고 주자학과는 상반되는 학문으로 보는 견해도 있다. 여기서는 소위 실학파라고 하는 사람들의 주장이 사회를 새롭게 움직여보자는 데에 있었음에 착안하고자 한다. 그들은 조선조 후기 사회의 제반 모순을 타개하여 과학적 현실적으로 타당성을 갖추자는 움직임을 보였으므로, 이러한 사고의 동질성을 여기서는 실학이라고 하고, 조선조사회현실을 긍정적으로만 보고 개혁의지를 보이지 않는 정적인 태도를 여기서는 주자학적 사고로 보려고 한다.
15) 宋載邵; 「茶山詩의 對立的 構造」(『韓國文學論』 p.161 우리 文學硏究會編 日月書閣 1981)
16) 與猶堂全書, Ⅴ-Ⅰ
 '竊嘗恩之盖一毛一髮無非病耳'

구체적으로 다산은 작품 속에서 사회를 병들게 하는 것 중에서도 관료 부호들의 타락상을 비판하고 있다. 착취와 수탈을 하는 관료 및 부호와, 착취와 수탈을 당하는 일반 백성과의 관계를 자연계에서 볼 수 있는 강자와 약자와의 관계로 설명한 그의 우화시는 그런 의미에서 일품이라 하겠다.

> 제비 한 마리 처음 날아와
> 지지배배 그 소리 그치지 않네
> 말하는 뜻 분명히 알 수 없지만
> 집 없는 서러움을 호소하는 듯
> "느릅나무 해나무 묵어 구멍 많은데
> 어찌하여 그 곳에 깃들지 않니?"
> 제비 다시 지저귀며
> 사람에게 말하는 듯
> "느릅나무 구멍은 황새가 쪼고
> 해나무 구멍은 뱀이 와서 뒤진다오."[17]

제비는 선량한 일반 백성으로 비유되고 있고, 황새나 뱀은 일반백성들을 괴롭히는 지배층으로 비유되고 있다. 이와 같이 그의 시에는 지배자와 피지배자와의 대립을 주제로 한 작품들이 많이 있다. 다시 말해 신분 계층 간의 갈등을 노골적으로 나타내고 있는 작품들이 많이 있는 것이다.

신분 계층 간의 갈등은 다산의 경우 혼자만 문제 삼았던 것은 물론 아니다. 조선조 후기에 나타난 실학파들이 지은 작품들의 공통적인 주제가 바로 신분 계층 간의 갈등 문제인 것이다.

---

17) 丁若鏞(宋載邵譯); 茶山詩選(創作과 批評社 1981), pp.177~178

이 시기에 전성하였던 장시조가 시대적 조류를 외면할 수는 없었을 것이니 다음의 작품은 이 같은 시대적 조류에 의해 해석되어야 할 것 같다.

가)
一身이 사쟈흔이 믈껏계워 못견딜 씌
皮ㅅ겨 ᄀᆞ튼 갈랑니 볼리알ᄀᆞ튼 슈통니
줄인니 굿신니 준별록 강별록 倭별록 긔는놈
씌는 놈에 琵琶ᄀᆞ튼 빈대삿기 使令ᄀᆞ튼
등에아비 갈짜귀 삼의약이 셴박회 눌은 박회
박음이 거절이 불이 쑈쬭흔 목의달이 다흔목의
야윈 목의 술진목의 글임애 쑈룩이 晝夜로 봔째 입시
믈건이 쑈건이 셜건이 쯧건이 甚흔 唐버리예셔
얼여왜라
그 中에 춤아 못견들쏜 五六月伏 더위예 쉬프린가 하노라

(海-320)

사람을 괴롭히는 온갖 해충을 열거하고 있다. 이 작품에서의 해충의 의미는 지배층 중에서도 선량한 백성을 괴롭히는 무리들이라 하겠다. 선량한 백성은 물론 사람으로 나타내었지만, 백성을 괴롭히는 지배층은 사람이 아닌 해충에 비유됨으로써, 사람과 사람 아닌 것과의 대립을 나타내고 있는 것이다. 특히 등에아비를 사령에 비유함으로써, 관아의 보호 아래 일반 백성들을 학대하였던 이서(吏胥)들을 야유하고 있는 것 같다.

나)

흔눈 멀고 흔다리 져는 두터비 셔리 마즈 푸리 물고 두엄우희 치다라 안

자

건넌山 ㅂ라보니 白松骨리 썩 잇거늘 가슴에 금죽ㅎ여 플썩 쒸다가 그

아릭 도로 쟛바지거고나

뭇쳐로 날닌 졜싀만졍 힝혀 鈍者런둘 어혈질번 ㅎ괘라

(瓶歌 964)

나)에서는 백성을 파리로, 백성을 괴롭히는 하층 관리를 두터비로, 하층 관리를 괴롭히는 상층 관리를 백송골로 비유하였다. 작자가 말하고자 하는 바는 백송골의 위엄이나 백송골의 정당성에 있는 것은 아니다.(어찌보면 백송골이 더 고차적인 수탈행위를 하고 있음을 암시한다고도 볼 수 있다.) 그렇다고 파리의 기구한 삶에만 주안점을 둔 것 같지도 않다. 오히려 두터비의 야비한 행위를 폭로하고자 하는 데에 주안점이 있다.

두터비라도 성한 두터비도 아니고, 한 눈이 멀고 한 다리마저 저는 병신 두터비라고 하였다. 거기다가 또 두터비가 물고 있는 파리는 성한 파리도 아니고, 서리 맞아 무기력한 파리이므로 병신 두터비만이 잡을 수 있는 파리인 셈이다. 그리고 두터비가 앉아 있는 자리도 더럽기 짝이 없는 두엄 위이다. 이것만 해도 두터비의 행적은 보잘 것 없는데, 거기다가 또 백송골에 놀래서 아래로 뛰어내리다가 자빠지고 말았으니, 이 정도이면 두터비의 몰골은 말이 아닌 셈이다. 그런데도 두터비는 자위하기를 스스로를 날렵한 행동의 소유자로 자처하고 있으므로 실로 웃음거리가 아닐 수 없는 것이다.

이렇게 두터비의 못난 꼴을 들춤으로서 백성을 괴롭히는 하급 관리를 야유하고 있다.

다)
벌의 줄 잡은 갓슬 쓰고 헌 옷 닙은 져 百姓이 그 무슨 情原으로

두 손의 所志 쥐고 公事門 드리드라 안는고나

東軒쓸의 쥐ㄱ톤 刑房놈과 범ㄱ톤 羅卒들이 알외어라 흔 소릭예

魂飛魄散ㅎ여 ㅎ올 말 다 못ㅎ니 올흔 訟理

굽어디ㄴ

아마도 平易近民ㅎ야 道達民情 ㅎ리라

申獻朝(蓬萊樂府)

　다)에서도 역시 선량한 백성들의 억울한 삶에 대해서 말하려고 하고 있다. 벌레가 줄을 친 헌 갓과 낡은 옷을 입은 남루한 백성이 억울한 일을 당하여 관청의 문을 두드렸더니, 백성을 못살게 구는 데에 한 몫을 하고 있는 바로 그 쥐같이 얄미운 형방놈과 범같이 무서운 나졸들이 위압을 주는 바람에 애초에 하고 싶은 청원을 말하지 못하고 만다는 것이다. 이래서는 올바른 민정이 될 수 없다는 이야기이므로 다분히 현실고발적인 내용이라 할 수 있겠다. 여기서는 앞의 가), 나)에서처럼 풍자를 통한 간접적인 현실고발이 아니라, 직접적으로 형방과 나졸들이라고 하는 하층관리들을 비판하고 있음이 특기할 만하다.

　이상 가), 나), 다)의 작품들은 모두 사회의 모순을 비판하는 입장에 서 있는 작품들이라는 데에 공통인수가 있는 셈이다. 사회의 모순을 비판하고 나선다는 것은 실학파들의 공통적인 태도이다. 그렇다고 한다면 앞서의 시조작가들, 이를테면 이정복, 신헌조 등이 실학을 주장했던 사람들인가. 그런 사실을 입증할만한 기록은 확실하지가 않다. 이정복은 대제학, 예조판서를 지냈고 신헌조도 관찰사, 목사를 지냈던 문신이었음은 사실이다. 이들의 작풍으로만 생각해본다고 한다면 실학적 분위기와 가까이 있었던 사람들이라고 여겨진다.

이들은 어쩌면 양심적인 士類에 속했던 사람들이 아니었던가 한다. 사류는 벌렬과 농공상에 가까워질 수 있는 동시에, 위로는 벌렬층에 결탁될 수도 있었던 계층이라 할 수 있다. 사류에 속한 어떤 인물들은 곡학아세로 출세의 길을 도모한 사람들도 많았겠지만, 그러나 일부 양심적인 사람들은 벌렬층에 대해서도 통렬한 비판을 하였던 것이다. 실학이라는 학풍 역시 이 양심적인 사람들의 비판의식에 의해서 형성되었던 것이다.[18]

조선시대는 왕권을 정점으로 삼고 있었다 해도 실제로는 유교적인 지배 기구와 그 제도를 통해서만 왕권을 행사할 수 있도록 짜여진 사회였다.[19] 거기다 정권도 왕권을 기반으로 하는 양반 중심의 관료기구를 통해서만 발동되던 체제였다. 그러므로 당시의 양반 사대부층의 일부에서 이 같은 문반 위주의 관료체제에 내재하고 있던 모순성을 들추기 시작하였으니 이들이 바로 실학파라고 하는 학자들이었다.

류형원 같은 이는 "귀천은 대대로 세습하지 않는다."[20]라고 말하면서 소설을 통해서 양반 사대부 계층의 비리를 폭로하였다. 그리고 조수삼 같은 여항문인과 일부 문반 위주의 관료체제를 비판하였던 한문 단편의 작가들이 있었던 것은 특기할만한 일이 아닐 수 없다.

이들 작가들이 설정한 주인공들은 주로 일반 서민층이었으며, 그 성격은 현실에 저항하면서도 창조적인 삶을 지향하는 인물들이었다.[21]

18) 李佑成;「實學研究序說」(『實學研究入門』, p.10 역사학회편 일조각, 1974)
19) 李樹健;「兩班社會의 構造와 그 展開」(『韓國學研究入門』, p.114 知識産業社 1981)
20) 柳馨遠; 磻溪隨錄 卷十 敎選之制下 貢擧事目 '曰 古語不云乎 公卿之子爲庶人 貴賤之不以世 古之道也'
21) 한문 단편 작가로서 이름이 전해오는 사람 중에 辛敦復, 李鈺이 있다. 임형택님에 의하면 辛敦復은 연암의 선배학자이고, 李鈺은 문체파동(1792년경) 당시 성균관의 학생으로 불온한 문체를 썼다하여 출세의 길이 막혀버렸던 문인이라고 한다. (林熒澤;「實學派文學과 漢文短篇」, 『韓國學研究內門』, p.312, 知識産業社 1981) 여기서 문체파동이라 함은 연암의 소설문체가 세상에 널리 퍼지자 正祖는 이같이 醇正하지

이들 류형원이나 조수삼, 또는 몇몇 한문 단편작가, 나아가서 박지원, 정약용과 같은 양심적인 사류들의 작품 속에서 사회상을 비판하는 실학적 태도를 발견할 수 있었던 것은 여러 가지로 의미하는 바가 있다고 하겠다. 그들은 주로 동물의 우화를 빌려서 사회모순을 비판하고 있는데, 이러한 수법이 장시조에 그대로 나타나고 있다는 것도 재미있는 사실이라 하겠다.

라)
위틱 밍공이 다섯 아례딕 밍공이 다섯 景慕官 압 연못세 잇는 밍공이 연닙 하나 쑥 싸 물 써두루쳐 이구 수은장수 허는 밍공이 다섯 三淸洞 밍공이 六月 소낙이의 죽은 어린이 나막신짝 하나 으더 타고 가진 풍유하고 서뉴허는 밍공이 다섯 四五二十 시무밍공이 慕華舘 芳松里 李周明네집 마당가의 포굼포굼 모이더니 밋테 밍공이 아구 무겁다 밍공허니 윗 밍공이는 뭿시 무거유냐 장간 차마라 작갑시럽다 군말된다 허구 밍공 그中의 어느 놈이 상시럽구 밍낭시러운 수밍공이냐
錄水 靑山 깁흔물의 白首風 훗날니구 孫子 밍공이 무릅혜 안치구 저리가거라 뒤 틱를 보자 이리오느라 압틱를 보자 싹싹궁 도리도리 질나릭비 훨훨 지룽부리는 밍공이 슈밍공루 아러더니
崇禮門 박 썩 니다라 七픽八픽 靑픽 빗다리 쭉제 굴네거리 이문동 四거리 靑픽빗다리 첫 둘 셋 넷 다섯 여섯 일곱 여덜 녈직 미나리 논의 방구통 쉬구 눈물 쇠죄죄 흘니구 오좀 잘금싸구 노랑머리 복쥐여 툿구 엄지장가락의 된 가릭침 빗터 들구 두 다리 쇠고 집흑헌 방축 밋테 남 알가용 올니는 밍공이 슈밍공인가

(調詞 62)

못한 문체를 쓰는 자들을 견책하였는데, 이를 가리켜 문체파동이라 한다.
이런 점에서 볼 때도 한문단편소설 속에는 실학사상의 일면이 있음을 짐작하게 된다.

맹꽁이라고 하면 시끄럽고 둔박한 동물로 간주되는 동물이다. 못난 사람을 두고 맹꽁이라 하지 않는가. 그런데 이 시끄럽고 둔박한 동물들이 몹시 소란스럽게 구는 장면을 묘사하고서는 어느 것이 수놈이고 어느 것이 암놈인지를 화자는 모르겠다는 것이다. 경모관은 경모궁을 이름인데 고종 때 莊祖라고 추켰던 사도세자의 신위를 모신다고 지은 집이다. 모화관은 중국 사신을 영접하는 곳이니 事大를 다하던 장소이고, 숭례문이란 1398년 준공된 서울 도성의 정문이다. 숭례문 바깥쪽 서민들이 사는 동네거리가 등장하고 손자 데리고 도리질하고 방귀 뀌고 눈물 흘리고 오줌 싸고 장가락에 가래침 뱉고 이런 못난 짓하는 걸 남이 알까 용을 쓰는 맹꽁이 모습을 그렸다. 인간사회 속에 존재하기 마련인 잡스런 인물들을 맹꽁이에 비겨 풍자한다고 보아진다. 이 주명이란 인물을 들먹였는데 이씨 왕족을 암시하는 것 같기도 하다. 주명이라 했으니 주나라 명나라를 암시한다면 주는 본격적인 봉건주의를 채택한 나라이고 공자 사상의 배경이 봉건제에 기초한 주나라의 종법제도를 따르자는 데 있었는데 이런 분위기를 암시하는 것인지 모르겠다. 명나라는 원나라를 격파하고 한족이 세운 나라이다. 당시 우리 조정에서는 몽고족이 세운 나라 여진족이 세운 나라를 우습게 보았는데 이를 암시하는 것일 수도 있겠다. 숭례문의 숭례는 예를 숭상한다는 뜻이지만 중국인이 조선을 가리켜 동방예의지국이라 이른 데에는 문제가 있었다. 중화의 천자에게 충실히 제후 예를 다해 온 조선에 중국이 '동방 예의의 나라'라고 하였으니 직역하면 '중국의 속국으로서 예절을 다한 나라'가 된다.

중국 왕조의 속국에 있어서의 역대 국왕은 중국 황제의 신하로 취급되고 조선 국왕은 중국 황제에 의해서 임명되었으며 조선의 왕비나 왕태자의 폐립에 이르는 일까지 독자적 권한 행사를 할 수 없었다. 특히 조선 국왕의 중국 사절 마중은 너무도 굴욕적이다.

만주인(청나라를 빗댄 말) 사절이 오면, 조선 국왕은 스스로 고관을 거느려 모화관 앞 영은문까지 환영 나가서 지면에 무릎 꿇어 사절에 경의를 표하고 연회를 베풀어야 했다.

이 작품은 고종 때 작품인 것으로 보이는데 당시 조정에서는 외세의 침략을 눈앞에 둔 시점인데도 그것에 대치할 생각은 아니하고 사도세자 추켜세우는 일에서부터 맹꽁이처럼 소란스럽게 떠들고 온갖 추한 짓들만 하고 있음을 빗대어 말한 것으로 보인다. 당쟁에 몰려다니는 썩은 선비들을 두고 이같이 빗대어 말한 것일 수도 있고 헛된 이론에만 분분한 고루한 유자들을 비꼬는 말일 수도 있고 주체성을 상실한 몰지각한 관리들의 야단스런 태도를 의미하는 것일 수도 있다.

다음 마)의 작품에서도 이와 비슷한 분위기를 느낄 수 있기 때문이다.

마)
가마귀 가마귀를 딴라 들거고나 뒷 東山에
늘어진 괴향남게 휘둧ᄂ니 가마귀로다
잇틋날 뭇가마귀 흔듸 나려 뒤덤범 뒤덤범 뒤로 덥젹여
딴오니 아모 어즤 그 가마귄 줄 몰늬라

(瓶歌 876)

가마귀는 예부터 흉조로 일러왔다. 가마귀들이 서로 뒤범벅이 되어 싸우고 있으니 어느 가마귀가 어제 작자가 눈여겨 본 그 가마귀인지 모르겠다는 것이다. 이것도 라)에서와 같이 무언가 암시적 은폐(suggestive veiling)로 싸여져 있는 것 같다. 가마귀같은 속셈이 검은 탐관오리들이 서로 다투고 질시하는 상황을 이렇게 나타내고 있는 것 같다. 더욱이 라), 마) 같은 작품들이 단순히 오락을 위한 말이 아니라 심각한 그 무엇을 암시하는 풍자성이 있다고 짐작하는 것은 다른 데에서도 그 근거를 잡을 수 있기 때문이다.

장시조의 작가와 창자는 주로 중인 계층이라고 한다.[22] 라), 마)는 작자미상이기는 하지만 중인 계층에 속했던 사람들의 작품일 가능성이 크다. 중인 계층은 양반 사대부 못지않게 학식을 가진 사람들이 많았고 말단 관료로서 실리를 추구하여 경제적으로 윤택한 사람들도 많았다. 그런데 그들은 신분상 양반사대부가 될 수 없었기 때문에 엄격한 신분제도를 고집하던 조선사회에 반발정신을 가졌던 인물들이라고 할 수 있겠다. 실지로 그들이 남긴 한시에서는 겉으로는 사회비판 의식을 나타내지는 않았으나, 설화를 시 속에 포함한다든지 이상세계보다는 현실세계에 시세계의 기반을 둔다든지, 6언시를 실험한다든지 숫자, 육갑, 조수의 명칭을 연결어로 하여서 잡체시를 짓는다든지 하는 것들은 모두 그들 시만의 독특한 규범을 보이고 있는 일면이다.[23] 비록 비판의 칼날을 암묵적인 표현 속에 숨긴 현실비판의 시들은 양반 사대부들이 즐겨 짓던 현실 안주의 시와는 다르다. 그들은 이와 같이 나름대로의 새로운 시를 모색하였고, 여러 면으로 해석될 수 있는 설화 같은 것을 끌어들여 간접적인 현실 비판의식의 태도를 나타내기도 하였다.

이와 같은 경향은 그들이 먼저 근대적 문물에 접했던 사람들이라는데에도 이유가 있다. 중인 중의 역관들은 자주 청에 드나들었고, 청을통한 근대문물에 먼저 눈을 뜨게 되었던 것이다. 청은 우리나라에 앞

22) 崔東元; 古時調論(三英社 1980), p.76
23) 심경호; 「서정자아의 근대적 변모와 한계」(『韓國學報』 제25輯, p.181, 一志社)

서 서구 문물을 받아들이면서 점차로 근대적 방향을 모색하고 있던 시기이다. 이러한 기운의 일단은 실학의 기풍으로 점화되면서 조선사회에 영향을 끼치게 되었다고 할 수 있다.

이 같은 자아각성의 기미는 역관에 국한되지 않고 당시의 중인 계층에 두루 전파되었다고 보여진다. 왜냐하면 그들은 그들 중인 계층끼리 모여서 살았고, 통혼도 그들 신분끼리 하였으므로 그들에게는 어떤 공통적인 사고의 영역이 존재할 수 있었을 것이기 때문에서이다.

한말 중인 계층이 개화에 앞장서서 이 나라의 근대화를 위하여 노력했다는 점에서도 짐작할 수 있겠고[24], 또 해외의 근대적 문물을 받아들여야 한다는 입장에서 중인 계층의 자제들이 먼저 해외유학을 하고 돌아온다든가, 또는 외래문화인 기독교와 새로운 종교로 대두된 천도교는 모두 중인 계층에 의하여 먼저 수용되어[25] 유교적 분위기를 벗어나려 했다든가 하는 일련의 움직임을 통해서도 중인 계층의 사람들은 먼저 근대적 사고방식을 갖고 있었던 것으로 짐작할 수 있겠다.[26] 이 같은 분위기를 참고로 하여 생각해 볼 때, 라), 마)는 단순한 농담조의 노래가 아니라 농담 안에 비판의 칼날이 숨어 있는 풍자성을 가진 작품이라고 생각하게 되는 것이다. 따라서 현실을 비판하면서 利用厚生, 經世致用을 내세웠던 실학풍의 작품에 가까운 작품들이라 하겠다.

바)
살구꽃 봉실봉실 핀 밧머리에 이라이라 하는 저 농부야 그 무슨 곡실을

---

24) 李炫熙; 「意識改革運動의 主導勢力論」(『現代社會』1981 가을호, pp.19~31)
25) 金泳模; 韓國社會學(法文社 1978), p.190
26) 중인 계층인들 중에서는 양반 지배층과 결탁하여 가렴주구의 실제적 행동을 담당했던 사람들도 많았을 것이다. 그러나 앞서 가) 나) 다)를 썼던 작자들은 생활태도를 달리했던 중인 계층의 사람들이라고 이해하고자 한다.

시무랴고 봄밧을 가오

예주리 천자강이 홀아비콩 눈씀적이 팟 녹두 기장 청경 차조 새코 찌르기 참깨 들깨 동부 쥐눈이 찰수수를 갈랴함나 그 무엇슬 스무랴 하노

그것도 저것도 다 아니오 구곡장진 신곡미등할 쌔에 제일 농량인 긴한 봄보리 가오.

(耕春麥) (樂高 970)

사)

져 건너 明堂을 엇어 明堂 안에 집을 짓고

밧 갈고 논밍그러 五穀을 갓초 심은 後에 묏 밋헤 우물 파고 딥웅희 朴올니고 醬ㄱ독에 더덕넉코 九月秋收 다ᄒ 後에 술 빗고 썩 밍그러 어우리 송티 줍고 압늬에 물지거든 南隣北村 다 請ᄒ야 熙皡同樂 ᄒ오리라

眞實로 이리곳 지늬오면 부를 거시 이시랴

(源國 647)

바)에서는 살구꽃 피고 놀기 좋은 철인 봄날에 열심히 일하는 농부의 모습을 드러내 놓았다. 봄보리가 또한 긴요한 곡식이므로 봄에는 무엇보다도 봄보리를 심는 것이 좋다는 점도 강조하고 있다.

사)의 작중 화자는 단시조에서 흔하게 보이는 "아이야……"하는 투의, 남을 시킴으로써 얻을 수 있는 흥취가 아니라, 몸소 밭을 갈고, 논을 만들고, 곡식을 심고, 우물을 파고, 박을 올리고, 심지어는 더덕을 반찬거리로 만들고 하는 일련의 노동을 통해서 부러울 것이 없는 행복한 생활을 스스로 만들고자 하는 것이다.

바), 사)는 직접 농사일에 종사하는 농민의 생활상을 보여주고 있는데, 이 점이 단시조에서는 발견할 수 없는 점이다. 또 이 작품에서는 단시조에서처럼 백성을 훈계하는 식의 태도도 안 보인다. 당시 양반사대부들은 사농공상의 상층인 사류에 속하고 사는 독서하는 사람이라 벼

슬길에 나갈 수 있는 계층이면서 대부는 정사의 일을 쫓는 사람이라 하였으니[27], 농사일과는 거리가 멀었다고 하겠다. 실학자들은 바로 이런 점에 대해 비판적이었다.

　　대체 선비란 어떤 사람인가 선비는 어찌하여 손발을 움직이지도 않으면서 땅에서 생산된 것을 삼키며 남의 힘으로 먹는가. 대체 선비가 놀고 먹기 때문에 利가 모두 개척되지 못하고 놀아서는 곡식을 얻을 수 없게 됨을 알면 또한 농사꾼으로 변할 것이다. 선비가 농사꾼으로 변하게 되면 땅에서 나오는 이익도 개척되고 선비가 농사꾼으로 변하여지면 풍속이 순후하여지고 선비가 농사꾼으로 변하여지면 질서를 어지럽히는 백성이 없어질 것이다. 선비 중에는 반드시 농사꾼으로만 변해지지 못하는 자도 있을 것이니 장차 어찌하겠나. 그러면 工匠과 상인으로 변하는 자도 있을 것이다[28]

　이것은 선비가 놀고만 먹어서는 안 되고, 농공상의 그 무엇이든지 직업을 선택하여 스스로의 손에 의하여 삶을 영위하여야만 한다는 주장인 것이다. 이러한 능동적인 태도는 비단 정약용에 국한된 사상이 아니라, 정도의 차이는 있지만 당시 경세치용, 이용후생을 주장했던 실학자들에게서 공통적으로 발견할 수 있는 사상이었다.

　이와 같은 상황에서 앞의 시조 바), 사)를 읽어본다고 한다면, 이는 실학적 분위기를 나타내는 작품이라고 할 수 있을 것 같다.

　여기까지 살펴본 결과, 예로 들은 장시조에서는 확실히 단시조 속에서는 발견할 수 없는 새로운 경향을 띠고 있음을 알았다. 그러나 앞에서도 말했듯이, 장시조라고 하여 모조리 이같은 경향으로 일관하고 있

---

27) 박지원의 「兩班傳」에 '讀書曰士 從政爲大夫'라는 말이 보인다.
28) 趙璣濬; 「實學의 展開와 社會經濟的 認識」(『韓國思想大系』Ⅱ, pp.225~226에서 재인용)

는 것은 물론 아니다. 장시조에서도 주자학적 사고를 나타내는 작품도 더러 있다. 다만 단시조에서 보이지 않던 현실을 비판한다든지 현실을 새롭게 변모시키려하는 동적인 작품들이 장시조에서는 보인다는 점에서 논의하였던 것이다.

Ⅳ. 결론

이상을 다시 정리해서 생각해 보기로 하자.

단시조는 한결같이 현실을 긍정적으로 보는 정적인 태도였다. 조선조사회가 안고 있었던 사회모순에 대해서 비판한다든가 수정해야한다든가 하는 개혁의지를 보여주지 않고 있었다. 그런데, 장시조에서는 조선조사회의 모순에 대해서 한편으로는 풍자를 통한 비판으로, 또 한편으로는 새로운 방향제시를 통한 모색으로 조선조사회를 개혁하려는 동적인 태도를 보여주었다.

사물에 대한 정적인 태도는 현실에 안주하여버린 인습적인 태도라면 사물에 대한 동적인 태도는 현실을 개혁하려는 의지를 나타내는 태도라 하겠다. 실제로 단시조와 장시조를 읽어보니 단시조에서는 동적인 것은 보이지 않고 정적인 것만 있다고 한다면, 장시조에서는 정적인 것도 있지만 단시조에서는 없던 동적인 것이 있어서29) 우리가 단시

---

29) New Comb에 의하면 사람들이 準據로 삼는 집단에는 긍정적 준거집단(Positive reference group)과 부정적 준거집단(negative reference group)이 있다고 했다. (Social psychology. N. Y. Holt, Rinehart & Winston 1950, p.225) 장시조의 작품 중에는 주자학적 측면을 보이는 정적인 태도의 시조도 있다. 이것은 양반 사대부들이 지향하였던 주자이념의 세계를 긍정적으로 이해하는 데서 온 것이라 본다. 만약 중인 계층의 작자가 주자학적 측면을 보이는 시조를 썼다고 한다면, 이것은 양반 사대부층 또는 주자이념의 세계를 긍정적인 준거의 틀(frame of positive reference)로 삼아서 자신을 거

조를 읽을 때에 느끼는 갑갑함과 장시조를 읽을 때에 느끼는 시원함이 사실임을 알게 되었다. 그러므로 첫째 의문은 자연스럽게 풀린 셈이 된다.

둘째 의문은, 이와 같은 갑갑함과 시원함을 가져오는 그 장치는 과연 무엇이었느냐 하는 점이다.

단시조의 작가들은 주로 주자학적 분위기에서 시조작품을 지었다고 말하였다. 그래서 그들은 걸핏하면 충과 효를 노래하였고, 스스로 군자연하여 오륜을 생활화하는 태도를 보였고, 또 일반백성들까지도 이 같은 유교이념의 질서 체계에 따르기를 권장하였던 것이다.

이렇게 볼 때, 주자학은 자유분방해야 할 의식을 가두어버리는 자물쇠 역할을 하고 있는 논리적 틀이 되고 말았다. 그러나 장시조 속에서는 실학적 분위기를 보이는 작품들이 있었다고 했다. 여기서 말하는 실학적 분위기란 말은 사회현상을 동적으로 파악하려는 태도를 의미한다. 그러므로 사회현실 제반이 고정불변해야 한다는 주자학적 태도가 아니라 사회 내에 존재하는 모순을 발견하고 이를 제거해야한다는 논리인 셈이다. 양반 사대부들도 생산적인 삶에 적극 참여해야 한다는 것이며 농민이 따로 없고 상인이 따로 없다는 것이다.

단시조 작가들이 사회현실을 긍정적으로만 바라봄으로 해서 현실에 안주하거나 아니면 문학 그 자체를 자기 신원을 밝히는 도구로써 사용했던 것과는 다르게 장시조에서는 사회현실에서 발견되는 모순에 대해 풍자를 통한 비판과 새로운 방향제시를 통한 모색이 있었던 것이다. 곧 이러한 태도는 실학적 분위기에서 배태되었다고 본 것이다.

기에 맞추려 하는 태도라 할 수 있겠다. 반대로 조선조사회의 현실을 부정적으로 비판하는 작품들이 장시조에 나타나고 있는데, 이것은 이들 작가들이 양반 사대부층 또는 주자이념의 세계를 부정적인 준거의 틀(frame of negative reference)로 이해한 데서 비롯된 결과로 여겨지는 것이다. 물론 실학은 후자의 견해에서 비롯된 학문세계이다.

시조문학 탐구

이상, 단시조와 장시조를 비교해서 이 같은 상반되는 점이 있었다는 점을 알았다. 그러면 이 같은 점은 시조문학 전체를 위해서 또는 문학사적 입장에서 어떤 의미를 가지는가 하는 점을 다시 해석해봐야 할 것이다. 이것이 세 번째 의문에 해당된다.

문학사를 통해서 볼 때, 문학은 끊임없이 사회현실 문제를 다루어 왔음을 볼 수 있다. 현실 문제를 다룰 때에는 기성질서를 묵인하고 거기에 맹목적으로 순응하려는 것이 아니라, 현실을 직시하여 역사발전에의 책임감을 가져야만 문학이 현실 문제를 다루는 의의가 있게 된다.

우리 문학사에서도 개화기시대의 개혁의지를 담은 작품들이나, 또는 식민지시대의 자주독립정신을 담은 작품들은 모두 역사발전에 책임감을 발휘한 작품들이라 할 수 있다. 또 사회현실 문제를 거론하기 어려울 때에는 순수문학 지향이라는 입장을 내세워, 현실을 긍정도 부정도 하지 않는 심미적인 태도를 내세우기도 한 것은 우리 문학사에서 얼마든지 찾아볼 수 있다.

시조문학이 현실 문제를 어떻게 다루었느냐 하는 점에서 장시조를 보면, 장시조가 어떠한 사상적 근거에서 비롯되었던지 현실을 직시하고 현실 모순을 타개하려는 태도가 역력하므로, 이것은 시조문학 그 내용 자체를 보다 풍부하게 하는 데에 일익을 하였다고 볼 수 있게 된다. 아울러 한국문학사적 입장에서도 중요한 위치를 점하고 있다고 볼 수 있겠다. 그 이유는 여태 가냘프게 이어져 오던 현실에 대한 비판적 태도, 또는 현실을 새로운 방향으로 유도하려는 태도가 여기 이 장시조에서 분명해졌기 때문에서이다.

Ⅱ. 현대시조의 구조와 세계화 방안

현대시조의 진로 모색과 세계화 문제

Ⅰ. 서론

과거 KAPF 쪽 문인들이 시조는 시대 조류에 맞지 않을뿐더러 사실성을 나타내기 어렵기 때문에 폐기처분해야 한다고 주장하였다. 그러나 시조는 오늘날까지 창작되고 있을 뿐 아니라, 한국시조시인협회에 등록된 시조시인의 수가 천 명 정도이고, 다른 단체에 등록한 시조시인 수도 상당수 있다고 한다. 결코 적지 않은 수이며 시조전문지도 여러 개가 있다.

그렇다 해도 자유시에 비하면 시인의 수나 작품 발표 수에서 월등히 적은 것은 사실이다. 그래서 옛날의 왕성한 기력을 되찾지 못하고 있으며 현재 상황으로는 앞으로도 별로 더 나아질 것 같지 않다고 말하면서 시조의 황혼을 걱정[1]하는가 하면, "그 고정된 형식의 한계를 뛰어넘지 못할 땐 시조의 발전은 이제까지와 같이 정체된 길을 걸을 수밖에 없다"[2]고 하는가 하면, 극단적으로 정형적 사고는 식민지적 사고

---

1) 신 범순; 시조시학, 2000년 하반기, p.160

Ⅱ. 현대시조의 구조와 세계화 방안

라고 하면서 시조형식의 열림을 주장3)하기에까지 이르렀다. 그리고 현대사설시조라는 작품을 쓰는 사람들도 상당수 있다. 자유시가 만연한 이 시대에 일정 형식을 갖추지 못했던 사설시조가 무슨 의미로 어떠한 형태로 존재할 수 있는가 하는 점도 의문이고,4) 시조형식을 파괴해야 할 당위가 과연 무엇인가에 대해서도 필자는 강한 의문을 가진다.5)

이 논문에서는 이러한 문제점을 문제점으로 밝히는 것으로 끝내고 (차후 논하기로 하고) 현대시조는 자유시의 자유분방을 경계하면서 정제된 형식미를 존재 이유로 삼아야 한다는 입장에 서서 여기서 벗어난 작품들에 대한 논의와, 시조의 英譯이 최소한 어떤 것이어야 하느냐 하는 문제를 간단히 논하고자 한다.

이 문제를 가볍게 생각해서는 안 된다고 본다. 현재 우리가 만든 영화나 연속극 같은 영상예술품이 다른 나라에 수출되어 문화적으로나 금전적 수익 면에서 국익에 기여하고 있음을 본다. 다른 나라에서는 이것들은 물론이고 문학작품을 수출하여 문화강국임을 자랑하면서

---

2) 이 재창; 열린시조, 1998 겨울, p.305
3) 윤 금초; 열린시조, 1997 겨울, p.125
4) 고시조에서의 사설시조는 음악상으로는 형식을 따질 수 있겠지만 문학상으로는 일정한 형식을 가진 문학이라 할 수 없다. 사설시조 형식을 논한 학자들의 견해가 저마다 다르지 않는가. 어떤 학자는 사설시조를 자유시 형태라고까지 말한 적이 있다. 현대사설시조라는 작품을 자유시와 섞어놓으면 이것을 가려낼 수 있을까가 의문이다. 간혹 자유시 형태에다 끝에 한 행을 시조 종장처럼 붙여놓고 현대사설시조라 우기는 경우를 자주 본다. 이렇게 하면 사설시조가 되는 것인지에 대해서 필자는 의문을 가진다.
5) 시조가 옛날처럼 왕성한 창작이 이루어지지 않는다고 해서 황혼기에 접어들었다는 논리도 이상하지만 시조가 발전하려면 형식을 해체해야 한다는 말은 더욱 이상하다. 시조 창작에 한계를 느꼈다면 자유시를 쓰면 되는 것인데 시조를 파괴해야만 직성이 풀린다는 말인가. 정형적 사고가 식민지적 사고라고 한다면 세계에 널려 있는 정형시 쓰는 나라는 모두 식민지적 사고에 만연되어 있는 것인가.

시조문학 탐구

국제적 위상을 높이고 있음을 주목할 때, 우리도 우리 문학을 해외 문학시장에 수출해야 하는 것은 너무나 당연하다. 우리 문학을 세계에 소개한다면 시조를 우선 생각하지 않을 수 없을 것이다. 자국에 이미 있거나, 비슷한 품종의 수출은 구매력을 높일 수가 없기 때문에 시조를 우선 생각할 수밖에 없는 것이다.

사정이 이렇다 보니 시조의 영역 문제를 생각할 수 있고 시조의 영역을 생각하니 제대로 된 시조를 선택해야 되기에 시조다운 시조의 창작을 주장하기에 이른 것이다.

Ⅱ. 시조의 정형미와 唱

일본의 전통 정형시는 和歌 俳句라 하겠다. 현재 일본에서는 이것들이 자유시에 비해 월등히 많이 발표되고 있을 뿐더러 시인이라 하면 으레 和歌 俳句를 창작하는 사람으로 이를 정도다.

한국은 이와 반대로 자유시인이 월등히 많으며, 시인이라 하면 자유시인을 지칭하고 시조를 짓는 이는 시조시인이라고 칭한다.

조선조의 중심 장르였던 시조가 소멸하지 않고 이렇게라도 연명하고 있음을 다행으로 생각하는 사람들도 많은 것 같다. 가사문학은 아예 현대문학 장르에서 사라졌지 않은가.[6]

현대시조의 형편이 어떠하든 우리 문학을 세계 문학시장에 내놓고자 할 때 시조를 뺄 수는 없는 노릇이다. 형식이 내용을 外化한 것이라고 한다면 시조의 단아한 형식 그 자체가 한국인의 정서와 밀접히 연

---

6) 가사문학을 현대문학의 한 장르로 복원할 필요가 있다고 본다. 없애기에는 너무 아깝다고 생각한다.

관되어 있을 뿐더러, 세계 문학의 그 어떠한 장르에서도 찾아보기 어려운 시의 형태이므로 시조를 잘 다듬어서 세계 문학시장에 자랑스럽게 수출해야 하는 중요한 품목이 되어야 한다.

인간의 정신세계를 3장 형식으로 정리하고 종장에서 시심을 완결하는 시조는 漢詩나 和歌 俳句에 찾아볼 수 없는 독특한 형태이므로 세계 사람들이 놀라워 할 수 있는 문학 장르가 될 수 있는 것이다. 일본 시가의 간단한 형식을 두고도 서양 사람들이 놀라고 있지 않는가. 그러나 시조시인은 물론이고 시조를 연구하는 학자들까지도 세계문학에 있어서 시조가 중요하게 인식될 수 있음을 모르고 있는 것 같다. 세계문학 시장에 수출하기 위해서도 그러하겠지만 시조를 후손들에게 잘 전해주기 위해서도 시조는 형식을 잘 지켜 시조만의 아름다움을 간직하도록 해야 할 것이다.

시조는 정형시임에는 틀림없다. 정형시는 일단 律讀(scansion)한 소리가 소리로서의 정형화를 이루어야 하고, 들어서 쉽게 詩意가 이해될 수 있어야 한다. 말하자면 귀로 들어서 음악성이 분명한 시가 정형시인 셈이다. 그런데 정형시의 이러한 속성을 이해하지 못하는 시조시인들이 많고, 시조의 형식인 3장 6구를 이해하지 못하는 시조시인들이 많다.

어떤 이는 시조를 3행시라고 하는 분도 있다. 그러나 시조의 章은 자유시의 행(line)과는 다르다. 시조가 3장으로 이루어졌다 함은 세 개의 의미 단위가 유기적으로 연결되어 한 작품을 이루어 낸다는 뜻이다. 한 장 안에 구가 두 개 들어 있어서 모두 6句로 되어 있는데 구는 장보다는 작은 의미단위로서 두 구가 결합될 때 보다 큰 의미단위인 장이 이룩된다. 한 구는 정확히 2음보가 되고 구와 구의 연결도 몇 가지 방식7)에 의해서 만들어진다.

시조의 이 같은 형식을 부수는 것에서 현대시조의 그 현대에 값한다는 이상한 경향이 시조문단에 중대되고 있음이 확인되고 있다. 발상이 어디에 근거하든 시조의 형식을 부수어 버리면 시조가 되지 못하는 것이다.

1)
작은 방
창 너머엔
매미 우는 환한 푸름

그 풍경에 머리 두고
너는 꿈꾸는 창이

詩일까
행복한 소나기
잠시 흥건하다.

— 김일연 '낮잠' 전문8) —

2)
바다가 보이는 마당에서 <u>어머니는</u>
햇살을 버무려 독 안에 담으신다.
맵고 짠 소망 한 동이 채워놓고 다독이신다

— 이수윤 '겨울바다' 일부9) —

---

7) 임종찬; 현대시조탐색(국학자료원, 2004), p.74
8) 김일연; 달집태우기(시조시인선.002 시선사 2004), p.14
9) 이수윤; 은행이 익어갈 때(열린시학 정형시집14, 고요아침 2003), p.57

Ⅱ. 현대시조의 구조와 세계화 방안

3)

갇혀사는 안락은 그 날 같은 하루

일어나 밥 먹고 자다 깨다

창밖은 사철 바빴다

꽃이 피고 또 지고

골은 속은 지푸라기 하나 잡아두지 못해

허영의 흔적

위태한 거울처럼 걸려 있다

오래된 당초무늬 벽지

그 속의 목근처럼

−양점숙 '벽' 전문10)−

* 밑줄 필자 첨가

　　표기를 시조처럼 3장 구분하였다고 해서 시조 아닌 것이 시조로 둔
갑되지는 않는다. 1), 2)의 밑줄 그은 부분들은 시조답게 보이기 위하
여 3장 구분을 억지로 해놓은 경우다. "詩일까"란 서술어는 위로 붙어
야 하고(그렇게 되면 종장이 4음보가 되지 못한다) "어머니는"이라는
주어는 아래로 붙어야 한다.(그렇게 되면 초장이 4음보가 되지 못한다)
시조는 통사구조를 아무렇게나 해서 만들어지는 그런 시가 아니다. 시
조에 있어서의 章은 형태상으로 월의 꼴을 갖추었거나 그렇지 않으면
의미상으로 월의 꼴을 갖추고 있는 것이다.11) 3)은 시조의 음보 개념
을 무시하였기 때문에 시조답지 않은 작품이 시조집에 실린 경우다.
이 작품을 두고 누가 시조답다고 하겠는가.

　　1), 2), 3)의 경우처럼 시조 형식을 파괴하려는 사람들이 시조시인으

---

10) 양점숙; 하늘문 열쇠(열린시학 정형시집 9, 고요아침 2003), p.53
11) 임종찬; 현대시조탐색(국학자료원 2004), p.29

시조문학 탐구

로 자처하고 있고 이런 작품들이 시조라고 시조전문지에 자주 수록되고 있는 실정이니 사태가 심각하다.

시조를 시조답게 가꾸고 꾸미기 위해서는 올바른 시조평론가가 많이 나와야 하고, 시조학계에서도 현대시조의 진로 모색을 위해 현대시조 연구자가 많이 나와서 현대시조 창작의 바른 길을 안내해 주어야 한다고 본다.

다음으로 현대시조는 창과의 유대를 표기할 필요가 있는가 하는 점에서 살펴보기로 한다.

여태 고시조를 일러 唱主詞從이라 하여 음악이 위주요 문학은 음악에 부수적 가치를 가지는 양으로 설명되어 왔다. 고시조가 창을 전제한 문학이었다는 점에서는 틀림이 없지만 고시조가 唱이 아닌 암송이나 律讀으로도 전수되어 왔다는 점에서 보면, 또 고시조 작가들은 자기 신념을 표출하고자 하는 의욕에서 시조를 창작하였다는 점에서 보면 詞主唱從이라 함직하다.

어느 경우든 고시조는 음악과 문학이 조화롭게 만났기 때문에 음악으로서도 문학으로서도 조선조의 중심 장르로서 역할을 해 온 셈이다. 그런데 현대시조에 와서는 唱과의 유대를 멀리하고 오로지 문학만으로서의 존재가치를 발휘하려고 한다.

현대시조는 왜 창을 버렸는가?

첫째, 일제 강점기를 거치면서 시조에 수반된 옛 창법이 제대로 전수되지 못하였고, 전수되어도 대중화되지 못하였기 때문이다.

둘째, 고시조에 수반된 창, 그 자체가 현대인의 기호와 정서에 어울리지 않고 창의 현대화 작업 또한 이루어지지 않았기 때문이다.

셋째, 시조의 내용에 따라 창의 곡조 또한 달라져야 함에도 곡조가 한정적이어서 현대시조의 다양한 내용을 음률에 맞게 담아내기 어렵기 때문이다.

넷째, 현대시조 자체가 창하기에 적당한 가사로서의 역할 수행에 모자라는 경우가 많기 때문이다. 가사는 일단 노래 부르기 좋고 청자가 쉽게 그 뜻을 이해할 수 있어야 하지만 현대시조 중에는 여기에 충실하지 않는 경우가 많다는 것이다.

현대시조는 굳이 창을 버릴 필요가 없다. 창을 곁들이는 것이 시조에 유해하지 않다는 것인데 그러자면 시조시인들과 국악인들과의 공동 관심으로 이 문제를 풀어야 한다. 이 문제는 시조의 진로에 대단히 중요한 문제 중의 하나로 생각된다.

창을 잘했던 고시조 작가들은 唱의 음악적 구속 때문에 시조 창작 원리를 따로 학습하지 않아도 시조를 바르게 잘 지을 수 있었다. 그러나 창이 전제되지 않는 현대시조 창작에서는 창작 원리를 따로 배워야 할 실정이다.

III. 시조다운 英譯

일본의 和歌 俳句는 일본어를 모르는 영어권의 인사들에 의해서도 영시 형식으로 창작되고 있다고 한다. 일본 시가가 이럴진대 우리 시조문학도 외국인들에게 공감할 수 있도록 번역하여 시조에 대한 관심을 높일 필요가 있다.

여태 시조의 英譯은 여러 차례 시도된 적이 있다. 그런데 고시조 위주의 번역이었기 때문에 현대시조에 대한 소개는 거의 되어 있지 않고 있다. 고시조를 번역한다 해도 시조답게 번역되어야 하고, 현대시조를 번역한다고 해도 위에 예로 들은 시조답지 않은 작품을 번역해서는 안

되기 때문에 시조의 영역 문제는 영문번역자에게 통째로 맡기기에는
문제가 많다.

4)

Mt. Tai—san is a lofty one
But still it is beneath the sky,
<u>however high</u>. If one climb on
<u>And on</u>, he'll top it certainly.
who must their idleness confess
Prefer to blame its loftiness[12].

泰山이 놉다 ᄒ되 하ᄂ 아ᄅ 뫼히로다
오르고 ᄯ 오르면 못 오를 理 업건마ᄂ
사ᄅ이 졔 아니 오르고 뫼흘 놉다 ᄒ더라 (瓶歌 639)

                                    * 원문 필자 첨가

　4)는 영시의 형식에 맞게 압운(ababcc)을 붙였고, 영시의 정형시답게
약강 4보격 (iambic tetra metre)으로 만들었다. 그러나 시조를 이렇게
영시의 정형시 형태로 번역하게 되면 이것은 영시인 것이다. 시조를
시조답게 번역하여 새로운 영시형태로 자리잡도록 한다는 것은 의미
있는 일이지만 시조다움을 없애고 영시로 둔갑시키면 그것이 아무리
내용상 훌륭하다 해도 시조의 영역과는 거리가 먼 것이다.
　영시의 형식에 억지로 맞추려다 보니 밑줄 그은 부분은 문맥상 엉뚱
한 자리에 놓여 있다. 음보를 맞추기 위해 행에서 이탈하고 있는 것이
다. 이렇게 해도 되는가.

---

12) Y.T. Pyun 편역; Song from Korea(International Cultural Assoc. of Korea 1948), p.16

이 작품을 번역한 변영태는 영문학자로서는 훌륭하지만 시조에 대해서는 오해를 하고 있었던 분으로 생각된다.

시조는 영시 소네트에 비해 길이는 반 정도로 짧지만 영시 소네트가 갖는 규칙성의 거의 전부를 갖고 있다. 또한 길이가 짧음에도 불구하고 자체 휴지들도 갖고 있다.

It has almost all the regularity of the English sonnet, only shorter by half. It has its own pauses, too, in spite of its shortness.[13]

과연 시조가 영시의 소네트의 규칙성을 갖고 있는가하는 점도 의문이지만 자체 휴지를 갖고 있다고 하면서 위의 번역은 이 점을 잘 살리고 있는가 하는 것도 의문이다.

5)

AS NIGHT ENTERS

As night enters this mountain retreat,

   a dog is barking far away.

I open my gate of twigs;

   the sky is cold and there's only the moon.

I wonder why that dog is barking

   at the empty hills and sleeping moon.[14]

山村에 밤이 드니 먼듸 기 즈져 온다

柴扉를 열고 보니 하늘이 ᄎ고 달이로다

---

13) 위의 책, 서문.

14) Inez Kong Pai 편역; The Ever White Mountain(John Weatherhill. Inc.: Tokyo 1965), p.92

져 기야 空山 잠든 달을 즈져 무슴 ㅎ리오

千錦 (靑六 418)

* 원문 필자 첨가

6)
Ten thousand li along the road

      I bade farewell to my fare young load.

My heart can find no rest

      as I sit beside a stream.

That water is like my soul:

      it goes sighing into the night.

      WANG PANGYŎN(15th century)[15]

千萬里 머나먼 갈히 고은 님 여희옵고

늬 ㅁ음 둘 듸 업셔 냇ㄱ의 안자시니

져 물도 늬 은 굿ㅎ여 우러 밤길녜놋다

王邦街 (瓶歌 59)

5), 6)은 시조가 3장 6구임을 살려서 번역하였다. 특히 5)의 번역자는 시조에 대한 식견을 다음과 같이 밝히고 있다.

> 비록 구두점은 시조 원문에는 없었지만 각 행(여기서는 장을 의미함)은 대휴지로 끝맺는다. (행과 행 사이의) 두 행 걸치기 수법[16]은 없다. 또한 소감각휴지가 있는데 주로 각 행의 중간에 위치한다. 그리고 그것은 낭송할 때의 자연스러운 숨휴지와 일치한다. 번역할 때 이 모든 휴지들은

---

15) Richard Rutt 편역; The Bamboo Grove(The Unv. of Michigan Press 1998), p.27
16) 황진이의 시조 '어뎌 늬 일이여 그릴 줄를 모로던가/ 이시라 ㅎ더면 가랴마는 제 구틱야/ 보닉고 그리는 情은 나도 몰나 ㅎ노라'에서 '제 구틱야'는 의미상 중장, 종장 양쪽에 역할을 하므로 행 걸치기 수법에 해당한다.

II. 현대시조의 구조와 세계화 방안

영어에 적절한 구두점으로 표현되어진다.

Although punctuation does not exist in original Sijo, each line ends with a major
pause. There are no enjambments. There is also a minor sense pause, usually in
the middle of each line, which corresponds to a natural breath pause in recitation.
In translation, all these pauses are represented by punctuation appropriate to
English.[17]

　5), 6)은 시조를 시조답게 번역하려 애쓴 작품들이다. 영시에서는 볼
수 없었던 정형시, 즉 음보나 압운은 붙이지 않았지만 각 장의 끝엔 마
침표를 붙이고 句에 해당하는 부분은 행을 달리하고 있다.
　5), 6)에서는 또 하나 더 특이한 점이 눈에 띈다. 한 장을 두 구로 나
눌 때 나누는 것이 통사적으로도 자연스럽고 각 구의 음절수 또한 서
로 알맞게 안배되어서 의미상으로 장과 구를 구별하였음은 물론 각 구
를 읽을 때에 걸리는 시간도 일정하도록 음절 수를 조절해놓은 것이
특이하다.[18]
　여기에 비해 다음의 번역은 어떤가.

　7)
Rise and fall is a destiny turning;
The palace site is overgrown with weeds.
Only a shepherd's innocent pipe
Echoes the royal works of five hundred years.
Stranger, keep back your tears

---

17) Inez Kong Bai; 같은 책, p.30
18) 이것이 시조 영역의 가장 바람직하다는 말은 아니다. 앞으로 시조 영역에 대한 많은
　　연구가 있어야 할 것이다.

시조문학 탐구

In the setting sun.[19]

興亡이 有數ᄒ니 滿月臺도 秋草ㅣ로다

五百年 都業이 牧笛에 부쳐시니

夕陽에 지나ᄂᆞᆫ 客이 눈물 계워 ᄒ노라

元天錫 (瓶歌 515)

* 원문 필자 첨가

8)

Holding thorns in one hand

and a stick in the other,

I tried to block with thorns the road to age

and strike the white hair with my stick.

But the grey hair knew better than I

and outwitted me by a short—cut.[20]

한손에 막대 잡고 또 한손에 가시쥐고

늙는 길 가시로 막고 오는 백발 막대로 치렸더니

백발이 제 먼저 알고 지름길로 오더라

—禹倬

다시 한 번 상기하자면 원문에 충실한 번역인가 아닌가는 여기서 따
질 겨를이 없다.[21] 정형시인 시조를 정형시답게 번역한다고 하면 4)처
럼 영시 형식에 맞추기보다는 시조다움을 살려서 영시 형식에는 없는

---

19) Peter H Lee 편역; Poems from Korea(The Unv. Press of Hawaii, Honolulu 1964), p.71

20) Jaihiun Joyce Kim 편역; Master Sijo Poems from Korea(si—sa—young—o—sa Publishers. Inc. Seoul, Korea 1982), p.22

21) 앞의 7)에서는 나그네(stranger)를 불러 세워서 눈물을 감추도록 명령하고 있는데 이렇게 번역이 되면 원문과 영 딴판이지 않는가.

Ⅱ. 현대시조의 구조와 세계화 방안

새로운 영시 형식이 될 수 있도록 번역해야 한다.

7), 8)은 장 구분과 행 구분을 하고 있는 것은 5), 6)과 같지만 7), 8)은 각 행에 존재하는 음절 수가 고르지 못하여 각 행을 읽을 때 걸리는 시간을 일정하게 하기에는 무리가 생긴다.

앞에서 보았듯이 시조의 英譯 문제는 영시 전공학자 혼자만의 힘으로는 어려움이 있다고 본다. 보다 바람직한 시조의 英譯이 되기 위해서는 영시 전공학자의 노력과 시조 전공학자의 노력이 보태질 때에 가능할 것으로 생각된다.

Ⅳ. 결론

시조를 영역한다면 시조 자체가 시조답게 창작되어 있어야 한다. 그런데 시조의 형식 고수는 시조를 침체시키는 일이라는 주장이 있었고, 이런 주장에 힘입은 결과인지 아니면 시조에 대한 몰이해 때문인지 시조 형식을 파괴한 작품들이 시조라는 이름으로 발표되고 있었다.

이 논문에서는 시조가 시조의 형식미를 가질 때 자유시와의 변별력이 생길 뿐더러 시조의 존재의의를 가진다는 데에 논의의 초점을 맞추고 여기서 이탈하는 작품들을 경계하였다. 과거 고시조는 창과 조화롭게 만나서 음악으로나 문학으로나 중심장르로서 역할을 하였는데, 현대시조에 와서는 창과 무관하게 창작되고 있지만 시조가 창을 곁들인다고 해서 무익하다고 할 수 없기 때문에, 창을 현대감각에 맞게 조정하여 시조와 만나는 문제를 생각해야 하고, 이 점은 국악인과 시조시인과의 상호 노력이 요청되는 문제임을 지적하였다.

시조를 영역한 예들을 살펴보니 시조를 영시 형식으로 번역한 경우가 있었다. 이렇게 되면 외국인들이 시조의 형식에 따른 시조의 묘미를 느낄 수 없게 되므로 올바른 번역이 되지 못함을 지적하였다. 그러나 시조의 3장 6구 형식을 영어가 허용하는 범위 내에서 살리려고 노력하는 한 편, 각 구끼리 비슷한 음절 수를 가지게 하여 각 구를 읽을 때의 시간적 거리를 비슷하게 만든 경우가 있었다. 시조 英譯은 이같이 시조다움을 살리는 데에서 출발해야 하고 그렇게 하기 위해서는 먼저 시조시인들이 시조형식을 잘 지켜서 창작해야 거기에 따른 번역 또한 시조답게 번역이 가능해질 것임을 지적하면서, 바람직한 번역을 위해서는 시조학자와 영문학자와의 상호 노력이 요청되는 문제임을 지적하였다.

시조의 漢詩譯과 漢詩의 時調譯의 문제점

Ⅰ. 서론

한국문학을 외국어로 번역하는 의의는 한국문학의 세계화를 위함이다. 언어와 정서가 다르기 때문에 한국문학의 외국어 번역은, 한국문학의 형식과 내용을 외국어로 정확히 옮기기는 불가능한 일이다. 그러나 한국 문학의 형식과 내용을 외국어가 허용할 수 있는 범위를 잘살려서 이를 외국문학이 수입한다면 외국문학의 입장에서는 외국문학 그 자체를 풍요롭게 만드는 일이라 할 수 있고 역사적으로 외국문학을 받아들여 자국문학을 발전시킨 사례는 세계문학사에 허다하게 나타나고 있다. 한국문학도 외국문학을 받아들임으로써 한국문학을 발전시켜 왔고 이런 일은 앞으로도 많이 이루어지리라 생각한다.

일찍부터 우리 문학을 외국어로 번역하는 일은 왕왕이 있어왔는데 특히 시조를 漢詩譯한다든가 漢詩를 時調譯한 경우가 흔하게 이루어져왔다. 그런데 이러한 장르를 넘는 번역에는 문제가 있을 수 있다. 이점에 대해 알아보고자 한다.

Ⅱ. 본론

일찍부터 한시를 시조로 번역한 경우(이를 ①이라 하자)는 허다하였지만 시조를 한시역한 경우(이를 ②라 하자)는 그리 많지 않았다. ①의 경우는 익히 아는 유명한 한시를 시조로 번역함으로써 한시를 시조다운 맛으로 재생산해서 한편으로는 唱의 가사로 활용하고 새로운 시적 정서를 맛보려 하였다면, ②는 한국인의 문학적 정서를 한자중심 문화권에 수출하고자 하는 개념[1]과 한국 내의 한시애호가들을 위한 정서 전환으로서 시조를 활용한 경우다.

[1]
간 밤에 부던 ㅂ룸 滿庭桃花 다 지거다
아희는 뷔를 들고 쓰로려 ㅎ는고나
落花 닌들 곳지 안니랴 쓰러 무슴ㅎ리요(甁歌 516)

鮮于浹

昨夜桃花風盡吹
山童縛箒擬何思
落花顔色亦花也
何必苔庭勤掃之

(紫霞 申衛)[2]

---

1) 이것을 제대로 행사하려면 국내 책자에 발표하기보다는 한자중심 문화권에서 간행되는 책자에 실려야 효과적이다. 아니면 국내에서 발간한 책이라 해도 한자중심 문화권에서 수용할 수 있는 책으로 만들어 이것을 한자중심 문화권으로 수출하면 되겠지만 여태 이런 일이 활발하지 않았고 한국 내에서 한시애호가들의 기호를 위하여 봉사하는 정도에 그치고 말았다.
2) 靑春 제1호(신문관 1914), p.153에 최남선이 소개하고 있다. 시조는 甁歌에 따라 고쳤다.

2)
江南蓬李龜年

岐王宅裏尋常見
崔九堂前幾度聞
正是江南好風景
落花時節又逢君

岐王의 집에서는 尋常히 보았었고
崔九의 집에서도 몇 번이나 들었었다
빛 좋다 落花時節에 또 만나게 되었소[3]

1)은 申衛, 2)는 杜甫시를 權相老가 번역한 것이다.

1)은 3행(편의상 章을 행이라고 한다)을 4행의 한시로 옮기려 하니 원문에 없는 말을 끼워 넣어야 했다. 거꾸로 2)는 4행을 3행으로 옮기려 하니 역시 원문에 있는 말을 빼야 했다. 번역은 서로 언어가 다르기 때문에 언어의 장벽을 넘어서야 하는 어려움이 있는데 여기서는 서로 다른 문학형식이기 때문에 다른 문학형식을 맞보려 하지 않고 3행을 4행으로 4행을 3행으로 고치려 하니 억지가 생긴 것이다.

이런 무리의 극단적인 경우는 한시 원문에다 말을 덧붙인 시조, 한시 원문을 임의로 줄인 시조를 들 수 있다.

3)
千山에 鳥飛絶이오 萬逕에 人蹤滅를
孤舟簑笠翁이 獨釣寒江雪이로다
낚시에 절노 무는 고기 긔 분인가 ᄒᆞ노라(甁歌 656)

---

3) 東岳語文論集 제2집(동악어문학회 1965), p.193

4)

春水ㅣ 滿四澤ㅎ니 물이 만ㅎ 못오던야

夏雲多奇峰ㅎ니 山이 놉파 못오던야

秋月이 揚明輝여든 무음 닷슬 ㅎ리오(六靑 953)

3)은 柳宗元의 江雪이라는 五言絶句에 토를 붙이고 이렇게 해도 시조가 되지 않으니 종장을 덧붙인 경우다. 이렇게 되고 보니 시조가 갖는 정보량을 초과하게 되어버렸다. 4)는 陶淵明의 시에다 의미를 덧붙이다 보니 원시에 있던 冬嶺秀孤松을 빼버리게 된 경우다. 어느 것이나 한시가 애초 가졌던 정보와 이탈하고 있고 시조의 입장에서도 시조가 가지는 정보량을 초월하게 되었다. 시조는 논리적 전개로 짜여 있을 뿐더러 수식어를 극히 제한적으로 활용하고 있는 간명한 시형태다.[4] 위의 3), 4)를 한국어로 해석해서 보면 상당히 장문화가 되고 있음을 알 것이다. 원문을 그대로 활용하고 있고 거기다 정보를 첨가했다는 의미에서 보면 번역이랄 수도 없는 작품이라 하겠다.

5)

秋江에 밤이 드니 물결이 ㅊ노미라

낙시 드리치니 고기 아니 무노미라

無心ㅎ 들빗만 싯고 뷘 빅 저어 오노라(靑珍 308)

月山大君

6)

千尺絲綸直下垂

一派自動萬波隨

---

4) 이 점에 대해서는 필자의 "문장구조에서 본 현대시조 연구"(시조학논총 25집, 한국시조학회 2006.7.) 참조.

夜靜寒魚不食餌
滿船空載月明歸

　6)은 송나라 冶父의 偈頌으로 金剛經五家解에 나온다. 월산대군이
6)을 바탕으로 하여 5)를 지었는데 이를 정병욱은, 5)는 6)에서 換骨奪
胎한 秀作5)이라 하면서 "이 시조를 읽으면서 누구도 原詩가 있어서 그
것을 시조로 옮겼다고 생각할 사람은 없을 것이다. 그러나 이 시조의
작가는 그 원시를 완전히 용해시켜 자기의 것으로 만든 다음에 전연
새로운 작품으로 창조해내었음에 우리는 놀라지 않을 수 없다"고 극
찬하였다. 과연 이 말이 맞는가. 번역을 잘 했다는 말인지 원시를 바탕
으로 해서 모작을 잘했다는 말인지를 모르겠다.
　시조만을 떼어서 본다면 훌륭한 작품이라 할 수도 있겠지만 이것이
6)을 번역한 작품이라고 한다면 과연 번역이 훌륭하다 할 수 있을까가
의문이다. 6)을 우리말로 번역을 하면 이렇다.

　천 길 되는 낚싯줄 곧 바로 드리우니
　한 파문 절로 일어 만파가 뒤를 잇네
　밤 깊고 물이 차서 고기는 물지 않아
　공연히 배에 가득 달빛만 싣고 돌아오네

　대략 이런 의미라 하겠는데 이렇게 번역해보니 일단 5)와 6)은 서로
시상이 다르다. 원시는 형상이 있는 모든 것들은 마음을 빼앗아가는
낚시 바늘 같은 것이므로 조심해야 하고 낚시 바늘로 무엇을 낚으려고
도 말고 낚임을 당해서도 안 된다는 것, 사람은 허공 같은 마음을 머금

---

5) 정병욱; 漢詩의 時調化 方法에 대한 考察(국어국문학 49.50, 국어국문학회, 1970,
　p.275)

고 세상을 살아야 함을 강조하는 불교의 空 사상을 내포하고 있다 하겠는데 원시의 이 내용을 5)가 담아낸 것 같지 않다.

그리고 정보량이 다르지 않는가. 정보량이 서로 다르기 때문에 5)와 6)은 의미상 상당한 거리가 있음을 알 수 있다. 번역은 환골탈태를 목적으로 하기 보다는 원문에 충실해야 하는 것이 일차적 과제다. 때에 따라서는 원문의 단어나 구절에 지나치게 구애를 받지 않고 전체의 뜻을 살려 번역함으로써 의미있는 번역이 되고자 할 경우(이것을 意譯이라고 하자.)도 있을 수 있다. 그러나 원문을 潤色하고 의미를 가감한 번역은 올바른 번역이라 할 수 없다. 거기다 원문과 다른 장르로 탈바꿈을 하였다고 한다면 더더욱 모방창작품이라 하겠다.

우리 선조들은 바로 이런 점에 깊이 고심한 것으로 생각된다.

7)
岐王ㅅ 집 안해 샹녜 보다니
崔九의 집 알ㅍ 몃 디윌 드러뇨
正히 이 江南애 風景이 됴ㅎ니
곳 디ㄴ 時節에 또 너를 맛보과라

이것은 두시언해 초간본에 실린 것이다. 두시언해 초간본은 성종12년(1481년)에 간행되었는데 당시에도 시조를 많이 짓고 부르고 했지만 두보시를 시조로 번역하지는 않았다. 두보시를 제대로 번역하여 감상하는 것이 옳다는 생각에서인지 아니면 우리나라에도 한시처럼 4행시가 있었으면 좋겠다고 생각해서인지는 모르지만 한시를 시조로 바꾸어 번역하는 일이 바르지 않다고 생각한 것은 틀림없는 것 같다.

2)에서는 七言絶句의 漢詩를 시조로 옮겨놓으려고 하니 원문 내용

을 줄여야 했고 거기다 기승전결로 이루어진 한시의 의미구조도 살릴
수 없었으니 못마땅한 번역이라 할 수 있다.

여태 七言絶句를 예로 들었는데 五言絶句에 관해서도 언급함이 옳
을 것 같다.

8)
ᄀᄅ미 프ᄅ니 새 더욱 히오
뫼히 퍼러ᄒ니 곳비치 블 븓는 ᄃᆞᆺ도다
옰 보미 본 딘 ᄯᅩ 디나가ᄂᆞ니
어느 나리 이 도라갈 히오

江碧鳥逾白
山靑花欲然
今春看又過
何日是歸年

8)에서도 4행으로 번역하였다. 이것을 최남선은 아래와 같이 시조역
한 바 있다.

9)
江山이 때를 만나 푸른 빛이 새로우니
물가엔 새 더 희고 山에 핀 꽃 불이 붙네
올 봄도 그냥 지낼사 돌아 언제 갈거나[6]

8)과 9)를 대조해보면 상당한 차이가 있음을 알 수 있다. 七言絶句는
五言絶句보다 정보량이 많다. 七言絶句를 시조역했을 때는 정보량을

6) 李丙疇; 杜詩諺解批注(통문관 1958), p.266에서 재인용.

줄여야 하였고 五言絶句를 시조역했을 때는 9)에서처럼 원시에 없는 정보를 더 보태야 했다. 그러나 시의 번역은 원시에 충실한 번역을 해야 할 것이고 원시의 정보량을 임의로 가감해서는 안 될 것이다. 더욱 원시가 갖는 의미구조(시조 같으면 3장 6구, 한시 같으면 기승전결)를 파괴해서는 원시와는 동떨어진 번역이 되기 쉽다고 하겠다.

여기서 잠깐 7), 8)을 영역한 경우를 살펴볼 필요가 있다.

먼저 7)을 Witter Bynner는 이렇게 번역하였다.

10)

ON MEETING LI KUEI − NIEN DOWN THE RIVER

I met you often when you were visiting princes

And when you were playing in nobleman's halls.

..... Spring passes ..... Far down the river now,

I find you alone under falling petals.[7]

다음으로 8)을 H.A.Giles는 이렇게 번역하였다.

11)

White gleam the gulls across the darkling tide,

On the green hills the red flower seem to burn;

Alas! I see another spring has died ....

When will it come_ the day of my return![8]

10)은 율격을 지키지 않은 자유시 형태 같지만 각 행은 9.8.7.7의 단

---

7) 위의 책, p.292에서 재인용(A Little Treasury of world Poetry, p.370)
8) 위의 책, p.266에서 재인용(Chinese Literature, p.158)

II. 현대시조의 구조와 세계화 방안

어로 되어 있어 한 행을 지배하는 단어 수가 거의 일정하고 압운을 붙이되 aaba로 되어있어 原詩인 한시가 기승전결 중, 전에 압운하지 않는다는 것을 살리고자 노력한 흔적을 보인다. 여기에 비해 11)은 전체적으로 약강5보격(iambic pentametre)으로 되어 있고 압운은 abab 형식을 취하고 있어 영시형태로 번역되어있음을 알 수 있다.

10)은 한시를 영시의 새로운 형태로 번역한 것이라고 한다면 11)은 앞서 우리 문인들이 한시를 시조역한 경우처럼 한시를 영시형태로 둔갑시켜 놓은 것이다.

앞서 보았듯이 두시언해에서는 원시의 의미 전달에 충실하면서 원시의 형식을 파괴하지 않으려 했고 우리나라에서도 한시와 같은 4행시의 가능성을 비추어보려 한 것 같다. 이것은 한국 번역문학사에 있어 대단히 중요한 의미를 시사하였다고 할 수 있다.

일찍부터 시조를 시조답게 한역한 예가 없지는 않았다.

13)
丹心歌
此身死了死了
一百番更死了
白骨爲塵土
魂魄有也無
向主一片丹心
寧有改理與之

14)
何如歌
此亦何如

彼亦何如
城隍堂後垣
頹落亦何如
我輩若此爲
不死亦何如

　13), 14)는 1617년에 간행된 해동악부(광해군 9년)에 실린 정몽주, 이방원의 시조라고 알려진 작품에 대한 번역이다.(이들 작품의 원문은 생략한다.) 이것들은 절구 형식을 따르려 하지 않으면서 시조의 의미하는 바를 그대로 한역하려고 하였고, 시조의 의미형식인 3장 6구를 살리려 6행으로 번역한 것도 눈여겨 볼 일이다. 여기서 잠깐 하이쿠의 한국문학화에 대해서도 설명할 필요가 있겠다.

　15)
　이팝나무꽃
　　　　　　박 점화

　배고픈 오후
　눈으로 먹는다네
　이팝나무꽃9)

　하이쿠는 세계에서 가장 짧은 정형시이고, 5.7.5 음절로 되어 있으며 계절을 나타내는 季語가 포함되어 있어야 한다. 15)는 하이쿠의 이같은 형식을 한국어로서 표현한 경우인데 우리나라에서는 시도단계이지만 유럽이나 미국에서는 자기 나라 말로 자기 나라식의 하이쿠를

---

9) 부산일보 2007.2.24.

짓고 있는 실정이다. 하이쿠가 이러하듯이 한국의 시조도 시조답게 번역하여 외국에 널리 소개하고 외국문학 속에서 시조가 자리 잡도록 해야 할 것이다.10)

한시를 한시답게 국역하거나 시조를 시조답게 한역하는 경우를 예로 들었는데 여기서 문학(나아가 예술 모든 장르)에 있어서의 내용과 형식에 대한 언급이 있어야 하겠다. 문학에 있어서의 내용은 형식을 규제하고 합목적인 형식과의 결합을 요구한다. 다르게 말하면 형식은 반드시 내용에 적정히 조정된 것이어야 한다. 수필의 제재가 소설이 될 수 없고 시의 제재가 수필이 될 수가 없는 것이다. 비슷한 내용의 시라고 해도 내용의 차이에 따라 형식도 거기에 알맞은 형식으로 조정되어야 한다.

수정을 거치는 동안에 내용이 발전적인 방향으로 움직이면 형식도 따라 새로운 형식으로 이동해야 하므로 문학에 있어 새로운 형식의 출현은 낡은 내용의 극복을 의미하게 된다.

훌륭한 사상이 있다고 해도 이것의 문학적 성공은 일차적으로 여기에 부응하는 형식과의 조화가 이루어지지 않으면 훌륭한 사상은 문학적으로 훌륭하게 발현되지 않는다. 명작을 남긴 작가는 그 명작 내용에 적합한 형식을 찾아서 형식과 내용을 조화시키는 데 성공한 사람이라는 의미가 된다.

한 악보가 있다고 하자. 이 악보를 어떤 악기로 연주할 것이냐. 만약 현악기로 연주한다고 결정했다 해도 Violin이나 혹은 Harp로 아니면 그 어떤 악기로 연주할 것이냐를 연주자가 선택을 해야 하는데 각 악기마다 소리가 다르고 tone이 달라서 연주자가 이루어내려는 음악적

---

10) 이 점은 필자의 "현대시조의 진로 모색과 세계화 문제 연구"(時調學論叢, 韓國時調學會 23집, 2005.7)에서 언급한 적이 있다.

시조문학 탐구

성취에 따라 선택을 하게 된다. 어떤 음악을 만들려고 하면, 음악적 성취를 위해 악기가 동원되므로 악기는 음악적 성취를 위한 매체(medium)이고 이 매체의 활용이 음악이라 할 수 있다. 문학도 마찬가지다. 문학적 성취를 시로 정했다 해도 자유시를 이용할 수도 있고 정형시인 시조를 이용할 수도 있는 것이다. 악기의 소리가 서로 다르듯이 문학의 장르 역시 그 장르만의 문학적 특징을 가지므로 이루려는 목적이 무엇이냐에 따라 자유시도 시조도 선택될 수 있는 것이다.

시조는 3행이지만 절구의 한시는 4행으로 되어있다는 말은 시조는 시조다움의 형식이 3행이어야 한다는 것이고, 절구의 한시는 시조와 달리 4행으로 구성되어야만 하는 필연이 있다는 말이다. 그러므로 시조를 굳이 절구 한시로 번역한다면 거꾸로 절구 한시를 시조로 번역한다면 원문의 내용과 형식은 파괴되고 새로운 내용과 형식이 만들어지게 된다. 3행으로서의 시적 논리는 그것이어야만 하는 당위에서 비롯된 것이 시조이고, 4행으로서의 시적 논리는 4행이어야만 비로소 절구 한시의 형식미가 갖추어짐을 의미하게 된다. 문학적 예술미는 특정한 형식을 통해 표현되어야 한다. 문학의 형식이 조금만 바뀌어도 문학적 예술미는 달라질 수밖에 없다. 예술미의 통일성과 전체성, 사회성, 단결성은 오직 형식에 의존하게 된다.[11] 그렇기 때문에 장르를 이탈한 번역은 번역이 아니라 원문을 참고로 해서 다른 장르의 문학을 창작한 셈이므로 번역이라고 할 수가 없는 것이다.

---

11) N. Hartmann , 田元培 譯; 美學(을유문화사, 1969), p.12

Ⅱ. 현대시조의 구조와 세계화 방안

III. 결론

시조를 번역한 경우에는 ① 한시를 시조로 변역한 경우, ② 시조를 한시역한 경우의 두 경우가 있다. ①은 익히 아는 유명한 한시를 시조 다운 맛으로 재생산해서 새로운 시적 정서를 느끼려고 한 것이라면, ②는 한국인의 문학적 정서를 한자중심 문화권에 수출하려는 경우이거나 한시 애호가들을 위한 정서 전환으로서 시조를 활용한 경우다.

어느 경우든 언어가 다르고 장르가 다르기 때문에 原詩의 의미를 제대로 살리기 힘들다. 그 뿐 아니라 문학에 있어서의 내용은 형식을 규제하고 합목적인 형식과의 결합을 요구한다. 시조는 3행이고 절구나 율시는 4행이어야 한다. 3행의 원시를 4행으로 번역해서도 안 되고 4행의 원시를 3행으로 번역해서도 안 된다. 문학적 예술미는 특정한 형식을 통해 표현되기 때문이다.

이런 점을 알고 시도되었는지는 모르지만 이 논문에서는 원시의 의미와 장르의 규칙을 살리려고 한 번역이 있었음에 주목하였다.

杜詩諺解는 五言絶句 또는 七言絶句의 두보시를 4행으로 번역하였다, 이것은 원시가 가진 起承轉結의 의미구조를 살리고 원시의 의미를 더하거나 줄이려 하지 않으려는 데서 비롯된 것이라고 본다. 한편으로 생각하면 이것은 우리 시에 있어서의 한글 4행시 가능성을 시험해보려 하였다고도 볼 수 있다.

시조를 한시역한 경우, 정몽주의 丹心歌나 이방원의 何如歌는 종래의 절구나 율시 같은 한시형식으로 번역하지 않고 6행으로 번역하였다. 이것은 시조의 6구 의미를 다치지 않게 번역하면서 우리 시조가 새로운 漢詩의 한 형태로서도 가능함을 보여준 것이라 할 수 있다.

일본의 하이쿠는 영어권에서도 창작하고 있는데 우리나라에서도 이것의 시도가 일어나고 있듯이 우리 시조도 세계화로 나아가야 한다고 본다. 과거 우리 선조들은 이러한 점에 착안하여 시조를 기존 한시 형식과 다르게 한역하고 거꾸로 한시 번역을 통해 우리 시에 없는 4행시를 시도하였던 바와 같이 앞으로 시조의 세계화, 나아가서 외국문학의 한국화를 추진해 볼 필요가 있다고 본다.

문장구조에서 본 현대시조

Ⅰ. 서론

현전하는 고시조집은 50여 종에 달하고, 문집, 판본, 寫本類 또한 50여 종이 넘어서 총 100여 종에 달한다[1]고 하지만 여기에 최근 새로 발견된 책이 더러 있어서 이 숫자는 더 늘어날 것이고, 심재완 교수의 歷代時調全書에 수록된 고시조는 장시조와 단시조를 합해 총 3,335수이지만 새로 발굴된 작품을 더하면 근 4,000수가 될 것으로 생각된다.

고시조 발생기인 고려 말에서 고시조의 소멸기인 조선조 말에 이르는 약 700년 동안 이렇게 많은 작품들이 창작되었다는 것 자체가 경이로운 일이면서 고시조는 다시 현대시조로서 재출발하여 오늘에 이르기까지 지속되어 오고 있음은 세계문학사에서도 찾아보기 힘든 경우라 하겠다.

이렇게 장구한 세월을 겪어오는 동안 형태나 내용 면에서 부분적인 변화를 겪어왔지만 앞으로도 시대 조류에 따라 다소간의 변화를 겪게

---

1) 심재완, 時調의 文獻的 硏究(세종문화사, 1972), p.9

될 것이다. 그러나 시조가 아무리 변한다 해도 자유시와의 변별성은 유지되어야 하겠다. 다시 말해 정형시로서의 시조(단시조) 속성은 계속 유지되어야만 시조의 존재 이유가 확보된다고 본다.

이 논문에서는 현대시조[2]가 문장구조의 측면에서 시적 의미를 어떻게 나타내고 있는가 하는 점을 알아보려 한다. 최근에 발표되고 있는 시조(2000년대 발표한 작품)는 고시조(여기서는 단시조만을 의미함)와 현대시조 출발기에서 1960年代 이전의 시조[3](이하 60년대 이전 시조라 함), 더 나아가 중국 조선족 시조와 대비해 볼 때, 소위 최근 발표되고 있는 작품과는 어떤 차이를 갖고 있는가를 알아보고자 하는 것이다.

이 연구는 현대시조가 과연 바람직한 방향에서 진로를 모색하고 있는가 하는 문제와 직결되기 때문에 이런 연구물들이 앞으로도 계속되어서 현대시조의 창작에 도움을 주어야 할 것이고, 그리하여 한국의 시조문학이 세계문학시장에 진출하여 한국문화를 수출하는 데에도 기여할 수 있어야 할 것이다.

여태 시조문학 연구는 고시조 쪽에 편중되어 왔고 상대적으로 현대시조 연구를 소홀히 한 경향이 있은 것도 사실인데 이 점도 시정되어야 할 과제라 생각된다.

---

2) 시조시인 일부에서는 사설시조(장시조)를 창작하는 분이 있으나 여기서의 현대시조란 단시조에 국한한다. 그리고 옛날 사설시조는 음악상으로는 설명이 되겠지만 문학상으로서는 일정한 형식을 갖지 않았던 시가문학인데, 오늘날에 와서 이것을 창작한다면 자유시와의 어떤 변별성을 가지는지에 대해 필자는 회의적으로 생각한다.
3) 60년대나 70년대의 시조작품 중에서도 2000년대 작품 경향과 상당히 닮은 것이 있을 수 있지만 뒷날 연구 거리로 미루고, 여기서는 2000년대 작품의 두드러진 경향을 드러내기 위해 60년대 이전까지로 한정한 것이다. 60년대 이전의 시조는 시조 형식미를 위반하는 작품들이 거의 없다.

Ⅱ. 현대시조의 구조와 세계화 방안

Ⅱ. 간결한 의미표현

고시조는 그 의미전달이 명료하다. 수식어를 극히 제한한 간결한 문장 구조로서 작중 화자의 의중을 곧바로 청자에게 들려주는 문학이었다.

1)
믹암이 믭다 울고 쁠람이 쁘다 우니
山菜를 믭다는가 薄酒를 쁘다는가
우리는 草野에 뭇쳣시니 믭고 쁜 줄 몰닉라.

(花樂224)

2)
곳 지고 속닙 나니 時節도 變ᄒ거다.
풀소게 푸른버레 나뷔되야 ᄂ다ᄂ다.
뉘라셔 造化를 자바 千萬變化ᄒᄂ고.

(珍靑141)

이처럼 고시조는 가급적 수식어를 배제하려 하였고 전달하고자 하는 바를 명료하게 들려주려고 한 문학이었음을 알 수 있다. 이것은 고시조가 음악적 상태에서 시적 의미를 전달하는 문학이었기 때문이기도 하지만, 唱詞로서가 아니고 律讀에 의해 吟永되었다 해도 의미를 순식간에 청자에게 전달하여야 했기 때문이다. 그러나 더 근원적인 원인은 고시조의 창안이 성리학자들이었고 조선조를 관류해오면서 그들의 정서와 도덕을 솔직히 고백하는 문학으로 승계되어왔다는 점을 간과할 수 없다. 성리학자들은 선비로서의 義를 행하고 不義를 용납하지

시조문학 탐구

않으면서 禮를 존숭하였으며 出處居就가 분명한 사람들이었다. 이러한 그들의 선비정신은 시조 한 수로서 명료한 시적발언을 하게 된 것이며[4], 현대에 와서는 선비정신의 구현과는 거리가 멀지만 작자 자신의 정서를 곡해의 여지없이 진술하게 나타내어왔던 점은 시조문학의 한 전통이라고 할 수 있다.

고시조는 태생적으로 구술문학과 연관된다. 시조집에 수록되었다고 해도 수록되기 이전에는 구전하여 온 경우거나 수록된 작품 그 자체도 음악으로 아니면 吟永으로 실현하였으므로 구술문학형태에서 멀리 떨어져 있지 않았다.

구술문학과 문자문학과의 차이는 여러 가지로 설명이 가능하다. 구술문화에 입각한 사고와 표현의 특징에 대해 Walter J. Ong은 다음과 같이 밝히고 있다.[5]

1) 종속적이라기보다 첨가적이다.
2) 분석적이라기보다 집합적이다.
3) 장황하거나 다변적이다.
4) 보수적이거나 전통적이다.
5) 인간의 생활세계에 밀착된다.
6) 논쟁적인 어조가 강하다.
7) 객관적 거리유지보다는 감정이입적 혹은 참여적이다.
8) 항상성이 있다.
9) 추상적이라기보다는 상황 의존적이다.

고시조는 필사를 통해 전파되어왔다는 의미에서 보면 온전한 구술

---

4) 임종찬; 현대시조탐색(국학자료원, 2004), p.148
5) Walter. J. Ong(이기우, 임명진 역); 구술문화와 문자문화(문예출판사, 1995), p.60~92

문화 형태는 아니라고 하겠다. 그러나 앞서도 이야기 했듯이 음성에 의해 시적 의미가 독자 위주보다 청자 위주로 전달되어 왔다는 점에서 보면 구술문화에 접근되어 있음을 알 수 있다. 실지로 고시조는 구비 전승의 요건을 갖추고 있을 뿐더러6) 상당 기간을 구비되어오다가 나중에서야 가책에 기록되는 경우가 허다하였다고 본다.

시조의 각 장 끝은 서술어로 되어있다. 한 장은 한 의미단위로 되어 있고 세 의미단위가 유기적 결합에 의해 하나의 완결된 의미체로서 한 작품이 되고 있다. 각 장과 장끼리는 논리적으로 엮이게 된다는 말과 같다. 문자문화는 시간의 제한이 없다. 문자문화에 있어서는 쓰여진 의미의 파악을 위해서 몇 번이고 되풀이 읽을 수 있지만 구술문화는 시간제한이 있다. 순간적으로 의미 파악이 되어야 한다. 그렇기 때문에 특히 민요나 시조의 경우는 의미 파악을 더디게 하는 긴 수사는 금물이다. 시조의 한 장은 간단한 하나의 문장형태이거나 문장형태에 가깝다.7) 이렇게 된 것도 시조가 음성에 의해 순식간에 청자에게 의미를 전달하기 위함이다. 또한 정보의 전달력을 강화하기 위해서도 수식어는 가급적 피해야 하는 것이다.

Ong이 위에서 언급한 구술문화는 분석적이라기보다는 집합적이라 말했는데 사고와 표현의 구성요소들은 뿔뿔이 흩어져 있다기보다 한데 모여서 덩어리가 되는 경향이 있음을 말한다. 고시조에는 대구법이나 통사적 공식구가 자주 등장하는데 이것은 정보내용을 기억하기 좋게 하는 장치 중의 하나라 하겠다. 또 Ong은 구술문화를 추상적이라기보다는 상황 의존적이라고 했다. 이 말은 기하학적 도형대신 구체적

---

6) 이 방면의 연구로는 최재남의 '구비적 측면에서 본 시조의 시적 구성(서울대 대학원 국문학 연구, 제64집)이 있다.
7) 임종찬; 현대시조탐색(국학자료원, 2004), pp.23~36

시조문학 탐구

실물(이를테면 원을 쟁반, 사각형은 거울, 문으로 비유)로 표현하거나 추상적 카테고리에 의한 분류, 형식논리적인 추론 절차, 정의 등의 항목과는 무관하다.[8] 거기다 사실성을 능가하는 은유나 상징 수법과는 거리를 두고 있다. 고시조에는 은유나 상징으로서 의미를 강화시키는 수법이 흔하지 않다. 1), 2)에서 보듯이 고시조는 직설적이면서 전달하려는 의미가 왜곡됨이 없도록 표현하고 있다.

3)
시닉 흐르논 골에 바희 쓰려 草堂 딋고
달아릭 밧츌 갈고 구룸 속에 누엇시니
乾坤이 날 불너 니르기를 함께 늙쟈 ᄒ더라.

(花樂365)

3)은 각 장의 구성이 자연스러운 통사 구조로 되어 있고, 초·중장의 결과로 종장의 의미가 도출되도록 하고 있어서 의미해석이 자연스럽다.

4)
가만히   오는비가
락수저서   소리하니,   [락수] 簷溜

오마지   안흔이가
일도업시   기다려저,

열릴듯   다친문으로

---

8) Ong의 앞 책, p.88

눈이자조　가더라.

－최 남선 '혼자안저서' 전문9) －

5)

내놀든　옛동산에　오늘와　다시서니

山川　　依舊란말　옛詩人의　虛辭로고

예섯든　그큰소나무　버혀지고　없구료

－이은상 '옛동산에 올라' 일부10) －

　여기서 보듯이 각 장의 끝은 종결어미나 연결어미로 되어있다. 연결어미란 종결어미에 접속부사를 더한 형태이므로(예를 들면 위의 '다시서니'는 '다시 섰다. 그랬더니'가 줄어진 형태다.) 각 장은 한 문장으로서 온전히 이룩되어 있다고 할 수 있다. 거기다 띄어쓰기를 무시한 음보식 표기를 한 점도 특이하다.11)

　고시조에서 현대시조로 나아오는데 기여했던 최남선, 이은상 뿐 아니라 이병기, 조운 등의 시조에서도 이 같은 점은 그대로 승계되어 왔고, 현대시조의 방종을 경계하면서 현대시조의 모범적 사례를 보이고자한 現代時調選叢(새글사, 1959)에 실린 작품들이나 50年代 출판한 개인 시조집에 실린 작품들 또한 고시조의 작시형태를 벗어나려 하지 않았다.

6)

　등에 아해 업고 머리에 밥을 이고

---

9) 최남선; 百八煩惱(東光社, 1926), p.109
10) 이은상; 鷺山時調集(漢城圖書株式會社, 1932), p.73
11) 이것은 시조를 음보로 묶어 읽어야 시조의 정형을 느끼게 된다는 점을 강조한 표기이기 때문에 시사하는 바가 크다고 할 수 있다.

시조문학 탐구

밭 가는 男便 찾아 길 바쁜 아낙네야
세상의 꽃다운 모습 네게 또한 보니라

—金午男 '꽃다운 일' 전문—12)

7)
노랑 장다리 밭에
나비 호호 날고

초록 보리밭 골에
바람 흘러가고

紫雲英 붉은 논뚝에
목매기는 우는고

—丁薫 '春日' 전문—13)

이번에는 1990년대에 창작한 중국 거주 동포들의 작품을 예로 들어
보기로 한다.

8)
백두산 푸른 솔이 빙설 우에 꼿꼿해라
광풍이 몰아쳐도 허리 굽힘 있을손가
장하다 활개치는 솔 불어예는 휘파람

—리상각 '솔' 전문—14)

---

12) 金午男; 時調集(城東工業印刷部, 1953), p.64
13) 丁薫; 碧梧桐(學友社, 1955), p.15
14) 중국조선족시조선집(민족출판사, 1994), p.43

Ⅱ. 현대시조의 구조와 세계화 방안

9)
동강 난 반도가 비에 젖어 우는고나
무참히 잘리운 네 아픔을 보느니
차라리 이내 허리를 잘라냄이 어떠냐
                    —김철 '동강 난 지도 앞에서' 전문—15)

　여기서도 고시조대로의 원칙을 고수하고 있음을 확인할 수 있다. 60
年代 이전에 시조를 창작하였던 시인들은 시조의 형식을 원형대로 보
존하면서 시조 내용을 현대화하려고 하였고, 중국거주 동포들조차 시
조의 장점과 생명력이 간단한 형식 속에 명료한 詩意의 표출에 있음을
알고 이를 실현하려 하였음을 확인한 셈이다.

Ⅲ. 의미해석의 어려움

　한국 현대시의 기점은 1926~7년경 정지용 등이 이미지즘 계열의
모더니즘시를 발표한 이후16)로 본다. 당시 다다이즘, 초현실주의, 신
고전주의 경향의 시가 등장하여 언어의식, 문학적 감수성의 측면에서
우리 시를 한 차원 높은 단계로 발전시킨 것으로 인정하고 있다. 이것
은 전통의 고수나 감상적 세계를 벗어나 세계 문학과의 연계와 내면의
식을 포함시킴으로써 시를 단순한 평면적 묘사를 초월하였음을 의미
한다고 하겠다.
　여기서 한 걸음 더 나아가 논리적 일관성을 일부러 파괴하기도 하고
논리적 해석을 어렵게 하는 난해시가 등장하기도 하였던 것이다. 이러

---

15) 앞의 책, p.43
16) 鄭漢模; 韓國近代詩硏究의 反省(현대시 1집, 1983) 참조.

시조문학 탐구

한 자유시의 경향은 그것대로 의미가 있다하겠으나 이러한 경향은 한 때 유행으로 끝나고 오늘날에 와서는 이런 시는 찾아보기 힘들다. 그런데 한 때 유행한 이러한 풍조를 시조가 받아들여야 한다면 시대착오적이라 아니할 수 없다. 다시 한 번 말하지만 시조는 그것이 활자화 되어 있다 해도 시조로서의 顯現은 聲調에 의해 정형을 나타내었을 때이다. 독자가 아니라 청자의 자격으로(때로는 작자 자신이 청자가 되어) 시조의 律讀 소리를 듣고 그 결과로 비롯되는 음악성과 함께 詩意를 파악하였을 때 시조의 진가가 나타난다는 말이다. 활자화된 자유시는 낭독을 통해 감상할 수 없다는 말은 아니다. 어떤 자유시는 낭독하기에 적당하여 낭독을 해야만 시의 진맛이 드러나는 경우도 있지만 낭독으로서는 의미전달이 불가능한 자유시도 있다. 그런데 시조는 정형시이기 때문에 정형으로서의 인지는 음성에 의해서 이루어진다는 점에서 시조와 성조는 떨어질 수 없는 관계라는 말이다. 그러므로 시조는 율독을 통해서도 詩意가 쉽게 청자에게 전해져야 하는 시다. 그렇기 때문에 자유시의 방종에 가까운 난해성을 모방할 필요가 없다는 것이다.

현재 한국에서 발표되는 시조 작품들은 어떤가?

10)
이른 봄 양지밭에 나물 캐던 울 어머니
곱다시 다듬어도 검은 머리 희시더니
이제는 한 줌의 귀토(歸土) 서러움도 잠드시고

이 봄 다 가도록 기다림에 지친 삶을
삼삼히 눈 감으면 떠오르는 임의 樣子
그 모정 잊었던 날의 아, 허리 굽은 꽃이여

하늘 아래 손을 모아 씨앗처럼 받은 가난
긴긴 날 배고픈들 그게 무슨 죄입니까
적막산 돌아온 봄을 고개 숙는 할미꽃

—조오현 '할미꽃' 전문—[17]

60年代 이전에 발표된 작품들은 고시조의 형식미를 고스란히 이어받으려 하였음을 앞서 지적한 바 있다. 10)의 조오현은 60年代 등단한 시인이지만 시조의 정통성을 그대로 이어 받았다. 가난 속에서 살다 가신 어머니를 할미꽃에서 연상하는 이 작품은 동 시대를 살았던 사람들에게 쩡한 감동을 공유하게 한다.

최근 발표되는 작품들은 10)과 같이 시조의 형식미를 살리면서 이해가 쉽게 되는 작품도 있지만 일부에서는 시적인 감동은 고사하고 의미 파악을 가로 막는 잡다한 수식어를 등장시키는가 하면 형식의 파괴가 시조의 현대화로 인식하여 시조가 아닌 것을 시조라 우기는 경우가 허다하다. 이러한 시조들이 범람하는 추세라는 데에 문제의 심각성이 있다.

시조가 음풍농월식의 한가와 서정 위주의 표층적 묘사의 단순함을 벗어나야 한다는 의미를 지나치게 강조하다 보니 시조가 난해의 길을 걷게 된 것일까. 그렇다고 해도 문맥이 정돈되지 않고 무슨 의미를 함유하고 있는지조차 감을 잡을 수 없는 난해를 위한 난해는 시조가 갈 길이 아니라고 본다.

11)
성난 짐승떼처럼
몰아치는 폭풍 속을

---

17) 시조월드, 2005 하반기, p.98

사람도 별도 잠긴
이승의 속울음 하나

목 젖은 紙燈에 실어
絶海에 띄우느니.

－김남환, '태풍 속에서' 전문－18)

11)을 자연스런 통사구조로 바꾸면 이렇다.

① 성난 짐승떼처럼 몰아치는 폭풍 속을 → 폭풍이 성난 짐승떼처럼 몰
아친다.
② 사랑도 별도 잠긴 이승의 속울음 하나(를)
③ (내가) 목 젖은 紙燈에 실어 絶海에 띄우느니

이렇게 바꾸어 보면, 의미의 흐름은 ① '몰아치는 폭풍' → ② '이승의 속울음 하나' → ③ '(그것을) 紙燈에 실어 絶海에 띄우느니'로 이루어진 것으로 알 수 있다. 이는 고시조처럼 읽거나 듣는 순간 의미 해석이 되는 것이 아니라 다 읽고 나서 그 상징성을 조합해야만 어느 정도 해석이 가능하도록 해 놓은 것이다. 덧붙여 초장에서 제시된 목적어처럼 보이는 '폭풍 속을'은 중장이나 종장의 어느 통사 구조에 포함되지 않고 있다. 이는 각 장이 의미적으로든 통사적으로든 하나의 문장의 자격을 지녀 초장과 중장의 의미가 종장에 자연스럽게 귀결되어 있는 고시조와는 다른 양상이다.
이는 '폭풍 속을'을 목적어구가 아닌 위치어로 파악하면 다음과 같이 달리 해석할 여지가 생기기도 한다.

---

18) 시조세계, 2004 봄호, p.58

① 성난 짐승떼처럼 몰아치는 폭풍 속에
② 사랑도 별도 잠긴 이승의 속울음 하나(를)
③ (내가) 목 젖은 紙燈에 실어 絶海에 띄우느니

　여기서 중요한 것은 제목처럼 '폭풍 속'이 지은이가 있는 위치라고
한다면, '이승의 속울음 하나'가 무슨 뜻을 의미하는지 쉽게 알 수가
없다.
　다음의 시조는 위의 것과는 달리 의미 파악에는 큰 어려움이 없어
보인다. 그러나 각 장은 하나의 완전한 의미형태가 되어 이것들이 유기
적 결합을 이루어야 시조라 하겠는데 그렇지 못한 작품의 예가 되겠다.

　12)
　겹으로 융단 깔로
　차려 놓은 가설무대

　회초리로 둘러 때리며
　양떼처럼 몰고 가는

　남산 길
　싹쓸이 바람
　장단 맞춘 피리 소리.

-정 위진, '늦가을' 전문-¹⁹⁾

　이 시조는 초장과 중장, 그리고 종장의 앞 구가 합하여 마지막 명사
인 '피리 소리'를 꾸며주는 구조를 취하고 있다. 즉 전체적인 흐름이
종장의 '피리 소리'에 귀결되어 있는 것이다.

---

19) 시조세계, 2004 봄, p.62

겹으로 융단 깔고 차려 놓은 가설무대(에)
회초리로 둘러 때리며 양떼처럼 몰고 가는   피리 소리
남산 길 싹쓸이 바람(처럼) 장단 맞춘

이 구조를 하나의 문장으로 펼쳐 보이면 다음처럼 보일 수 있다.

겹으로 융단 깔고 차려 놓은 가설무대에
회초리로 둘러 때리며 양떼처럼 몰고 가는
남산 길 싹쓸이 바람처럼 피리 소리가 장단 맞춘다.

시조가 3장으로 되어 있다는 말은 세 개의 의미형태가 유기적으로 결합되어 있다는 말인데 수식되는 말로만 짜여 있는 이 경우를 두고 시조라 하기 곤란할뿐더러 고작 피리소리가 장단 맞춘다 하는 정도의 정보가 시적인 정서전달을 하고 있다고는 볼 수 없다.

다음의 시조도 위의 시조와 비슷한 구조를 취하고 있다.

13)
늙은
퇴기(退妓)의
부스럼 같은
화장독과

급격히 쪼그라든
자궁마저 다 드러낸

한 떨기

폐경기 목련이
담장 위로
무너진다.

　　　　　　　　　　　　　　－曺柱煥 , '자목련 지는 풍경' 전문－[20]

여기서 초장과 중장이 어떻게 종장과 연관되는지 살펴보자.

1) …화장독과…목련이 담장 위로 무너진다
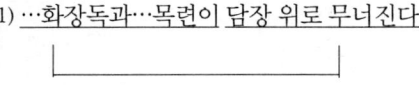

2) …화장독과…폐경기 목련이 담장 위로 무너진다
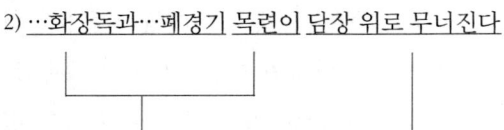

　제목을 생각하지 않는다면 1)인지 2)인지를 알아볼 길이 없다. 그러
나 제목을 고려해서 생각한다면 2)라고 보여진다. 2)라고 해도 13)은
초장과 중장이 목련을 수식하기 위해 동원되어 있다. 목련이 어떤 형
태인가를 설명하는데 말을 낭비하였고 정작 의미를 간추리면 어떠어
떠한 목련이 담장 위로 무너진다로 귀결되고 있어서 3장 구성을 하고
있지 않다.
　고시조는 수식어를 절제하고 정제된 형식미를 드러내려고 하였다.
그러나 12), 13)은 3장 구성을 하고 있는 듯이 보이지만, 한 장 혹은 두
장이 다른 장의 수식어 기능 밖에 하지 못하고 있기 때문에 장으로서
의 독자적 구실을 확실히 보여주었던 고시조나 60년대 이전의 시조 형

20) 시조문학, 2001 봄, p.65

태와는 판이하지 않는가.

2000년대에 들어서면서 열린 시조를 주장하면서 시조의 일대 혁신이 일어나야 한다는 움직임이 있었다. 시조 잡지 이름도 아예 '열린 시조'라고 하여 시조 창작의 구태를 벗어나려고 하였다. 취지는 나무랄 일이 못 된다. 그러나 형식의 파괴가 시조의 열림이라고 한다면 그 열림은 시조의 포기를 의미한다. 형식을 파괴해야 한다면 무엇이 시조인가. 자유시와 어떻게 변별되는가. 그렇게 할 이유와 그래서 얻는 것이 무엇인가가 문제이기 때문이다. 앞서 파격을 보여준 작품들은 열린 시조를 주장하기 위해서 창작된 작품일까.

이 경우보다 더 심한 경우를 예로 들어보기로 한다.

14)
　해진 우산 하나로 칠흑의 폭력 떠받치는

　해진 우산 가는 뼈대의 푸른 긴장 팽팽하다.

　내 등에
　느끼며 새긴
　그 甲骨文, 젖은 손등.
—宋船影, '스물아홉의 비망록' 전문—21)

초·중장의 문장짜임은 대략으로 따지면 이렇다.

---

21) 시조세계, 2002 봄호, p.126

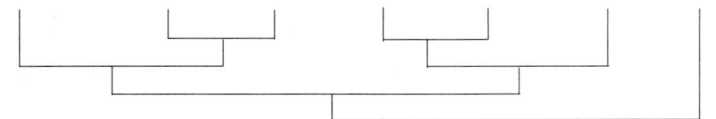

해진 우산 하나로 칠흑의 폭력 떠받치는 해진 우산 가는 뼈대의 푸른 긴장 팽팽하다.

　여기서 보듯이 수식어가 너무 많아서 소란스럽다. '푸른 긴장 팽팽하다'란 말이 주의미인데 이 말을 꾸미는 말이 소란스러워 의미파악을 힘들게 한다. 종장도 마찬가지다. 종장은 다음 두 가지 경우로 해석할 수 있다고 본다.

　　①
　　그 갑골문을 내 등에 느끼며 새겼다.
　　젖은 손등을 내 등에 느끼며 새겼다.

　　②
　　그 갑골문을 젖은 손등에 느끼며 새겼다.
　　그 갑골문을 내 등에 느끼며 새겼다.

　위와 같이 두 문장을 하나로 묶어 종장을 만든 것 같은데 어느 경우로 해석해야 하느냐가 문제다. '갑골문'과 '손등'이 함께 '느끼며 새겼다'에 걸리는 것인지 아니면 '젖은 손등에' 와 '내 등에'가 '느끼며 새겼다'에 걸리는지를 모르겠다. 이렇게 혼란스러운 문장구조로 되어 있다. 말의 연관성으로 봐서도 의미 파악이 쉽지 않다. 더 자세히 말하자면 이렇다.

　첫째, 각 장의 통사 구조로부터 주어와 서술어의 관계가 불명확하다. 그렇기 때문에 초장의 '떠받치는'이 수식하고 있는 요소가 두드러

시조문학 탐구

지지 않다. 둘째, 초·중·종장이 유기적 결합을 이루지 못하고 있다. 초장과 중장의 주된 내용은 '푸른 긴장이 팽팽하다'이며, 종장의 내용은 '갑골문을 내 등에 느끼며 새겼다.'로, 둘 사이의 의미적 상관성이 불명확하다. 굳이 따지자면 '칠흑의 폭력'이 전체의 흐름을 좌우하는 시어로 등장해야 하는데 '칠흑의 폭력'이 의미하는 것이 '갑골문'인지 아니면 '젖은 손등'인지, 그것도 아니면 시조에 드러나지 않은 '비'인지 정확하게 파악하기 어렵기 때문이다. 아울러 '젖은 손등'이 지니는 통사적 지위도 불문명하다. 의미적으로 보았을 때는 '내 등'과 같이 '젖은 손등'은 위치어로 파악해야 하는데 그렇게 된다면 종장은 '그 갑골문을 젖은 손등에 내 등에 느끼며 새겼다'로 해석된다.(②) 그러나 지은이가 표현한 구조 '그 갑골문, 젖은 손등'에 주안점을 둔다면 '젖은 손등'은 다시 목적어로 해석해야 한다.(①) 따라서 종장의 의미도 '젖은 손등'을 어떻게 파악하느냐에 따라 달리 해석된다.

고시조나 앞서 예로 들은 60년대 이전의 작품들, 나아가 중국 동포 시조에서 볼 수 있었던 단아한 형식의 정렬된 의미와는 판이하게 다르지 않는가. 시조의 형식이란 음보율의 고수에만 있는 것이 아니다. 장을 구성하는 문장 이것도 대단히 중요한 형식적 요건임을 알아야 할 것이다. 앞에 예를 든 작품들은 일단 시조로서의 장 구성이 되어 있지 않은 것들이다.

시조가 이렇게 해도 될까? 의미소통을 의도적으로 어렵게 하는 것은 외국어를 모르는 사람에게 외국어로 말하는 것처럼 황당하다. 문학 작품 속에는 독자를 향한 작가의 노력이 숨어있다. 동화는 비록 어른이 작가이지만 어린이를 독자로 모시려는 작가의 노력에 의해 만들어진다. 단어나 주제, 표현, 소재 등등 어린이가 이해할 수 있는 세계가 내재해 있는 것이다. 그래서 작품 속에는 독자가 포함되어 있다고 한다. 11), 12), 13), 14)는 어떤 독자층을 겨냥한 작품들인가. 작품의 고도한 문학성을, 연구자 같은 독자의 수준으로는 이해가 되기 어렵다는 말인가.

시는 말장난이어서는 안 된다. 특히 시조는 시조형식이 주는 음악성에 얹어서 읽혀져야 하기 때문에 들어서 쉽게 이해되어야 한다. 이해가 쉽다는 말이 의미의 단순성을 뜻하지는 않는다.

15)
따끈한 찻잔 감싸 쥐고 지금은 비가 와서

부르르 온기에 떨며 그대 여기 없으니

백매화 저 꽃잎 지듯 바람 불어 날이 차다
　　　　　　　　　－홍성란 '바람 불어 그리운 날' 전문22) －

이 작품은 앞서와 같은 수사의 남용이 없고 일견 보기엔 시조의 정도를 걷는 작품 같아 보인다. 그러나 읽다 보면 이것이 과연 시조인가 하는 의문을 가지게 된다. 이것은 다음과 같은 문장을 시조 형식에 맞추기 위해 억지를 부린 때문이다.

15)－1
(나는)따끈한 찻잔 감싸 쥐고(있다)
지금은 비가 와서 부르르 온기에 떨며 (있다)
그대 여기 없으니 백매화 저 꽃잎 지듯 바람 불어 날이 차다.

---

22) 중앙일보, 2005년 12월 18일.

시조문학 탐구

고시조는 말할 것도 없고 60년대 이전의 시조, 나아가 중국동포 시조에서 보면, 시조의 각 장은 의미상으로나 문법상으로 하나의 문장구실을 하고 있음을 보아왔던 터다. 물론 15)−1은 세 문장으로 되어 3장 형태를 가진 것처럼 보인다. 15)−1을 시조라 한다면 초장도 그렇지만 종장이 음보율을 위반하고 있다. 결국 15)는 15)−1을 음보율로 맞추기 위한 표기라고 하겠는데 시조가 아닌 것을 시조처럼 표기했다고 해서 시조로 둔갑되지는 않는다. 비가 와서 부르르 온기에 떨며 있다는 말도 신통스럽지 못하다. 이것은 무슨 의미인가. 주의미를 따진다면 찻잔을 쥐고 온기에 떨며 그대 여기 없으니 날이 차다는 내용이다. 이런 표현을 시적 표현이라 하기는 곤란하다. 그런데 이 작품이 다름 아닌 2005년 중앙시조 대상 작품이라고 하니 어찌된 일인가. 시적인 표현성, 의미의 충만성, 이미지의 선명성, 주제의 참신성 이런 것들이 제대로 갖추어져야 훌륭한 작품이라 하겠는데, 이런 것들을 두고서라도 시조가 아닌 것을 시조대상작품이라니 이게 보통일은 아닌 것 같다.

16)
물 스미듯 봄빛 아리는
동방(東方)의 하늘 받들고

실향(失鄕)의 방황(彷徨)들을
타이르듯 목련(木蓮)이 피네

추녀여 너의 가락은 없고
「재즈」가 소음(騷音)는 뜰.

−이호우 '목련(木蓮)' 전문−23)

23) 詩文學, 1966.8.

재즈는 외래문화, 추녀는 전통문화를 암시한다고 할 때, 지은이는 목련의 개화는 외래문화가 소음으로 진동하는 한국사회를 타이름이라고 본 것이다.

이처럼 비록 시조는 짧은 시형식이지만 함축하는 의미는 큰 것으로도 나타낼 수 있고 독자에 따라서는 더 큰 의미로도 해석이 가능해질 수 있는 시형태다. 부산한 수식어를 등장시키고 문장 구성을 어지럽게 하여 의미 파악을 어렵게 하는 작품은 시조로서는 폐품이라고 할 수밖에 없다.

17)
잔잔한 가슴 흔들어 구름 한 점 흘러들면
세레나데 느린 음률에 실려오는 얼굴, 얼굴들
망초도 하얀 어깨를 들썩이며 무너진다.

가만히 눈을 감고 갈앉힌 물 그림자
내 추억의 자맥질에 낮달이 졸다 깨면
골짜기 휘돌아 가며 뼈를 꺾는 소쩍새

아카시아 사잇길로 떨어지는 별똥별
떠난 이는 감감하고 향기만 되살아와
바람이 스칠 때마다 비수 되어 찌른다.

　　　　　　　　　　　　　　　　　－이순희 '호반에서' 전문24)

이 작품은 번다한 수식어를 동원하지도 않았고 의미해석을 어렵게 하는 표현도 하지 않았다. 16)이 관념을 바탕에 두고 있다면 17)은 호

---

24) 2002 신춘문예 당선시집(문학세계사, 2002), p.185

시조문학 탐구

반에서 느낀 정서를 선명한 심상으로 나타낸 작품이라 할 수 있다. 2000년대에 등단한 시조시인 중에는 이같이 시조의 본령을 어기지 않으면서 시조를 새롭게 가꾸어가는 분도 있다.

현대시조가 타성적 굴레에서 벗어나지 못하고 있다고 생각한다면 비유의 참신함과 주제나 소재의 신선함, 이미지의 선명함, 구성의 정확성 등이 드러나는 작품세계를 보여주는 일이라 할 것이다. 한 번 더 말하지만 난삽한 문장으로 의미파악을 어렵게 하고 잡다한 수식어를 남용하여 의미가 정돈되지 않는 작품, 거기다 3장으로서의 문장 구성이 되지 않은 작품을 현대시조의 모범인양 대접받는 풍토[25]가 계속된다면 현대시조의 앞날이 심히 걱정된다 아니할 수 없다.

Ⅳ. 결론

이상 고시조와 1960년대 이전의 시조, 중국동포 시조, 2000년대 발표된 현대시조를 문장구조의 측면에서 시적 의미가 어떻게 나타내고 있는가를 살펴보았다.

첫째, 고시조나 60년대 이전의 시조, 나아가 중국동포 시조는 가급적 수식어를 배제한 간결한 문장으로서 의미 해석이 되게 되어있었다. 그러나 2000년대 발표된 현대시조(이하 현대시조) 중에는 수식어가 복잡하게 얽혀 있는가하면 수식어가 남용되는 경우가 있었다.

둘째, 고시조나 60년대 이전의 시조, 나아가 중국동포 시조에서는 의미 파악이 수월하고 주술관계가 분명하게 나타나 있다. 그러나 현대

---

25) 앞서 연구자가 바람직한 작품들이 못된다고 지적한 여러 작품들이 있었는데, 이 작품들의 지은이들은 이러저러한 문학상을 한 개 이상 받은 분들이다.

Ⅱ. 현대시조의 구조와 세계화 방안

시조 중에는 주술관계가 불분명할 뿐더러 암시성이 보이지 않는 비유어의 남용으로 인하여 의미 해석이 어렵게 나타난 경우가 있었다.

셋째, 고시조나 60년대 이전의 시조, 중국동포 시조에서는 각 장의 의미가 독립되어 이것이 유기적으로 결합하여 시조작품을 이루었는데, 현대시조에서는 초·중장이 종장의 수식어로 전락하여 장으로서의 독립성을 확보하지 못하는 경우가 있었다.

넷째, 시조 형식과 거리가 있는 작품을 시조답게 장 구분을 하여 시조라고 우기는 경우가 있었다.

정형시는 그것이 문자로 표기되어 있다고 해도 음성에 의해 정형으로 확인되어야 하는 시다. 시조는 정형시이기에 정형시답게 읽혀져야 하고 이것으로 인해 이해가 수월해야 하는 것이다. 그렇다면 난해한 표현은 애초부터 시조와는 거리가 먼 것이다.

현대시조가 너무 안이한 표현, 주제의식의 단순성을 극복해야 한다면 의미해석을 방해하는 문장구조로서가 아니라 간결한 문장으로 참신한 비유, 선명한 이미지, 신선한 주제 등을 통해서 창작되어야 할 것으로 생각된다.

Ⅲ. 시조시인의 작품세계

艸汀 김상옥 시조에 나타난 modernity

Ⅰ. 시조문학의 활성화와 艸汀

초정 金相沃은 시조와 자유시·수필 등을 많이 쓴 문인이다. 그러나 일반적으로 초정은 시조시인으로 더 잘 알려져 있다.

그의 시조작품들은 『草笛』(1947년), 『三行詩』(1973년), 『墨을 갈다가』(1980년), 『향기남은 가을』(1989년)의 4권 시집에 포함되어 있다.

그는 1938년 『文章』에 시조 「봉선화」가 추천되고 1941년 동아일보 신춘문예에 시조 「낙엽」이 당선되면서 본격적인 문단활동을 해 왔다.

1920년대는 시조문학의 수난기였다. 이때는 時調無用論이 대두되기도 하였을 뿐 아니라, 시조시인도 극히 몇 사람에 국한 되다시피 하였고, 작품의 질적인 면에서도 육당, 가람, 노산 등을 제하고는 이렇다 할 작품이 없었던 시기다. 그러나 1930년대에 들면서부터 괄목할만한 新人들이 등장하였으니, 이들은 이호우, 김상옥, 장응두, 조운, 조남령 등의 시조시인들을 이른다. 이들 중에서도 특히 이호우와 김상옥은 작품의 질적인 면에서 탁월하다고 평을 들어왔고 시조문학의 활성화를 위해 적잖은 공헌을 하였다고 말해지고 있다.

이 글에서는 초정時調가 時調文學史的으로 공헌한 바의 구체적 의미 확보를 우선에 두는 한편, 초정時調가 갖는 작품상의 특징적 측면을 아울러 구명하고자 한다.

나아가 이러한 작업은 현대시조의 특징을 살피는 작업의 일환이라는 의미에서도 대단히 중요한 문제라고 하겠다.

Ⅱ. 詩와 畫의 만남

동양의 시는 일찍부터 畫와의 연관을 보이는 소위 繪畫詩가 발달하였다. 詩法이 畫法을 닮음으로 인하여 詩가 논거 위주 또는 이념 위주로 흐르는 것을 둔화시키고, 추상적인 또는 막연한 이미지를 보이는 경향에서 벗어나 입체적, 감각적인 시로 나아가게 한 것이다. 반대로 회화에서도 붓을 멈춘 나머지 여백에 詩를 더함으로써 그림이 감당 못하는 부분을 詩가 감당하게 되어 결국은 폭넓은 화폭을 만들기도 하였던 것이다. 이와 같이 동양에서는 시가 畫法을 도입함으로 인하여 이미지의 구체화를 실현시키기도 하였고, 그림이 시를 포함함으로써 그림의 이미지를 확대할 수 있었던 것이다.

일찍이 蘇東坡는 王維의 시를 두고 "마힐(王維의 字:필자주)의 시를 음미하면서 시 속에 그림이 있고 마힐의 그림을 관찰하면 그림 속에 시가 있다"[1]고 하였고 成侃도 다음과 같이 밝힌 바 있다.

시는 소리가 있는 그림이오 그림은 곧 소리없는 시다. 예로부터 시와

1) 東坡志林, 味摩詰之時 時中侑畫 觀摩詰之畫 畫中有時.

시조문학 탐구

그림은 한가지로 일치한다 하였으니 그 경중을 조금도 나눌 수 없는 것
이다.

詩爲有聲畫 畫乃無聲詩 古來詩畫爲一致 輕重未可毫釐[2]

益齊도 "옛 사람의 시는 눈앞의 전경을 묘사했지만 의미는 말밖에
있기에 비록 말은 끝났지만 의미하는 바는 끝이 없다."[3] 하였는데, 이
것은 繪畫性이 강조된 東洋漢詩를 두고 이른 말들이었다. 그리고 동양
한시 중에서 회화성이 강하게 나타난 작품들이 많은 것도, 또 동양화
중에서도 유독 山水畫가 발달한 것도, 그리고 文人畫라고 해서 文人들
이 餘技로 그리는 그림이 발달하게 된 것도, 詩畫一致의 예술관에서
비롯된 결과로 보인다.

우리나라에서는 고려 忠烈王 이후 주자학의 본격적인 수입으로 인
하여 문학 면에서는 學蘇의 경향과 性理學적인 경향이 나타났지만 이
후 정치적인 혼란으로 인해 운둔사상의 고조와 함께 陶淵明文學을 숭
상하게 되었다 하였으니[4] 자연히 이때부터 시에는 논리와 이념보다는
景物의 묘사가 치중되는 소위 處士文學이 성하게 된 것이다. 처사문학
은 사물에 대한 실용성과 지식의 성격을 벗어나 주체자의 미적 관조
속에 사물을 포함시킴으로써 이상적 세계관을 보여 주었다. 이러한 정
신의 발상은 장자의 소위 虛靜之心에서 비롯된 것이다. 허정지심에서
바라본 사물은 미적 대상이 되어 현실적 가치를 벗어난다. 이것을 다
르게 말해 象外라고 하는데[5] 이것은 사물이 이끄는 현실적 의미와 가

2) 東文選 卷之八0.
3) 櫟翁稗說 後集一, 古人之時 目前寫景 意存言外 言可盡 而味不可盡.
4) 李炳赫, 高麗時代 漢文學硏究의 問題 (韓國漢文學硏究, 亞細亞文化社.
5) 徐復觀(權德周譯), 중국예술정신(東文選, 1990), p.410

Ⅲ. 시조시인의 작품세계

치를 초탈함을 의미한다. 처사시에 있어서는 회화성이 강조된 詩風을 보여 주었고, 그로 인하여 구체적이고 확실한 이미지를 나타낼 수 있었다. 비록 작가가 은퇴 생활을 하면서 山水自然을 詩化한 경우에도 처사시에서와 같은 시풍을 보여준 경우가 많았다.

    1)
    한줄기 시냇물이 산을 돌아 흘러오더니
    옥같은 무지개가 마을을 안아 비춰도다
    언덕 위 밭 이랑에 푸른 수목이 무성하고
    숲가에는 하얀 모래가 펼쳐 있구나
    돌징검다리는 낚시하기 알맞는데
    텅 빈 골짜기는 한가히 거닐만 하네
    서로 바라보는 붉은 노을 물든 산언덕에
    또한 산림에 묻힌 선비의 집이 있으리니

    川沙曲

    川流轉山來 玉虹抱村斜
    岸上藹綠疇 林邊鋪白沙
    石梁堪釣遊 墟谷可經過
    西望紫霞鳥 亦有幽人家

이것은 陶山全書에 실린 退溪의 작품이다. 퇴계의 시에 나타난 산수의 미는 모두가 실제로 존재할 수 있는 자연으로서의 산수에 대한 아름다움이고 어떤 이념과 연결되어 있지 않다.6) 1)은 관심과 욕망이라는 일상성이 배제된 移情의 세계다. 그리고 자연의 경물을 그림 그리

---

6) 손오규, 퇴계의 산수문학연구(성균관대학교 대학원 문학박사 학위논문, 1990), p.27

듯이 작은 소재들을 적당한 위치에 안배하여 놓고 독자로 하여금 짜여진 시적 구성 안에서 자연과 더불어 살 것을 유도하는 시다. 1)에서 보듯이 동양시에서는 사실성을 바탕으로 하는 구체적이고 확실한 이미지의 표출이 있어 왔던 것이다.

서구시에 있어서도 동양시의 이 같은 시법에 영향을 받아서 20C 서양시의 한 특징을 보여주기도 하였다. Hulme은 서구시가 낭만주의 시대를 거치면서 막연한 세계, 추상적인 事狀을 그리고 있음에 불만을 품고, 구체적인 근거와 정확성을 지닌 시를 창작할 것을 강조했던 것이다. 그는 언어란 어떤 종류의 정서들의 최소공분모를 표현할 뿐이라는 입장과 정서의 구체화를 위해서는 새로운 유추를 발견해야 한다고 주장하면서[7] 18C 중엽부터 서구의 시어가 추상성의 질병에 걸렸다고 진단하였다.[8] 그리고 Pound도 Hulme의 주장과 의견에 같이하면서 이제부터의 시는 달라져야 한다면서 Stendhal의 시에 대한 언급에 찬사를 보내며 다음과 같이 말하였다.

> 스탕달의 비난에 대해서 말한다면, 「명료하고 정확한 개념을 전하기 위해」 산문만큼 될 수 있는 시가 있다면, 그것을 갖도록 하자. 그리고 「그것에 이르기 위해, 나는 내 생애가 몇해 동안 지속되는 한······ 가능한 많은 연구를 하겠다.」··· 그리고도 우리가 그러한 시에 이를 수 없다면, 「우리 시인들은」, 제발 문을 닫아버리자. '집어치우고 꺼지자.'

As for Stendhal's structure, if we can have a poetry that comes as close as prose, pour donner une idee claire et precise, let us have it, "E di venire a cioio studio quanto posso··· che la mia vito per alquanti anni duri··· And if we cannot

---

7) Hulme. Speculations(Ed. Herbert Read, London. Routledge & Kegan Paul, Ltd., 1924), p.126
8) 위의 책, p.133

attain to such a poetry, noi altri poetic for God's sake, let us shut up. Let us 'Give up go down.'[9]

Pound의 이 같은 말은 Flaubert가 "나무 하나 돌 하나라도 그것이 존재하는 그대로 그려라"고 말한 소위 일물일어설(single word theory)에서도 자극받았을 것으로 보인다.

무엇보다 시어가 감각에 호소하여 직접적인 전달이 가능해야 한다는 점은 새로운 시풍의 확립을 위해 획기적인 발언이었다. 또 그는 중국의 한자까지 예를 들어 새로운 시를 창작할 것을 강조하였던 것이다.

> 중국의 표의문자는 소리의 그림이 되거나, 소리를 상기시키는 글자 부호가 되고자 하지 않는다. 그러나 그것은 여전히 한 事象의, 어떤 주어진 위치나 관계 속의 사상의, 사상들의 결합의 그림이다. 그것은 사상이나 행동이나 상황이나, 또는 그것이 그림으로 나타내는 몇 가지 사상들에 관련되는 특성을 의미한다.

> Chinese ideogram does not try to be the picture of a sound, or to be a written sign recalling a sound, but it is still the picture of a thing; of a thing in a given position or relation, of a combination of things, It means the thing or the action or situation, or quality germane to the several things that it pictures.[10]

시어는 이미지의 자각적인 기능을 수행해야 한다는 의미를 부각시키기 위해서 漢字의 字形을 예로 들었지만, 그는 字形 뿐 아니라 근본적으로 中國漢詩 심지어는 日本詩歌 등에서 불 수 있는 표상성, 감각성

---

9) Pound. Ezra, The Serious Artist[Literary Essays of Ezra Pound, (Ed., T. S. Eliot, N. Y.,A New Directions Book, 1968, p.55)

10) Pound Ezra, ABC of Reading (London, Faber & Faber, 1951), p.21

시조문학 탐구

에 대한 자기 견해를 피력하였던 것이다.

1915년 소위 Imagist들은 詩作原則을 여섯 가지를 선언하면서 동양시의 특징을 닮을 것을 간접적으로 주장하였다. 즉, 이미지를 제시해야 하고 화가는 아니지만 화가처럼 정확하게 표현해야 하고 막연하게 보편적인 것을 다루어서는 안된다는 주장[11]은 바로 Imagist들이 동양시의 특징을 닮을 것을 주장한 대목이다. 이 주장은 모호한 시를 배격하고자 하는 이미지스트(포괄하는 말로서는 모더니스트)들의 공통된 주장이었다. 이러한 주장에 힘입어 한국시에서도 소위 Modernism시 운동이 일어났다. 김기림, 김광균, 정지용 등의 시인들로 대표되는 모더니즘 시운동이 그것이다. 이들 시인들을 두고 Modernist라고 칭하게 된 것은 그들의 시 속에 Modernism 시운동의 한 특징이라 할 수 있는 표상성, 감각성이 고조되어 나타났다는 점에서이다.

김기림은 아예 새로운 시, 즉 모더니즘의 시와 과거의 시가 어떻게 구별되는가를 다음과 같이 요약하기도 하였다.

> 과거의 시 : 독단적 · 형이상하적 · 局部的 · 순간적 · 감정의 편중 ·
> 唯心的 · 상상적 · 자기중심적
> 새로운 시 : 비판적 · 즉물적 · 전체적 · 經過的 · 情義와 지성의 종합
> · 唯物的 · 구성적 · 객관적[12]

현대시조에 있어서 모더니즘풍의 작품을 처음 보인 시인은 가람 이병기로 보인다. 그는 고시조가 주로 주자적 이념세계에 안주한 것 또는 개화기 시조가 애국심의 고취를 위한 도구적 기능에 머물고 있는 것에 불만을 품고, 탈이념의 세계, 사물의 배후를 따지지 않는 순수서

---

11) S. K. Coffman, Imagism(Univ. of Oklahoma press, 1951), pp.28~29
12) 金起林, 시론(白楊堂, 1947), p.115

정세계, 사물 그 자체대로가 미적 관조에 의해 나타나는 卽物世界를 작품화하려 했다. 가람의 이러한 詩精神은 멀리 잡으면 동양 고전시에 보이는 虛靜之心에서 비롯된 莊學의 훈도와 그 교양이라고 할 수도 있고, 가까이 잡으면 가람이 작품을 쓰던 당시의 소위 모더니즘 시운동에서 영향을 받았다고 할 수도 있을 것이다.

2)
옛 정원 황폐한 누대 버들잎 파릇하고
마름 따며 부르는 노래 봄 흥취 돋우이네
이제껏 변함없는 서강에 뜨는 달만
오왕 궁전의 미녀를 비추었네.

舊苑荒臺楊柳新
菱歌淸唱不勝春
只今惟有西江月
曾照吳王宮裏人

<李白, 蘇臺覽古>

3)
봄날 宮闕 안은 고요도 고요하다.
御苑 넓은 언덕 버들은 푸르르고
素服한 宮人은 홀로 하염없이 거닐어라.

－李秉岐 '봄(二)'일부－

2), 3)은 서로 詩的 構圖가 흡사할 뿐더러 卽物的 세계의 表出이라는 의미에서도 닮아 있다. 2), 3)은 독자로 하여금 시적 상황을 쉽게 연상하게 하고 시의 분위기 속에 쉽게 합류하도록 하는 시, 즉 繪畵詩다. 그

리고 2), 3)은 현재적 상황을 과거적 상황으로 회귀시켜 대상을 바라보았다는 점에서도 닮아 있다. 다르게 말하면 현재적 상황에다 과거적 상황을 옮겨 놓았다고도 할 수 있는 작품들이다.

2), 3)에서 보듯이 현실을 초월한 사물세계는 중국예술의 골간을 이룰 뿐더러 중국예술이 어떤 경지에 도달하고자 할 때에는 작가가 깨닫지 못하는 사이에 항상 莊子의 정신에 일치하고 심지어 '중국의 산수화는 그렇게 하려고 애쓰지 않아도 그렇게 되는 장자정신의 산물이라 할 수 있다.'[13]는 것이다.

가람은 3)에서 보듯이 서경을 현실감있게 묘사하는 山水畵風의 작품들을 많이 남겼다. 卽物的·唯物的·客觀的이라는 점에서 당시 유행한 Modernism 시풍에 접근되어 있다고 볼 수 있을 것이다. 그렇기에 외국사조에 힘입은 결과[14]로 볼 수도 있지만 다른 한편으로는 한국시의 한 흐름 속에 이어져 온 전통적인 詩風인 표상성, 감각성의 고조가 가람시조에 그대로 투영되었다고도 볼 수 있다. 특히 孤山의 '어부사시가' 같은 작품에 나타나는, 대상에 대한 순수서정세계와 그것의 객관화가 가람시조에서 다시 뚜렷이 나타났다고 할 수 있을 것 같다.

4)
찬서리 눈보라에 절개외려 푸르르고
바람이 절로 이는 소나무 굽은 가지
이제 막 白鶴 한 쌍이 앉아 깃을 접는다.

---

13) 徐復觀(權德周譯), 중국예술정신(東文選, 1990), p.165
14) 周康植 교수는 가람이 정지용과 친분이 두터웠고 해방 전 휘문보고에서 함께 근무한 적도 있을 뿐더러, 이태준과 함께 『文章』의 추천위원이었다는 점에서 서구의 Modernism에서 영향받은 것이라고 밝히고 있다.
周康植, 現代時調의 樣相研究(東亞大博士學位論文, 1990), p.30

드높은 부연끝에 풍경소리 들리던 날
몹사리 기달리던 그린 임이 오셨을 제
꽃 아래 빚은 그 술을 여기 담아 오도다.

갸우숙 바위 틈에 不老草 돋아나고
彩雲 비껴날고 시냇물도 흐르는데
아직도 사슴 한 마리 숲을 뛰어드는다.

불 속에 구워내도 얼음같이 하얀 살결
티 하나 내려와도 그대로 흠이 지다.
흙 속에 잃은 그날은 이리 純朴하도다.

─김상옥, '白磁賦'─

4)는 물론 3)과 다른 소재를 詩化했지만, 3)이나 4)는 모두 동양의 예
술관이 드러난 작품이라는 점에서는 공통점이 있다. 어떤 의미에서는
4)가 3)보다도 더 동양의 예술관을 나타내 보이고 있는 것 같다.

백자가 주는 흰빛, 거기에 그려진 白鶴, 사슴, 소나무 등은 동양화에
서 주로 다루어지는 畫材이기도 하지만, 동양정신을 대변하는 사물이
기도 하다. 초정은 이 사물들을 생동감있게 묘사하였는데, 마치 동양
화가 사물을 形似할 때, 그것의 생동감을 위하여 集中의 수법을 쓰듯
이 초정도 여기서 集中의 수법을 쓰고 있다. 畫法에서의 集中이라 함은
사물을 사물되게 함축해서 내보이는 수법[15]을 말하는데 '소나무 굽은
가지'는 소나무의 생태적 특징 또는 소나무에 대한 인간의 굳어진 이
미지를 대변하고 있다. 굽지 않은 소나무는 버드나무의 인상이다. 깃
을 접은 백학 그리고 숲을 향해 뛰는 사슴도 그것 자체의 특징적 이미

---

15) 白琪洙, 美의 思索(서울대 출판부, 1986), p.163

시조문학 탐구

지를 나타내고 있다고 하겠다. 곧 集中이 일어난 것이다.

이런 점에서 보면 4)는 동양의 예술관이 그대로 투영되고 있다. 문제는 가람의 뒤를 이은 초정은 가람시조와 어떤 차이를 보였는가 하는 점이다. 우선 초정은 항일운동과 연관되어 옥살이를 한 시인이면서 우리의 문화재나 유적에 깊은 관심을 보여준 시인으로 알려져 있다.

5)
지긋이 눈을 감고 입술을 축이시며
뚫린 구멍마다 임의 손이 움직일 때
그 소리 은하 흐르듯 서라벌에 퍼지다.

끝없이 맑은 소리 천년을 머금은 채
따수히 서린 입김 상기도 남았거니
차라리 외로울망정 뜻을 달리 하리오.

―김상옥, '玉笛' ―

그가 靑磁賦, 白磁賦, 玉笛, 十一面觀音, 大佛, 多寶塔, 蟲石樓, 武烈王陵, 鮑石井, 財買井, 艅艎山城 등의 문화적 유물들 또는 유적들을 소재로 한 작품들을 많이 남긴 것은 다 아는 일이다. 이런 의미에서 그는 일단 韓國魂을 들추어내는 작업에 남달랐던 시인임을 알 수 있다. 특히 그는 新羅魂이 깃든 유물에 깊은 애정을 가지고 있었는데, 5)는 그 예의 하나이다.

외로울망정 뜻을 달리하지 않겠다는 것은 志節의 고수라 할 수 있고 궁극적으로 詩人 자신의 결심을 간접화했다고도 볼 수 있다. 한국의 전통미가 倭色에 밀려 퇴조되고 국권마저 빼앗긴 터에 文士 초정이 부르짖고 싶은 것은 주체적 사고와 민족혼의 고취였을 것이다. 이것은

六堂이 조선혼을 일깨우기 위해서 역사적 사실을 들추었다든가, 鷺山이 애국심을 일깨우기 위해서 조국기행에 나섰던 것 보다 구체적이고 더 사실적인 민족혼의 들춤이 될 수 있다. 이것은 가장 작은 사물에서 조국이라는 가장 큰 의미를 획득하는 일이기도 하지만, 조국애에 대한 直說의 雄辯보다도 더 효과적인 설득일 수도 있다. 이것은 또 무력적 도전과 항쟁이 불가능한 상태에서 武人도 아닌 文人이 행사할 수 있는 일본에 대한 가장 적극적이고 효과적인 응전일 수도 있다.

가람은 역사적 맥락에서 살필 수 있는 현실안을 거부하고 오로지 작품을 그 자체에 국한함으로써, 역사적이고 사회적인 존재물로서의 시조작품에는 미흡했는데, 초정은 시의 밑바닥에 민족혼의 고취라는 의미체를 깔고 그 터전위에 시적 기교를 행사함으로써, 시가 줄 수 있는 서정과 의미를 한꺼번에 포함할 수 있었던 것이다. 즉, 서정시로서의 진한 서정미를 표면에 걸고 서정미를 도외시한 개화기시조 혹은 육당시조와의 확연한 구별점이 되기도 한다.

> 오늘 이 책을 냄은 ─ 아직 一部의 작품(新詩)이 따로 남았으나 ─ 다만 흘러간 그 절통한 인욕의 날을 밝히고자 함이언만 이 시의 어느 구석엔지 실오래기만 하되 그래도 염통에서 터져나온 피맺힌 사랑이 숨겨 있음을 믿사옵고 이를 혹시 찾아 읽으시고 느껴주시는 이 계시다면 나는 이 우에 더 큰 영광이 없겠나이다.[16]

초정에 있어서의 피맺힌 사랑의 대치물은 한국혼을 상징하는 문화재 또는 유적이다. 독자에게 피맺힌 사랑, 그것도 염통에서 나온 사랑, 그것도 끄집어 내온 사랑이 아니라 저절로 터져서 나온 사랑의 진정한

---

16) 김상옥, 草笛 (수향서간, 1947), pp.70~71

의미를 옳게 읽어줄 것을 독자에게 호소할 정도로 초정은 절실히 민족혼을 부르짖고 싶었던 것이다. 이것이 바로 「草笛」에 나타난 그의 시정신이라 할 수 있다. 이런 바탕 위에서 다음의 시조를 읽어 보기로 한다.

6)
의젓이 蓮坐 위에 발돋음 하고 서서
속눈썹 조으는 듯 東海를 굽어보고
그 무슨 연유깊은 일 하마 말씀하실까.

몸짓만 사리어도 흔들리는 구슬 소리
옷자락 겹친 속에 살결이 꾀비치고
도도록 내민 젖가슴 숨도 고이 쉬도다.

해마다 봄날 밤을 두견이 슬피 울고
허구헌 긴 세월이 덧없이 흐르건만
황홀한 꿈 속에 홀로 미소하시다.
　　　　　　　　　　　　　　－김상옥, '十一面觀音'－

　앞서 5)에서도 보았듯이 초정은 항존적이고 불변적인 정신세계를 사랑하였는데, 6)에서도 이 점은 마찬가지다. 시간을 無化시킬 수 있다는 것, 어떠한 외형적 변화가 감행된다고 해도 본질적인 면은 불변할 수 있다는 것을 5), 6)에서 보여준 것이다. 즉, '가람이 자연에 탐닉하여 외형적 모방에 열심이었다면 초정은 존재의 본질과 그 생명에 도달하여 한국혼의 정수를 불러 일으켜 세웠던 것[17]이다.
　결국 초정은 동양예술에 투영되어 있는 卽物的 世界觀에서 벗어나

─────────────────

17) 周康植, 앞의 논문, p.38

지 않으면서도 역사적 의미성을 획득함으로써 한국시의 한 전통적인 맥락을 잇는 일과 한국인으로서의 동일성 확보를 시조 속에서 노렸던 것으로 특징지어진다. 이것은 가람시조와의 거리를 의미하면서도 현대시조의 새로운 진로를 여는 일이기도 하였다.

Ⅲ. 의미의 확대와 형식의 이완

초정은 『草笛』이후의 후기작품으로 오면 『草笛』에서 보여주었던 시적 세계와 다른 면들을 보여주고 있다.

첫째, 유적 또는 문화재의 소재 영역에서 벗어나 소재의 확대를 꾀하고 있음을 알 수 있다. 유적 또는 문화재를 소재로 다룬 것은 그 당시의 시대적 요청에 부응한 것이었다고 할 수 있다. 그러나 국권이 회복되고 난 뒤에는 굳이 여기에 매달릴 필요가 없어졌고, 시대적인 조류조차 공동체적인 삶의 양식이 요청되던 시대에서 개인적 사유세계가 보장되는 시대로 바뀌어가는 터였으므로 더욱 여기에 매달릴 필요가 없어진 셈이라 하겠다.

제목에서 보아도 알 수 있듯이 사물과 사물이 위치하는 상황이 시적 대상으로 나타나는 경우가 많아졌다. 가령 '꽃피는 숨결에도', '蘭 있는 房', '따스롭기 말할 수 없는 無題', '내가 네 房에 있는 줄 아는가', '金을 넝마로 하는 術士에게' 등에서 보듯이 하나의 사물에 집착하는 것이 아니라, 사물과 사물이 위치하고 있는 상황 전체를 시적 대상으로 삼는 경우가 많아진 것이다. 이것은 결국 시적 공간이 넓어졌다는 의미를 수반한다.

둘째, 외형적 묘사 대신 의미의 심도에 주력하게 되었는데 이것은 시인 자신과 사물과의 연관성을 따지는 일이었다.

> 7)
> 종일 市內로 헤갈대다 亞字房엘 돌아오면
> 나도 이미 欌안에 한개 白磁로 앉는다.
> 때묻고 얼룩이 배인 그런 항아리로 말이다.
>
> 비도 바람도 그 히끗대던 진눈깨비도
> 累累한 마음도 마저 담았다 비운 둘레
> 이제는 또 뭘로 채울것가 돌아도 아니 본다.
>
> ─김상옥, '항아리'─

7)은 백자 항아리를 읊었다는 소재적 측면에서 본다면 4)와 같다고 하겠다. 그러나 4)가 백자의 외형적 묘사에 치중됨으로써 백자의 우월성, 백자의 가치성, 백자의 美 등등이 강조되는 한편, 시의식은 백자로 表白된 민족의식이었고, 시인 자신의 삶이 투영되지는 못했었다. 그러나 7)은 6)과 달리 백자의 외형적 묘사 또는 백자로 表白되는 민족의 집단적 삶은 소멸되고 그 자리에 시인 자신의 삶의 형태가 자리잡은 것이다. 말하자면 외형으로서의 백자와 내면으로서의 시인 자신의 삶이 결합됨으로 해서 백자와 시인의 삶이 관계선상에 놓이게 된 것이다. 이 같은 경향은 당시 자유시의 한 詩風에서도 찾아볼 수 있다.

한국시는 1950년대에 들면서 시적 자아와 세계와의 친화를 나타내는 自己化이거나 아니면 세계와의 不協化를 나타내는 세계의 他者化를 노래했던 과거의 시와 다른 경향이 나타나기 시작했다.

이제 세계와 시적 자아는 감정을 죽인 차가운 논리적 기반 위에서 연관하는 관계 또는 세계와 화합하더라도 이유가 분명한 화합관계를 나타낸 것이다. 즉 세계와의 관계성이 뚜렷해진 것이다. 가령 靑鹿派 시인들이 보여 주었던 詩風은 세계와의 화합 또는 세계의 自己化 였지만 金春洙, 金洙暎 등의 시에서는 서정시의 관례가 보여줬던 정감이 사라지고 딱딱한 관계상의 도식이 나타난 것이다.

8)
그의 寫眞은 이 맑고 넓은 아침에서
또 하나의 나의 팔이 될 수 없는 悲慘이요
행길에 얼어붙은 유리창들같이
時計의 열두시 같이
再次는 다시 보지 않을 遍歷의 歷史...
나는 모든 사람을 避하여
그의 얼굴을 숨어보는 버릇이 있소

─김수영, '아버지의 寫眞' 일부

8)에서는 세계에 대한 지적 인식만 존재할 뿐 전통서정시의 정감이 없다. 이것은 동란을 겪고난 뒤의 삶에 대한 애착, 삶에 대한 진지성이 강조되다 보니 시에서도 시인의 삶의 형태가 투영되어버린 결과로 볼 수 있을 것이다.

한국시에서 세계에 대한 통일된 사고, 집합될 수 있는 의식 대신에 개인화, 개별화가 가속된 시기가 바로 1950년대라고 할 수 있는데, 앞서 7)은 백자항아리에 대한 개인적 사유가 심화되어 나타난 작품이다.

초정은 自由詩도 많이 남긴 시인이다. 그가 스스로 자기 시조를 삼행시라고 명명한 것은 시조가 고수하는 전통서정의 정감에서 이탈한 작품임을 독자에게 의미시키려 하는 데서 비롯된 것이다. 그것은 7)에서 볼 수 있듯이 지적 인식으로 바라본 사물세계를 노출하는 길이었다.

셋째, 추상화, 비구체화의 시적세계를 보여주었다.

9)
이 하늘 이 거리에 네가 어찌 서 있느냐
한알 열매처럼 가을을 온통 다 적신 눈빛
千 마리 羊떼의 피보다 더욱 진한 祭需로!

－김상옥 '今秋' －

10)
휘파람 저 휘파람, 투명한 유리조각
오늘도 그날 위에, 네 눈도 그 이마 위에
다가와 포개진 그들 물빛속에 어리우네.

－김상옥 '물빛속에' －

9)에서 가리키는 '너'는 누구인가 무엇인가. 누구며 무엇을 암시하
는 말들이 분명하지 않거나 추상적이기 때문에, 독자는 '너'에 대한 대
상에 의문점을 가지면서 시에 즐겁게 접근하기 보다는 대상의 해석에
불쾌감을 가지면서 접근하게 된다. 10)의 '물빛 속에 어리우는' 것은
과연 무엇인가.[18) 9), 10)은 독자 개개인이 그야말로 추상적으로 더듬
어가야 하는 상상세계를 요구한다. 이것은 애초 초정이 보여 주었던
선명한 이미지를 통한 구체화된 사물세계에서의 일탈을 의미한다고
하겠다.
    앞서 18C 중엽부터 서양시가 추상성을 보임으로 해서 시의 명료성,
정확성이 요청되었고, 그리하여 시어에 표상성, 감각성을 살리려는 운

18) 학자에 따라서는 ambiguity가 애매성으로 번역되었을 때, 애매성이라는 말이 추상성
    과 혼동될 것을 두려워하여 '뜻겹침'이라고 번역하는 것이 옳다고 주장하는 학자도
    있다.
[이상섭, 자세히 읽기로서의 비평(文學과 知性社, 1988), p.208]

동이 일어났는데, 이 같은 경향이 바로 Modernism 시운동의 한 특징이 되고 있다고 밝혔다.

초정은 초기 시조에 있어서는 Modernism풍의 시조를 창작함으로써 자기시조의 특색을 보장받았는데, 9), 10)에서는 오히려 시대적으로 역행하는 詩風을 보인 셈이다.

시에 있어서의 애매성(ambiguity)은 다의적 해석이 가능하도록 하는 시적 장치다. 애매성으로 인하여 시는 늘 살아있는 형태로 나타난다. 애매성의 의미는 구체성에 상반되는 말이기는 하지만 추상성과는 근본적으로 다르게 쓰이는 말이다. 시를 아무렇게 해석해도 된다는 것이 아니라 오히려 이것을 경계하는 것이 애매성의 본질이다. 9), 10)에서는 애매성을 나타내는 다의적 해석의 시조가 아니라 시조의 해석조차가 모호해지는 그런 시조로 나타나 있다. 다시 말해 뜻겹침으로 인한 다의적 해석이 일어나지 않는 시조다.

초정은 과거 시조가 갖는 단편적, 단일적 의미구조를 떠나 복합적 의미구조를 가진 시조를 창작하고자 시도하였으나, 9), 10)의 경우는 독자를 당황하게 만들 뿐이었다.

넷째, 시조의 형식을 이완시킨 점을 들 수 있다. 고시조에 있어서의 형식은 각 장은 4음보이면서 종장 둘째음보를 제하고는 모두 3음절 또는 4음절을 최빈치이면서 중앙치로 하는 형식을 취하고 있다. 이 말은 종장 둘째 음보를 제한 모든 음보는 한 어절이거나 두 어절에 머물고 있음을 의미한다.

11)
물 속에 잠긴 구름, 千年도 덮어줄 너의 이불
네 혼자 귀밑머리 풀고 문풍지 우는 한밤중

어느 뉘 두레박이 퍼올리리오, 저 짙푸른 꿈의 蓮못

고와라 蓮꽃수렁, 깊숙이 깔린 자욱한 人煙
천당도 푸줏간도 한지붕 밑, 연신 일렁이는 還生:
눈부신 지옥, 드높은 시렁에 너는 거꾸로 매달린다.

꿈도 아닌 세상, 임시가 영원같은 세상
지금 저 떼거지의 龍袍, 王의 남루는 누가 벗기리
저어라, 서둘러 노를 저어라, 아 끝없는 꿈의 蓮못
                              —김상옥, '꿈의 蓮못'—

11)은 고시조의 기준에서 보면 음절 수가 상당히 넘쳐있는 형태다.
11)을 음보율로 따져보면 다음과 같다.

11-1)

물속에	잠긴구름,	千年도덮어줄	너의이불
네혼자	귀밑머리풀고	문풍지우는	한밤중
어느뉘	두레박이퍼올리오,	저짙푸른	꿈의蓮못

고와라	蓮꽃수렁,	깊숙히깔린	자욱한人煙
천당도	푸줏간도한지붕밑,	연신일렁이는	還生
눈부신지옥	드높은시렁에	너는거꾸로	매달린다.

꿈도	아닌세상	임시가	영원같은세상
지금저	떼거지의龍袍,	王의남루는	누가 벗기리
저어라	서둘러노를저어라	아끝없는	꿈의蓮못

고시조에서는 11-1)에서와 같이 여러 음보가 기준에서 벗어난 경

우는 극히 보기 힘들다. 기준에서 벗어난 경우도 분명한 이유에서 비롯된다.

12)
가마귀 거므나다나 해오리 휘나다나
환싀다리 기나다나 올히다리 져르나다나
世上에 黑白長短은 나는 몰라 ᄒ노라(甁歌, 855)

13)
가마귀를 뉘라 물드려 검싸하며 백노를 뉘라 마젼ᄒ야 휘다더냐
황싀다리를 뉘라 이어 기다ᄒ며 오리다리를 뉘라 분질너 ᄌ르다ᄒ랴
아마도 검고 희고 깊고 ᄌ르고 흑빅장단이야 일너무슴 (時調, 98)

13)은 12)에 보충어를 삽입한 형태다. 거꾸로 12)는 13)에서 보충어를 뺀 형태다. 문제는 12)가 선행한 작품이냐, 13)이 선행한 작품이냐가 문제될 것이다. 이것은 12)가 선행한 작품이라고 보아야 옳겠다. 그 이유로는 두 가지를 들 수 있다.

첫째, 12)가 실린 『甁窩歌曲集』이 『時調』보다 앞서 엮어진 책인데 『甁窩歌曲集』에 13)이 실리지 않았다는 점이다. 둘째, 長時調 중에는 앞서 창작된 단시조를 모범으로 삼아 창작한 경우가 많다는 점이다.

그러면 왜 13)은 12)를 모범으로 삼아서 長時調로 개작했던가하는 의문이 생긴다. 여기에는 무엇보다 唱과 연관에서 살필 필요가 있겠다. 12)를 창하던 방법으로 13)을 창하다 보면 박자와 템포 면에서 어긋남이 생기고 만다. 기존하고 있던 唱의 형식에서 보면 變調變拍을 의미한다. 또 창의 형식에 變調變拍을 가하려다 보니 가사까지도 기존 형식에서의 이탈이 생기게 되어 결국 13)이 되었다고 볼 수도 있다. 여

하튼 13)은 창의 변화와 연관된 작품이다.

초정은 초기 시조에 있어서는 고시조에서 보여주는 단아한 시조 형태를 그대로 고수하였는데, 후기에 와서 왜 이렇게 형식의 일탈을 보여주고 있는가. 이것은 唱과의 연관이 아니라 일단 시조 율독과의 연관에서 비롯되었다고 볼 수 있다. 즉 음보 안에 포함되는 음절 수가 3, 4음절에서 두 음절 이상이 많아졌을 때, 이때는 율박감이 빨라질 수밖에 없다. 템포와 리듬에 변화가 온다는 것이다. 그러나 초정은 율독상의 배려는 오히려 부차적인데, 부차적인 것은 시적 정보를 풍부하고 정확하게 含意하려는 데서 이러한 형식의 일탈을 보인 것으로 여겨진다. 시조 속에 포함시킬 정보의 양을 증폭시키고자 할 때, 가장 손쉬운 방법은 11)에서와 같이 형태를 이완시키는 방법일 수 있다. 이러한 형식의 이완은 현대시조에 흔하게 보인다. 형식의 이완으로 인하여 정보의 양은 증폭되고 독자에게 풍부한 상상력을 제공하기도 하지만, 전통시조의 단아한 형식에서 비롯되는 숭엄미와 균제미를 손상하는 결과도 우려되는 것이다.

과거의 시가 記號內容과 記號表現간의 대결이 음성의 국면에서 現動化되고 음악을 매개로 하여 이루어졌지만, 근대에 와서는 동시에 綴字국면과 음성국면에서 현동화된다는 점19) 을 깨달은 초정은 이제 창하는 시조, 듣는 시조가 아닌 읽어서 감상하는 시조로서의 자기작품세계를 확보하려 했다. 이것이 결국 형식의 이완으로 나타나서 보다 풍부한 정보를 含意하는 데에 미친 것이다.

이러한 점이 지나쳐 11)에서 보면 여태 불변의 음절 수로 인정하였던 종장 첫 음보 3음절마저도 깨뜨리고 있는 것이다. 唱이 아닌 시조라고 할 때는 굳이 唱시대의 형태라 할 수 있는 종장 첫 음보 3음절이 고

---

19) Daniel Delas et Jaques Filliolet, Linguistique et Poetique(柳濟寔, 柳濟浩 譯, 언어학과 시학, 인동, 1985), p.272

수될 필요가 있을까 하는 것이 초정의 창작 태도인 것으로 보인다. 그러나 한편으로는 형식의 고수는 그것대로 의미가 있는 것이다.

형식 때문에 그 형식에 용납되는 詩想의 관계 양상이 독특하게 발전 심화되고 또 자유시와 확연히 구별되는 의미상의 특징이 확보된다고 볼 수 있다. 그런 의미에서 보면 형식의 이완은 신중을 기할 일이라 할 수 있고 특히 종장 첫 음보 3음절의 파괴는 시조만의 의미구조를 손상시키는 두드러진 경우가 될 수 있을 것이다.

이상에서 보았듯이 초정은 시조의 의미의 확대와 형식의 이완을 시도하였다. 이것은 현대시조의 한 양상을 구축하는 데에 일익을 담당하였다고 할 수 있지만, 다른 한편으로는 시조가 갖는 의미상의 특징이 훼손될 위험도 초정시조는 동시에 안고 있음을 알았다.

Ⅳ. 결론 – 시조의 현대화를 위한 실험

초정시조는 시조의 현대화를 위하여 많은 실험의식을 내포하고 있다.

먼저 전기시조에서 다음과 같은 특징을 보였다.

첫째, 詩와 畫의 만남이라는 동양 전통적 詩法을 잘 활용하여(다른 관점으로 보면 당시 유행했던 Modernism 詩風에 영향을 입어) 입체적 감각적 시조를 보여 주었다. 이것은 개화기시조 또는 六堂, 鷺山時調와의 구별을 확연하게 하는 특징적 부분이 되고 있다.

둘째, 이미지의 구체화란 의미에서 보면 가람의 시조와 동류이다. 그러나 초정시조는 역사적 의미를 바탕에 깔고 그 위에 사물의 외형적 모방을 보인 점에서 가람시조와 구별된다. 이때의 역사적 의미성은 각

시조문학 탐구

성되어야 할 민족혼이었고, 이것을 고취시키는 일이야말로 시조시인이 담당해야 할 사명이라는 태도를 보여 주었다.

다음으로 그의 후기시조에서는 다음과 같은 특징을 보였다.

첫째, 전기시조가 보여주었던 소재적 측면에서 벗어나 소재의 확산이 이루어졌다. 즉, 사물세계가 다양할 뿐 아니라, 사물과의 연관되는 상황을 소재로 하기도 하였다.

둘째, 외형적 묘사 대신 의미의 심도에 주력하였는데, 이것은 사물과 시인 자신과 관련성을 따지는 일이었다.

셋째, 의미성의 확대를 꾀하다가 추상화, 비구체화의 시적 세계에까지 나아갔다. 단편적, 단일적 의미구조를 떠나 복합적 의미구조를 띤 시조작품을 창작하려는 시도가 추상화의 길로 나아가고 말았다.

넷째, 시조의 형식을 이완시켰다. 한 음보 안에 포함되는 음절 수가 전통시조보다 넘치는 시조형태를 보인 것이다. 이것은 율독상의 배려일 수도 있으나 시적 정보를 보다 풍부하고 정확하게 含意하려는데서 비롯되었다고 볼 수 있다. 경우에 따라서는 종장 첫 음보 3음절까지 고수하지 않음으로써, 시조형식면에서 파격을 보여 주었다. 그러나 전통시조의 단아한 형식에서 비롯되는 균제미와 숭엄미를 손상할 수도 있는 이와 같은 파격은 경계되어야 할 것이다.

결국, 초정은 전기시조에서 일차적으로 고시조풍에서의 탈피, 이차적으로 선행의 선배시조시인들이 구사했던 현대시조풍마저 거부하는 이중의 혁신을 보인 것이다. 이 같은 경향은 후기시조에 더욱 역력하였다. 후기시조에는 자유시가 갖는 詩風을 形式化하려다가 시조형식의 弛緩 또는 파격을 보이기도 하였고, 이미지의 추상화를 보이기도 하였다. 이러한 그의 실험의식은 여태 시도되지 않았다는 의미에서 새롭거니와, 한편으로는 위험부담을 안고 있음을 알게 되었다.

의미연결에서 본 丁芸 이영도 시조

Ⅰ. 들어가며

　구술문화 시대의 전통을 이어받은 시조가 문자문화 시대를 거쳐 전자매체 문화시대를 맞이한 오늘날에 있어 존재방식을 어떻게 해야 하는가. 이러한 물음은 비단 시조에만 국한될 문제는 아니라 하더라도 정형시인 시조는 구술성을 떠나서 존재할 수 없는 문학 장르라는 측면에서 어느 장르보다 심각한 고민을 하지 않으면 안될 것이다. 그리고 이 문제는 간단히 해결될 문제도 아니다. 이 문제의 심각성보다 더 중요한 것은 시조는 자유시가 행사할 수 없는 영역 확보를 유지할 때만 존재가치가 있는 것인데, 오늘날 시조 전문지에 발표되는 작품들은 과연 자유시와 변별되는 시조만의 고유영역을 행사하고 있는가 하는 점이다. 시조가 이렇게 된 데에는 시조시인들이 시조의 정체성 확보에 소홀했음에 기인한다고도 할 수 있다.

　현대시조가 이처럼 방황하고 있을 때에 시조의 현대화를 위해 노력했던 丁芸 이영도 시인의 작품을 들어 토론할 수 있는 기회를 가진다는 것은 여러모로 의미가 있는 일이라 하겠다.

그의 생애와 문학에 대해서는 많은 이가 지적해 왔으므로 이 글에서는 丁芸 시조를 하나의 텍스트라고 보고 이 텍스트의 짜임(textuality)에 대해 간단히 살펴보기로 한다.

Ⅱ. 詩想의 明瞭性

詩가 모호성(ambiguity)을 가져야 한다는 주장은 일찍이 Empson이 7가지 경우를 들어 설명한 적이 있다. 이때의 모호성이 뜻의 겹침으로 인해 비롯되는 것이라면 東洋에서는 일찍부터 詩는 언어의 含蓄에서 생명을 얻는다고 하였다. 함축이란 시인의 사상과 감정을 직접 분명히 드러내는 대신 배후에 감추어 둠으로써 그 효과를 증대시키는 수법을 말하는데 그 특징을 정리하면 다음과 같다.

> 첫째, 난잡하여 이해할 수 없는 것은 함축이 아니다.
> 둘째, 함축미에 사용되는 형상은 여백이 충분해야 한다.
> 셋째, 함축을 이루는 기교로는 '완곡한 표현'과 '말 가운데 뜻을 기탁하는 방법' 등이다.[1]

서정적 언어행위에 있어서는 축약된 발화를 활용함으로써 독자의 세심한 감상이 요구되고 그 결과 詩의 眞境에 도달하게 되는데 이희승은 함축이란 말 대신 餘白의 중요성을 이렇게 설명하고 있다.

---

1) 이병한 편저; 중국고전 시학의 이해(문학과 지성사 1992), p.218

모호한 중에도 전체로서의 통일이 서로 조화가 이루어져야 한다. 본래 예술은 미가 생명이요 미란 것은 통일, 균제 조화 안에서 찾을 수 있는 것이다. 다만 그 모호란 것은, 첫째 직접적 표현을 피하고 간접적으로 완곡하게 표시하는 일이요, 둘째로는 할 말을 다하지 않고 꼭지만 따거나 변죽만 울려서 그 나머지는 독자의 상상에 맡기는 일, 이 두가지를 위함이다. 그러므로 표현이나 의미의 餘白을 남기는 것이다. 一毫差錯이 없고 일말의 여지를 남기지 않는 능변보다 말할 듯 말할듯한 침묵이 때로는 더욱 아름잡지 아니한가 2)

여기서 함축이라 하든 여백이라 하든 의미하는 바는 다르지 않다고 본다. 시에 있어 함축의 성공적인 사례는 배후의 의미를 독자의 상상력으로 해결할 수 있을 때 가능하게 된다.

1)
너는 저만치 가고
나는 여기 섰는데...

손 한번 흔들지 못한 채
돌아선 하늘과 땅

愛慕는
舍利로 맺혀
푸른 돌로 굳어라

—이영도 '塔Ⅲ' 전문3) —

---

2) 고영근; 텍스트 이론(아르케 1999), p.121 재인용.
3) 이영도; 石榴(중앙출판공사 1968), p.83

시조문학 탐구

2)
해거름 듬성이에 서면
愛慕는 낙락히 나부끼고

透明을 切한 水天을
한 點 밝혀 뜬 言約

그 자락
감감한 山河여
귀뚜리 叡智를 간(魔)다.

—이영도 '言約' 전문[4] —

1), 2)는 愛慕가 주제인 작품인데, 1)이 塔으로 대신되는 자신의 심상을 적절히 표현했다면 2)는 1)에 비해 함축의 강도가 강한 편이다. "귀뚜리 叡智를 간(磨)다" 의 진정한 의미를 캐기 위해서는 독자의 상상력이 구구해질 수도 있다. 그렇다고 해석 불가능한 표현은 아니다.

사실 丁芸시조에는 2) 같은 경우가 극히 드물다. 그는 2)에서처럼 독자에게 해석의 자유를 폭넓게 주려고 하지 않는다.

3)
그대 그리움이
고요히 젖는 이밤

한결 외로움도
보배냥 오붓하고

---

4) 위의 책, p.10

실실이
푸는 그 사연
장지 밖에 듣는다.

－이영도 '비' 전문 5) －

4)
사흘 안 끓여도
솥이 하마 녹 슬었나

보리 누름 철은
해도 어이 이리 긴고

감꽃만

줍던 아이가
몰래 솥을 열어 보네

－이영도 '보리고개' 전문 6) －

1), 2)가 丁芸의 후기 작품이라면 3), 4)는 그의 초기 작품이다. 초기
작품은 3), 4)에서 보듯이 정감이 겉으로 쉽게 드러나 버린다. 작중 화
자의 행동도 직선적이면서도 단순하다. 이것은 독자를 작중 화자에게
가깝게 근접시켜 작중 화자의 속삭임을 쉽게 알아듣도록 하기 위함이
다. 반면 후기 시조에서는 시적 대상에 대한 정보성을 강화시키기 위
하여 함축(은유)의 수위를 높이고 있다. 그러나 丁芸은 정보성을 격상
시키기 위해 방종에 가까운 함축을 경계하였다.

---

5) 위의 책, p.82
6) 위의 책, p.50

5)
그러나 직립한다. 강동의 사내들은

저 끝없는 황량에
결빙을 못질해도

견고한 뼈를 씻으며
불퇴전의

활을
든다.

— 박기섭 '강동(降冬)의 시' 전문 [7] —

  시는 마술 같아서 많은 부분이 분석하기 어렵고 이것을 무의식적으
로 받아들이는 즐거움이 있다는 주장이 있기는 하지만, 정도가 심하면
납득이 되지 않는 판결문을 피고가 받아들이지 않는 것처럼 독자는 시
를 거부하게 된다. 의미 전달을 어렵게 하는 것이 시의 정도(正道)라고
할 수는 없다.

  5)는 시의 해석이 쉽지 않다. 무엇을 의미하는지 불분명하다. 丁芸은
5)같은 詩風을 경계하였다. 그는 1), 2)에서 보여주었던 정감의 세계가
장기(長技)인 시인이었다. 그는 시를 감상할 자격을 갖춘 독자가 오랫
동안 읽고 또 읽어서 시에 친숙해진 후에도 여전히 이해하기 어려운
작품을 남기려 하지 않았다. 그렇다고 독자의 이해에 아부하여 의미가
진중하지 못한 시를 더욱 경계하였던 시인이다.

  그의 시조는 한 장면의 상황을 그려 그 상황 너머의 현실을 알리고
자 하였다. 그래서 3)에서는 밤비 오는 날의 허적한 심경이 빗소리에서

---

7) 윤금초, 이우걸 편; 다섯빛깔의 언어풍경(동학사, 1987), p.28

그리운 이의 음성으로 치환되어 듣게 되고, 4)에서는 철부지 어린이의 배고파하는 모습을 몰래 솥을 열도록 하여 당시의 보릿고개를 실감있게 나타내었다. 그러다가 그는 1), 2)에서처럼 시적 대상에 대한 표현에 심도를 더하는 방향으로 나아간 것이다.

어느 것이든 丁芸시조에는 시상이 불투명하지 않고 의미 해석이 모호하지 않다. 이것은 시조에 대한 丁芸 자신의 창작 논리라 할 수도 있다.

III. 연결성의 확보

고시조의 각 장은 형식상이든 의미상이든 하나의 文으로 성립된다. 그러면서 유기적으로 결합하여 한 작품으로 완결되는 것이다. 그렇게 되고 보니 장과 장은 연결어미로 엮이거나 접속어로 엮이거나(실제의 경우는 접속어가 생략되는 수가 많다) 의미상으로 뒷장이 앞장의 정보를 이어받아 연결성을 확보하기도 한다.

6)
泰山이 놉다 ᄒᆞ되 하늘 아릭 뫼히로다
오르고 ᄯᅩ 오르면 못 오를 理 업건마는
사ᄅᆞᆷ이 제 아니 오르고 뫼흘 놉다 ᄒᆞ더라

―양사언(甁歌 639)―

7)
靑草 우거진 골에 자ᄂᆞᆫ다 누엇ᄂᆞᆫ다
紅顔을 어듸두고 白骨만 무쳣ᄂᆞᆫ이
盞 자바 勸ᄒᆞ리 업스니 그를 슬허 ᄒᆞ노라

―임제(珍靑 107)―

6)의 초장과 중장사이에 '만약', 그리고 중장과 종장사이에 '그러나'
가 생략되었다고 보여진다. 이와 같이 문법적 수단(여기서는 접속부
사)을 통하여 앞문과 뒷문을 논리적으로 연결시키는 장치를 응결성
(cohesion)이라고 한다.

7)의 초장에서 "자는다 누엇는다"의 의미를 중장에서 "무첫는이"
가 개념적으로 이어받았다. 이와 같이 앞문과 뒷문이 개념적(의미적)
으로 연결하는 장치를 응집성(coherence)이라고 한다. 7)의 중장과 종장
사이에는 '그래서'를 생략하였으므로 응결성을 가지고 있다고 하겠다.

이와 같이 고시조에서는 응결성 혹은 응집성의 장치를 가지고 있어
서 시조 3장이 완전히 의미의 연결을 이루고 있다. 이것은 漢詩가 정제
된 형식미를 가지면서 구성법이 안정되어 있듯이 고시조도 안정된 의
미 기반을 확보하고 있었던 것이다.

8)
아이는 봄 따라 가고
고요가 겨운 뜰에

봉오리 맺은 가지
만져도 보고 싶고

무엔지
설레는 마음
떨고 일어나선다.

−이영도 '봄Ⅰ' 전문8)−

---

8) 이영도, 앞의 책, p.21

8)은 장과 장 사이에 말을 끼워 넣을 필요도 없이 서로 의미가 연결되어 있다. 앞서 1)에서는 중장과 종장사이에 '그러나'를, 2)에서 초, 중장은 연결어미를 동원한 응결성을 가지고 있다면 중, 종장사이에는 앞 의미를 이어오는 말 "그 자락" 이 있어 응집성을 가지고 있다.

3)은 초, 중장사이에 '그래서', 중, 종장사이에는 "오붓하고"라고 한 말은 '오붓하다. 그리고'가 되므로 응결성을 갖는다. 4)는 초, 중장사이에는 '그런데', 중, 종장사이에는 해가 길어서 배가 고프다는 사실이 솥을 열어보는 행위로 연결되어 응집성을 갖는다.

이와 같이 丁芸시조에는 응결성, 응집성의 장치가 있어서 장과 장 사이에는 논리적 빈틈이 존재하지 않는 것이 특징이다. 서정적 발화에는 구조적 또는 의미론적으로 문장이 연결되어야만 하는 것은 아니다. 뒷문이 앞문과 연결이 자연스럽지도 않고 느닷없는 다른 문이 연결되어 의미 파악이 어려운 경우도 많이 있다. 특히 현대의 조립서정시(Montagelyrik)는 행과 행이 비결합성으로 이루어지기도 하였다.

실제로 현대시조에서도 장과 장의 연결을 무시하는 경향이 있어왔다. 그러나 丁芸은 시조의 정수는 고시조가 모범을 보였던 장과 장의 연결성을 확고히 해서 시조 3장이 논리적 귀결로 끝이기를 희망하는 시인이었다. 이것은 현대시조가 방종에 가까우리만큼 시조의 형식미를 무시하는 경향과 함께 시사하는 바가 크다고 할 수 있다.

다음으로 丁芸時調에는 수식어를 절제하고 있다는 점을 들 수 있다. 서양의 고대수사학에서는 사고를 기술함에 있어 배치(disposition) 개념을 제일 먼저 요구하고 있다. 이것은 사고의 내용을 논리적으로 정렬하게 하는 것9) 인데 논리적 정렬을 방해하는 수식어는 불필요함을 의미한다. 6), 7)에서 보았듯이 고시조에서는 3장 전체가 수식어를 극

---

9) 고영근; 앞의 책, p.30

시조문학 탐구

도로 제한하고 있음을 알 수 있다. 고시조가 사대부 중심의 문학이었다는 점이 바로 드러난 셈이다. 사대부들의 言行은 左와 右가 분명해야 하는 것이지, 左일수도 右일수도 있는 논리는 존재할 수가 없었다. 그들은 분명하고 정연한 인식태도를 시조화했던 사람들이다. 이러한 전통은 시조의 생명이 되어 계속되어 왔었다.

9)
자목련 산비탈 저 자목련 산비탈 경주 남산 기슭 자목련
산비탈 내 사랑 산비탈 자목련 즈믄 봄을 피고 지는
　　　　　　　　　　　　　　　　－이정환 '자목련 산비탈' 전문 10)－

10)
사랑하고
싶어라
흔들리는 순수를
그리움에
목메이고
미련으로 떨던 날도
흐르는
바람 결에도

몸져 눕던 그런 날도
　　　　　　　　　　　　　　　　－김민정 '갈대' 전문 11)－

9)에는 자목련 산비탈이란 말이 요령 없이 자주 등장하고 있다. 시조

---

10) 윤금초, 이우걸, 앞의 책, p.12
11) 開花 10, 2001, p.124

가 3장으로 구성된다는 것은 각 장을 이루고 있는 의미형태가 서로 유기적 결합을 하여 완결된 한 의미형태로 정리됨을 의미하는데 9)는 소란하긴 하지만 의미하는 바가 시조와는 판이하다.

10)은 "흔들리는 순수를" "사랑하고 싶어라" 가 중심어인데 ① 그리움에 목 메이고 미련으로 떨던 날 ② 바람결에도 몸져눕던 그런 날, 이 두 경우에 흔들리는 순수를 사랑하고 싶다는 논지이다. 말은 많이 했지만 의미의 결집이 없어서 허황하게 들린다. 의미가 맺히고 정리되어서 끝나는 시조의 정통에서 벗어났다.

丁芸시조는 말을 많이 하려 하지 않는다. 간결하면서도 의미하는 바가 분명하다. 수식어를 극도로 제한하여 할 말만 정연하게 내보인 셈이다. 그래서 丁芸시조의 특징 중 하나는 3장을 유기적으로 잘 연합하고 시조의 의미를 정연하게 정렬하고 있다는 점이라 할 수 있다.

Ⅳ. 마무리

이상 논한 바를 간추리면 다음과 같다.

첫째, 丁芸 시조는 시상의 명료성을 잘 드러내고 있다. 시상이 불투명하거나 의미 해석이 모호하지 않게 창작하였다.

둘째, 章과 章 사이에는 연결성을 갖고 있어서 시조 3장이 유기적 결합을 하고 있다. 이것은 시조의 의미를 정연하게 정렬시키어 고시조에서 보았던 안정된 의미 기반을 확보하고 있는 것이다.

셋째, 수식어를 제한적으로 활용하여 시적 논의가 혼란되지 않도록 하였다.

이와 같은 丁芸 시조의 특질은 시조 정통의 모범적 사례로 인정할

수 있고, 오늘의 시조 시인들의 시조창작에 많은 시사점을 던져 준다
고 하겠다.

동양적 사유에서 본 白水 정완영 시조

I. 서론

동양에서는 일찍부터 문학 안에 道를 담아 時俗을 敎化시킨다는 의미에서 文은 載道之器 또는 貫道之器라 일러왔다. 이와 달리 문학을 공리적 효용가치로 보지 않고 순정한 정서세계를 나타낸 문학이라고 해도 정도의 차이는 있지만 역시 문학 속에는 사상이 녹아 있어야 하는 것이다. 사상성이 지나치면 敎示性이 강하여 건조하기 쉽지만 사상성이 너무 적으면 역시 정서의 충만으로 인하여 통속으로 흐를 위험이 있다. 독자의 판단이긴 하지만 사상과 정서가 알맞게 섞일 때 독자로부터 호평을 받을 수 있다고 본다.

白水 鄭椀永 시인은 1919년에 태어났으므로 현존 시조시인으로서는 최고 고령이라 할 만하다. 또한 그의 시조는 많은 사람들로부터 애송되고 있을뿐더러 많은 평자들로부터 찬사를 받고 있는 시인임에는 틀림이 없다.

박경용 시인은 백수 시조에 대해 다음과 같은 찬사를 한 적이 있다.

자연과 혼연일체가 되어 있는 그 몰입의 심오한 경지, 思無邪, 무아의
경지에서 침잠하며, 좌선하며, 노닐기를 夢遊하듯 하는 그의 달관의 극
치, 그 어느 것엔들 심혼을 기울이지 않았으랴만, 여기 묶은 시편들에는
더 많이 각별한 바가 있지 않았을까 헤아려지는, 그의 시조로써 得意한,
감히 어느 누구도 넘보지 못할 그만의 독보적 幽玄한 경지다.[1]

많은 평자들은 대체로 이러한 평에 동의하고 있는 것 같다. 그렇다
고 한다면 이렇게 피상적인 지적으로 끝낼 일이 아니라 구체적으로 그
의 작품을 통해 그의 작품 속에 내장된 사유세계를 밝혀내는 일은 마
땅히 있어야 한다.

이 논문에서는 동양적 사유, 그 중에서도 장자철학과 불교철학의 관
점에서 그의 작품을 분석하고자 하는 것이다.

II. 坐忘 또는 止觀, 靜坐

李齊賢은 櫟翁稗說 후편에서 "옛 사람의 시는 눈 앞의 풍경을 그리
면서도 뜻은 말 밖에 있어 말은 끝나도 그 맛은 끝나지 않는다"[2] 라고
하면서 도연명의 飮酒 일부 採菊東籬下 悠然見南山을 예로 들고 있다.
국화를 캐서 들고 유연히 남산을 보는 이유와 남산과 국화와의 연관성
등 시어 밖에 존재하는 내용은 독자가 상상력으로 감당해야할 몫이다.

李奎報도 東國李相國集에서 이렇게 말하고 있다.

시는 시상[意]이 기본이다. 때문에 구상이 어렵고 언어 묘사는 둘째

---

1) 정완영; 정완영 시조전집(土房, 2006), p.793
2) 최행귀 외; 우리 겨레의 미학사상(보리, 2006), p.86

가 된다. 구상은 또한 그 사람 기백이 높고 낮은 데 따라 깊고 얕은 것으로 구별된다. 그런데 기백이 낮은 자는 시구를 다듬어 맞추는 데만 힘쓰고 시상을 앞세우지 못한다. 이렇게 지은 작품은 조각한 듯한 문장과 그려낸 듯한 시구가 참으로 아름답기는 하다. 그러나 깊고 함축된 시상이 없으면 처음 보기에는 잘 된 듯하나 다시 음미하면 아무런 맛도 없어지고 만다.[3]

柳夢寅도 於于野談에서 이렇게 말하고 있다.

시란 사상 감정[志]의 표현이다. 제 아무리 시어를 잘 다듬었다 해도 정작 사상적 내용과 그 지향성이 결여되었다면 시를 알아보는 사람은 이를 취하지 않는다.[4]

이상의 말을 종합해 보면 언어 묘사의 배후에 시상[意] 또는 사상이 잠복되어 있어서 독자가 말로써는 표현하지 못하는 묘미를 느끼게 해야 한다는 뜻이라고 할 수 있다. 그렇다고 한다면 백수시조에는 과연 어떠한 사상이 잠복되어 있는가를 따져볼 필요가 있다.

첫째, 백수시조에서는 자연 속에 몰아된 장자철학의 坐忘的 경지 또는 불교에서 말하는 止觀的 경지가 엿보인다고 하겠다.

1)
풍경 소리 떠나가면 절도 멀리 떠나가고
흐르는 물 소리에 산은 감감 묻혔는데
적막이 혼자 둥글어 달을 밀어 올립니다.

－'望月寺의 밤' 전문[5]－

3) 위의 책, p.28
4) 위의 책, p.156

절의 존재는 풍경 소리에 의해 확인된다. 물소리는 산을 이불처럼 싸버리거나 산 그 자체를 존재하지 않게 無化시키는 존재다. 그러니까 풍경소리나 물소리는 망월사와 둘레의 산을 지배하는 절대자로 나타내었다. 한편 작중화자는 적막을 느끼면서 그 적막이 둥그렇게 달이 되어 떴다고 유추해보면 작중화자 자신도 풍경 소리 물 소리와 더불어 자연을 지배하는 존재가 되어 있다. 작중 화자는 자연과 더불어 절대적 권위로 등장하면서 자연의 이법에 순종하기보다 자연을 모양 바꾸고 역동적으로 변화시키는 것이다. 다르게 생각하면 물 소리 풍경 소리가 역동적 존재로서 사물을 변화시킨다고 한다면 작중 화자 자신도 이것과 이치를 같이 하는 존재가 되므로 인간초월의 모습을 보이고 있다. 이것은 다음 작품에서도 완연히 확인되고 있다.

2)
철 따라 찾아간 절
절엔 들지 아니하고

건너편 너럭바위
신록 위에 올라 앉아

해종일 절 바라보다가
나도 절이 됐더니라

—'新綠行' 전문6)—

지식의 과제는 사물을 구별 짓는 것이고 사물을 안다는 것은 그것과

5) 정완영; 정완영 시조전집(土房, 2006), p.700
6) 앞의 책, p.412

다른 사물과의 차이를 파악하고 있다는 것이다. 차별을 잊어버리면 무차별이고 이것은 大全의 경지 곧 大道에 드는 것이 된다. 장자는 道가 만물을 부수기도 훼손하기도 하고 만들기도 하지만 포악해서가 아니고 의지, 감정, 목적에 수반해서도 아니라고 본다.

1)은 작중 화자가 자연에 부합하는 존재로서 비인간화 되어 있고 억지와 무리를 수반하지 않는 자연원리 하에 자신을 던져놓았다. 그러나 2)는 1)에서처럼 역동적인 존재대신 작중 화자 자신이 조용히 자연 속에 동화되어 沒我된 순간을 나타내었다. 장자에서는 총명을 물리쳐 없애고 形骸를 떼어내고 知를 버리면 통하지 않는 데가 없는 大道와 같이 되는 것인데 이를 坐忘이라고 하였다.[7]

장자에 이런 이야기가 나온다.

> 안회(顔回)가 말했습니다. "저는 뭔가 된 것 같습니다." 공자가 물었습니다. "무슨 일인가?"
>
> "저는 인(仁)이니 의(義)니 하는 것을 잊어버렸습니다." "좋다. 그러나 아직 멀었다."
>
> 얼마 후 안회가 다시 공자를 뵙고 말했습니다. "저는 뭔가 된 것 같습니다." "무슨 말 인가?" 저는 예(禮)니 악(樂)이니 하는 것을 잊어버렸습니다." "좋다, 그러나 아직 멀었다." 얼마 지나 안회가 다시 공자를 뵙고 말했습니다. "저는 뭔가 된 것 같습니다."
>
> "무슨 말인가?" "저는 좌망(坐忘)을 하게 되었습니다." 공자는 깜짝 놀라 물었습니다.
>
> "좌망이라니 그게 무슨 말이냐?" '손발이나 몸을 잊어버리고, 귀와 눈의 작용을 쉬게 합니다. 몸을 떠나고 앎을 몰아내는 것. 그리하여 '큰 트임(大通)과 하나가 됨. 이것이 제가 말씀드리는 좌망입니다. "공자가

---

7) 憑友蘭(정인재 역); 中國哲學史(형설출판사 2002), p.165

시조문학 탐구

말했습니다."하나가 되면 좋다[싫다]가 없지. 변화를 받아 막히는 데가 없게 된다. 너야말로 과연 어진 사람이다. 청컨대 나도 네 뒤를 따르게 해다오."8)

인의예악을 잊어버리는 것 또한 중요하나 이것은 외부적인 것을 잊어버리는 것이고 나 자신을 잊어버리는 것, 즉 忘己의 경지에 도달하여야 좌망에 이른다고 하였다. 맞다 그르다 또는 이것이다 저것이다를 시비하지 않고 나와 남을 구별하지 않는 세계를 의미한다고 하겠다.

자세한 의미에서는 차이가 있겠지만 불교에서는 이와 비슷한 용어로 止觀(梵 śamatha – vipaśyama')이라고 하고 성리학에서는 靜坐라고도 한다. 우선 止觀의 止는 情念을 버리는 것이고 觀은 바른 인식을 의미하므로 진실한 모습을 본다는 의미로 쓰인다. 止觀은 妄念, 妄想을 쉬게 하여 마음을 한 곳으로 집중해서 동요 없는 마음을 확립시켜 번뇌를 멸각시키고, 진리를 了知하고 그것에 통달시키려고 하는 실천적 태도를 말한다.9) 靜坐는 宋代 성리학자 程頤가 제시한 수양방법으로 마음을 고요히 가라앉히고 寂然不動한 태도를 가짐으로써 자신의 본성을 깨닫는 것을 말한다. 道와 物의 대립을 부정하고 內外를 통일하는 것으로 자신의 본성을 정립하는 것10)이라고 한다.

둘째, 백수시조에는 장자의 方生的 사유 또는 불교의 연기설이 나타나 있다.

3)
유채꽃이 바다에 들면 한 바다가 꽃밭 되고

---

8) 오강남 풀이; 장자(현암사 2002), pp.313~314
9) 김승동 편저; 불교인도 사상사전(부산대 출판부 2001), p.1960
10) 김승동 편저;불교인도 사상사전(부산대 출판부 2001), p.1862

바닷물이 꽃밭에 오르면 유채꽃도 바다일세
이 저승 따로 없어라 꽃과 물이 한 세상

-'꽃과 바다' 전문11)-

4)
이 저승 보는 법을
蓮밭 보듯 바라보자

슬픈 일 기쁜 일도
짝을 지어 고운 세상

天地도 등불 나들이
연꽃 들고 왔잖은가

-'兩水里 蓮밭 '일부12)-

3)에서 유채꽃과 바다를 구분 짓는 것은 이성적 판단이다. 그러나 이
것을 우주적 공간에서 보면 하나가 된다. 미시적 관찰이 아니라 거시
적 인식에서 보면 꽃과 물은 지구를 이루는 조형물이라는 점에서 하나
다. 또 4)에서 전생에서나 현생, 내생에서까지 존재할 수 있는 생명체
로서 이승도 저승 같을 수 있다는 것이다. 생명체로서 모습만 바뀌고
장소만 바뀐다고 한다면 그게 그것이라는 논리는 가능해진다. 그리고
슬픔과 기쁨은 서로 대조적으로 나눌 것이 아니라 한 짝으로 묶여 있
는 것으로 인식하고 있다. 슬픔이 있어야 기쁨이 있게 된다는 것이므
로 따로 떼어내 인식할 필요가 없다고 보고 있다. 아니면 인식에 따라
슬플 수도 기쁠 수도 있는 것이라는 관점이다. 3), 4)에서는 놓여있는

---

11) 정완영;정완영 시조 전집(土房 2006), p.552
12) 앞의 책, p.444

시조문학 탐구

현 상황의 의미를 초월하고 道와 物의 대립 자체가 무의미하고 이것과 저것의 차이를 따지는 일 또한 무의미하다는 관점이다. 아니 차이가 아니라 한 가지라는 관점이다.

장자에서는 사물이 본래 하나임을 알지 못하고 한 쪽에만 치우치는 것, 집착하는 것을 朝三暮四라 하였다. 아침에 셋 저녁에 넷과, 아침에 넷 저녁에 셋과의 실질적 차이는 없는 데도 성내고 기뻐하는 원숭이 같아서는 안 된다는 것이다. 성인은 한 쪽만 절대시하는 독선에 빠지지 않고 하늘의 고름인 天鈞에 머무른다는 것인데 天鈞을 다른 말로 兩行이라고 한다. 또한 장자에서는 이와 비슷한 말로 이것과 저것이 나란히 생김을 의미하는 方生이란 말이 나온다.

> 저것은 이것에서 생겨나고, 이것 또한 저것에서 생겨난다. 저것과 이것은 방생의 설이다. 삶이 있으면 반드시 죽음이 있고, 죽음이 있으면 반드시 삶이 있다. …
> '옳다'에 의거하면 '옳지 않다'에 기대는 셈이 되고, '옳지 않다'에 의거하면 '옳다'에 의지하는 셈이 된다. 그래서 성인은 그런 방법에 의지하지 않고 자연의 조명에 비추어 본다. 그리고 커다란 긍정(긍정의 세계)에 의존한다.[13]

생사가 나란히 있는 것으로, 삶이 있으면 반드시 죽음도 있고, 죽음이 있으면 반드시 삶이 있다. 삶만 있고 죽음은 없다는 일은 있을 수 없고, 죽음은 있고 삶이 없다는 일도 있을 수 없다는 뜻이다.[14] 또한 '이것'이란 말이 '저것'이란 말이 없을 때는 의미가 없다. '이것'이라는 말은 반드시 '저것'이라는 말을 전제로 하고 있다. 그러므로 '이것'이

---

13) 오강남 풀이; 장자(현암사 2002), p.92
14) 앞의 책, pp.59~60

란 말 속에는 '저것'이라는 말이 내포되어 있다. '이것'이 없으면 '저것'이 없고, '저것'이 없으면 '이것'도 없다. 그런 의미에서 '이것'은 '저것'을 낳고 '저것'은 '이것'을 낳는 셈이다. 아버지만 아들을 낳는 것이 아니라 아들이 없이는 아버지도 있을 수 없으므로 아들도 아버지를 낳는 셈이다. 아버지도 원인인 동시에 결과이고, 아들도 결과인 동시에 원인인 셈이다. 이렇게 서로가 서로를 가능하게 하는 것을 '方生'이라고 한다.

한편 불교에서는 이를 緣起說이라고 한다. 연기란 因緣生起의 준말로 모든 것은 인연에 따라 일어난다는 것이다. 일체의 모든 현상은 원인과 그에 따르는 결과의 법칙이 작용하고 존재하는 모든 현상계는 상관관계 속에 놓여 있다는 것이다. 중아함경에 보면 "이것이 있으므로 저것이 있고(此有故彼有) 이것이 생하므로 저것이 생하고(此生故彼生) 이것이 없으므로 저것이 없고(此無故彼無) 이것이 멸하므로 저것이 멸한다(此滅故彼滅)"고 하였는데 이것은 연기설을 간단히 요약한 말이다.

언뜻 보기에 대립되고 모순되는 것 같은 개념, 즉 善惡, 美醜, 長短, 高低, 强弱 등과 같은 것들이 결국 정적으로 독립된 절대 개념이 아니라 동적으로 빙글빙글 돌며 어울려 서로 의존하는 상관 개념이라는 사실을 의미한다.[15]

이런 관점에서 볼 때, 1)에서는 인간초월의 모습으로서 자연을 지배하는 존재로 자처했다가 2), 3), 4)에서는 自와 他를 식별하지 않는 장자적 사유 아니면 불교의 연기설에 기대고 있음을 알 수 있다.

---

15) 앞의 책, pp.82~83

시조문학 탐구

III. 無何有之鄕 또는 空寂

逍遙遊는 眞人(至人, 聖人)이 노니는 상상의 세계이지만, 소요유의 세계에서 眞人이 최종적으로 귀향하거나 정박해야 할 항구나 정착해야 할 고향과 같은 것은 없다. 이것을 장자는 無何有地鄕, 즉 어디에도 있지 않은 고향이라고 불렀다.[16] 그러니까 이것은 인간의 자기 존재의 내면성과 그가 살아온 고향의 외면성과의 합일이나 일치의 공명이 부재[17]함을 말하기 때문에 無爲, 無己, 無心, 無形의 공간인 셈이다. 자기 생각이나 자기 고향, 자기 소유, 자기 존재까지도 잊은 채 일체 걸림 없는 자유 공간을 의미한다.

위나라 재상을 지낸 惠施와 장자가 나눈 이야기 중 이런 대목이 나온다.

> 혜자(惠子)가 장자(莊子)에게 말했습니다. "나에게 큰 나무 한 그루가 있는데, 사람들이 가죽나무라 하네. 그 큰 줄기는 뒤틀리고 옹이가 가득해서 먹줄을 칠 수 없고, 작은 가지들은 꼬불꼬불해서 자를 댈 수 없을 정도지. 길가에 서 있지만 대목들이 거들떠보지도 않네. 지금 자네의 말은 이처럼 크기만 하고 쓸모가 없어서 사람들이 거들떠보지 않는 걸세." 장자가 말했습니다. "자네는 너구리나 살쾡이를 본 적이 없는가? 몸을 낮추고 엎드려 먹이를 노리다가, 이리 뛰고 저리 뛰고, 높이 뛰고 낮게 뛰다 결국 그물이나 덫에 걸려 죽고 마네. 이제 들소를 보게. 그 크기가 하늘에 뜬 구름처럼 크지만 쥐 한 마리도 못 잡네. 이제 자네는 그 큰 나무가 쓸모없다고 걱정하지 말고, 그것을 '아무것도 없는 고을(無何有之鄕)'[18] 넓은 들판에 심어 놓고 그 주위를 '하는 일 없이(無爲)' 배회하기

---

16) 김형효, 老莊사상의 해체적 독법(청계 1999), p.288
17) 앞의 책, p.289
18) 無何有之鄕을 여기서처럼 ①'아무것도 없는 고을'로도 해석할 수 있겠지만 좀 더 의

도 하고, 그 밑에서 한가로이 낮잠이나 자게. 도끼에 찍힐 일도, 달리 해치는 자도 없을 걸세. 쓸모 없다고 괴로워하거나 슬퍼할 것이 없지 않은가?"[19]

혜자는 그의 나무를 건축 자재로서만 보았기 때문에 대목이 거들떠 보지 않는다고 하였지만, 장자는 그의 나무를 제한적 용도를 초월해서 어떠한 선입견이나 목적 없이 나무를 바라보고 있는 것이다. 덩치 큰 들소는 쥐 한 마리 잡지 못한다. 너구리나 살쾡이는 쥐는 잘 잡는다 해도 그물이나 덫을 피하기 어렵다. 들소는 그물이나 덫을 피할 수 있지만 너구리나 살쾡이와 견줄 수 없다고 하였다. 이같이 사물은 무한한 용도적 가치가 있는 것일 뿐더러 사물이 가진 용도의 고유성도 함께 존재하는 것이므로 고착된 시각과 편견된 사고에서 사물을 봐서는 안 된다는 말이다.

무하유지향은 사물에 대한 인간의 편견이 사라진 곳이며 인간은 無心, 無爲, 無己, 無形으로 존재하는 곳이 된다.

다시 장자에 이런 말이 나온다.

천근(天根)이 은양(殷陽) 남쪽에서 노닐다가 요수(蓼水)에 이르러 우연히 무명인(無名人)을 만나 물었습니다. "세상을 어떻게 다스려야 하는지 여쭈어 보고 싶습니다." 무명인이 말했습니다. "물러가시오. 비열한 사람. 어찌 그러한 질문을 하시오. 나는 지금 조물자와 벗하려 하오, 그러다가 싫증이 나면 저 까마득히 높이 나는 새를 타고 육극(六極) 밖으로 나가 '아무것도 없는 곳(無何有之鄕)'에서 노닐고, '넓고 먼 들(壙埌之

미 깊게 해석해서 ②'어디에도 있지 않는 고향' 즉 '인간과 어떠한 인연이 없는 곳'으로도 해석이 가능하다고 본다. 일체 자기와 또는 인간과 연관시키지 않은 자유공간이라는 의미에서 ②가 더 타당하다고 본다.
19) 오강남 풀이; 장자(현암사 2002), pp.53~54

시조문학 탐구

野)'에 살려고 하오. 당신은 어찌 새삼 세상 다스리는 일 따위로 내 마음을 흔들려 하오?" 천근이 또 묻자 무명인이 말했습니다. "당신은 마음을 담담(淡淡)한 경지에서 노닐게 하고 기(氣)를 막막(漠漠)함에 합하게 하시오. 모든 일의 자연스러움에 따를 뿐, '나'라는 것이 들어올 틈이 없도록 하오, 그러면 세상이 잘 다스려질 것이오."[20]

無何有之鄕은 아무 것도 인간적인 요소가 있지 아니하는 곳이므로 인공을 가하지 않은 자연 그대로의 이상향인 셈이다. 무명인은 忘名하였으므로 현실을 초탈하거나 현실의 문제와 무관한 삶을 사는 사람인데, 그런 그에게 세상 다스리는 법을 물으니 화를 낼 수밖에 없는 노릇이다. 재차 묻자 무명인은 1) 마음을 담담하게 가질 것, 2) 기를 막막하게 할 것, 3) 일을 자연스럽게 할 것, 4) 나를 버릴 것. 이렇게 하면 세상이 잘 다스려 진다고 하였다. 이것을 함축하면 無名, 無己, 無功의 정신이라 할 수 있다.

이렇게 道家에서는 無라는 말을 쓰고 있는데 불교에서는 이 말과 비슷한 말로 空(또는 空寂, 空淨이라 하기도 한다.)이 있다. 空은 非有가 아니고 긍정을 찾지 못한 부정인 허무주의도 아니다. 老莊의 無는 허무가 아니라, 힘의 근원이면서 도의 本體를 뜻한다. 다시 말해 無는 사물과의 연관성을 초월하면서 천지 만물의 절대적 본원이며 형체는 없지만 절대적인 존재로서의 有다. 空 또한 기물의 속이 비어 있듯이 虛이긴 하지만 그 작용은 무한하고 일체 현상과 만물을 포섭하면서 만물은 空을 내포하므로 초월적 내재자라 할 수 있다.[21] 그러므로 노장의 無나 불교에서의 空은 서로 닮아 있다고 할 수 있다.

또 백수시조에는 현실 초월 공간에 고향을 설정하고 있음을 알 수

---

20) 오강남 풀이; 장자(현암사 2002), p.328
21) 김승동; 空의 硏究(문리대학보 제 3집 1970.9), p.79

있다. 여기에는 두 가지 경향을 보이는데, 첫째는 현실을 초월하여 마음 속에 담아둔 세계, 인공이 가미될 수 없는 공간을 고향이라 부르고 있다.

5)
지난 날 내 고향은
慶尙道라 일렀는데

요즘은 내 本鄕이
구름 너머 저곳일세

아닐세
구름도 더 너머
하늘 너머 저곳일세

－'구름 3' 전문[22]－

6)
고향에 내려가니
고향은 거기 없고

고향에서 돌아오니
고향은 거기 있고…

흑염소
울음소리만
내가 몰고 왔네요.

－'고향은 없고' 전문[23]－

---

22) 정완영; 정완영 시조전집(土房 2006), p.432

시조문학 탐구

사전적 의미로서의 故鄕은 ① 자기가 태어나 자란 곳. 그리하여 조상 대대로 살아온 곳. ② 마음 속에 깊이 간직한 그립고 정든 곳. ③ 어떤 사물이나 현상이 처음 생기거나 시작된 곳 등을 의미하는 말이다.

5)는 사전적 의미 ①을 염두에 둔 삶이 이젠 이것을 초월하여 구름 너머 그것도 더 멀리 하늘 너머 어느 피안에나 존재하는 곳으로 인식하고 있다. 이것은 삶의 공간으로서의 고향이 아니라 마음 속 안식처로서의 꿈의 세계를 지향하고 있음을 의미한다. 6)에서도 ①의 의미를 갖는 고향을 찾았으나 그리던 고향은 주소로만 남아 있고 정작 있어야 할 고향은 사라져버린 현실을 말하고 있다. 5), 6) 모두 주소로써 찾아갈 수 없는 고향 즉 마음 속에 담아둔 세계이거나 마음 속에서라도 뛰어놀 수 있는 안식처 또는 놀이공간일 뿐이다.

불교에서는 我의 집착에서 탈피하고 我空法空의 二空을 주장하기도 한다. 我空은 自我의 실체가 없음이요, 法空은 諸法이 모두 인연에 의해 존재하기 때문에 恒存不變하는 自性은 없다고 본다[24]. 그렇기 때문에 여기서 의미하듯이 인연이 끊어진 옛 고향은 백수의 경우엔 고향일 수가 없다고 본 것이다.

스프랑어(E.Spranger)의 말처럼 공동체적 존재로서의 인간에게는 고향은 양식을 공급 받던 토양이면서 심미적 희열의 대상이면서 정신적 뿌리에 해당한다.[25]그러나 후기산업사회 구조 속에서의 인간은 전통적 생활공간이 파괴됨으로 인하여 失鄕과 離鄕을 동시에 겪어야 했다. 공간적, 지정학적 고향은 유희적 공간이면서 동화적 공간, 근원적 삶의 공간이었지만 이것의 상실은 인간끼리의 감정적 유대와 공동체 의

---

23) 앞의 책, p.419
24) 김승동 편저; 불교・인도사상사전(부산대 출판부, 2001), p.99
25) 전공식; 고향에 대한 철학적 반성(철학연구 제 67집, 대한철학회, p.263 재인용)

227
III. 시조시인의 작품세계

식까지를 허물어버렸다.

6)은 바로 존재와 삶의 근원이었던 고향의 상실을 의미하면서 산업화 이전의 고향, 근원적 삶의 공간으로서의 고향을 동경하고 있다. 거기에 비해 5)에서는 이것마저도 초탈한 세계다. 지역적 의미는 물론 지구적 개념까지도 뛰어넘은 초월 공간에 고향을 두고 있다. 즉 회상의 개념으로서가 아니라 새로운 희망의 개념, 새로운 지향의 개념으로서의 고향, 인공이 가미될 수 없는 세계이면서 인간으로서는 도달할 수 없는 꿈으로서의 공간을 고향으로 설정하고 있다.

다음으로 백수시조에는 문명을 거부하고 물질화된 세계관을 거부하는 의미로서의 고향이 있다. 그는 문명과 절연된 원시적 세계를 고향이라 부른 것이다.

7)
어릴 적 내 고향은 구름마저 어렸었네
들찔레 새순처럼 야들야들 피던 구름
할버지 백발 구름에 업혀 잠든 손주 구름

ㅡ'구름 2' 전문[26] ㅡ

8)
오랜만에 고향에 내려와 하늘 덮고 누운 밤은
달래 냉이 꽃다지 같은 별이 송송 돋아나고
그 별빛 꿈 속에 내려와 잔뿌리도 내립니다.

ㅡ'고향 별밭' 전문[27] ㅡ

---

26) 정완영; 정완영 시조전집(土房 2006), p.432
27) 앞의 책, p.441

시조문학 탐구

7), 8)에서의 고향은 동심의 장소이다. 이성적 인간보다는 감성적 인간으로서의 삶을 추구하는 장소가 고향이라는 것이다.[28]그리고 인격 형성과 삶의 공간이었던 고향은 인공적 꾸밈과는 거리가 먼 자연 그대로의 원시가 살아있던 공간이면서 인간의 삶 자체가 순수한 것이었는데 여기서 일탈된 현재의 고향은 고향의 원초적 의미를 상실하고 말았다. 즉 화자는 고향을 상실하기보다 고향으로부터 소외당한 셈이다. 백수시조의 화자는 고향에서 소외된 자이면서 애초 향유했던 동심적 공간, 문명의 이기와 거리가 멀고 삶 자체가 순수했던 삶의 공간을 그리다가 급기야는 여기서조차도 벗어나 인간이 살 수 없는 꿈의 거리에 고향을 설정한 것이다.

인간들은 근대사회를 꿈꾸면서 감성보다는 이성에 편중하고 합리성과 테크놀로지에 근원하여 인격의 고유성을 상실하면서부터 인간은 비인간화, 즉 物化된 의식의 소유자로 전락함으로 인해 인간과 인간끼리 사이에서도 소외현상이 두드러지고 말았다. 감정적 유대감과 공동체 사회 속에서 부의 큰 편차 없이 살았던 소박한 삶의 공간을 어쩔 수 없이 상실해야하는 이런 소외를 마르크스는 계급 대립차원에서 근거한다고 보지만[29]여기서의 작중 화자는 문명이 싫고 현재대로의 물질화된 가치관이 싫다는 의미를 그가 설정한 고향을 통해 고백하고 있는 것 같다.

이렇게 볼 때, 백수 시조의 화자는 문명과 절연된 원시적 세계, 그러면서도 인간 자신이 자연이 되어 함께 어울릴 수 있는 공간을 염원하고 있다고 할 수 있다. 즉 無何有之鄕이거나 無爲之處에 뿌리 박고 싶은 심정의 소유자이면서 한편 인연한 곳의 상실을 고향이라 부를 수

28) 전광식; 고향에 대한 철학적 반성(철학연구 제 67집, 대한철학회, p.265)
29) 앞의 책, p.268

없음에 대한 空寂을 느끼고 있다고 할 수 있다.

Ⅳ. 결론

이상에서 논한 바를 요약하면 다음과 같다.

첫째, 백수시조에서는 작중 화자가 자연에 부합되는 존재로서 자연의 원리 하에 자신을 일치시키기도 하고 자신이 자연 속에 동화되어 沒我된 순간을 나타내기도 하였다. 장자에서는 총명을 물리쳐 없애고 形骸를 떼어내고 知를 버리면 大道에 이른다고 하였고 이를 坐忘이라 하고 있다. 불교에서도 이것을 止觀 또는 靜坐라고 한다. 그는 작품 속에서 妄念, 妄想을 쉬게 하고 마음을 한 곳으로 집중해서 동요 없는 마음을 확립하고자 하고 있다.

둘째, 백수시조에서는 대립되고 모순되는 것 같은 개념을 서로 상관 개념으로 보려하고 있다. 삶이 있으면 죽음이 있는 법이고 이것이란 말은 저것이란 말을 전제하고 있는 것이다. 아버지는 아들이 있음으로서 존재하고 아들은 아버지가 있음으로서 아들로 존재하는 것이라고 하면 아버지만 아들을 낳는 것이 아니라 아들도 아버지를 낳는 셈이다. 이렇게 서로가 서로를 가능하게 하는 이치를 장자는 方生이라 하고 불교에서는 緣起說이라고 한다.

셋째, 백수시조에는 현실 초월 공간에 고향을 설정하고 있음을 알 수 있다. 여기에는 두 가지 방향이 보이는데, 현실을 초탈하면서 마음 속에 담아둔 세계, 인공이 가미될 수 없는 공간을 고향이라 부르기도 하고, 문명을 거부하면서 물질화된 세계관으로부터 이탈한 원시적 세계를 고향이라 부르기도 한다. 어느 것이나 장자가 말한 無何有之鄕의

시조문학 탐구

세계, 불교에서 말하는 空寂의 세계를 꿈꾸고 있음을 알 수 있다.

동양사상은 그것이 먼저건 뒤건 간에 오래도록 유지되어오면서 상당부분은 서로 넘나드는 경향이 있어왔다. 앞에서도 보아왔듯이 장자사상과 불교 사상은 용어만 달랐지 내용면에서는 아주 유사한 접점을 가지고 있음을 확인한 셈이다.

이렇게 볼 때, 백수시조는 동양적 사유세계 특히 장자적, 불교적 사유에 침잠하면서 현실로부터 벗어난 초월적 정신세계를 나타내었는데, 이것이 바로 백수시조가 점하는 독자적 시세계라고 할 수 있겠다. 나아가 백수시조가 많은 독자들로부터 호응을 받는 이유 중 하나는 바로 이와 같은 동양적 사유세계를 잘 나타내고 있음과 무관하지 않다고 할 수 있겠다.

심연수 시조에 나타난 디아스포라 의식

Ⅰ. 서론

1940년에서 광복 이전까지는 아예 문학사의 암흑기로 규정하고 친일문학만 존재하는 치욕의 시대로 인정하여 외면하는 경우가 허다하였다. 다행히 광복 직후 윤동주, 이육사 등 여러 문인들의 작품이 발굴되면서부터 이 시기가 암흑기가 아니었음을 보여주었고, 최근에는 심연수 시인의 작품이 발굴되면서부터 이 시기의 문학사적 의미를 보다 확실하게 하였다.

현재 심연수에 대한 연구는 2000년 연변에서 「20세기 중국조선족 문학사료전집 제1집 심연수 문학편」이 출간되면서부터 연변과 심연수 시인의 고향인 강릉에서 수차의 심연수 심포지엄이 있었고, 학술적인 연구로는 이상규의 「재탄생하는 심연수 선생의 문학」,[1] 김용운의 「문단에서 솟아난 또 하나의 혜성」,[2] 임헌영의 「심연수의 생애와 문

---

1) 이상규,『20세기 조선족문화사료전집』제1집, 서문.
2) 위의 책, 621~642쪽.

학」,3) 이명재 「심연수의 문학사적 위상」,4) 엄창섭의 「심연수 시인의 문학과 시적 층위」5) 등을 포함한 종합적인 연구서 「민족시인 심연수의 문학과 삶」6)이 있고, 학위논문으로는 고세환의 「심연수 시연구」7)와 김명순의 「심연수 시의 상상력과 모더니티 연구」8)와 박사논문으로 김해응의 「심연수 시문학 연구」9)가 있다.

본고에서는, 1940년 3월 28일 심연수 시인이 『노산 시조집』을 사서 읽으면서10) 거기에 친필로 쓴 그의 유고 시조를 비롯하여, 수학여행 및 고향 방문 때에 창작한 여행시조 등 그가 쓴 시조작품 속에 디아스포라로서의 삶이 어떻게 나타나고 있는지 살펴보고자 한다. 따라서 심연수 시조를 디아스포라 문학의 관점에서 연구 대상으로 삼는 것은 심연수 문학의 새로운 장을 연다는 의미를 함의한다고도 하겠다.11)

'디아스포라diaspora'는 그리스어에서 유래한 것으로, 이산離散을 뜻한다. 디아스포라는 역사적으로 보통 대문자 'Diaspora'를 써서 '팔레스타인 또는 근대 이스라엘 밖에 거주하는 유대인'을 가리키는 말로 사용되어 왔다. 그러던 것이 1990년대 이후 디아스포라의 논의가 활발해지면서 이 용어는 '유대인의 경험뿐 아니라 다른 민족들의 국제 이주, 망명, 난민, 이주노동자, 민족 공동체, 문화적 차이, 정체성 등을

---

3) 민족시인 심연수 학술심포지엄, 2000.11.30.
4) 심연수 문학 국제심포지엄, 2001.8.11.
5) 민족시인 심연수 학술 심포지엄, 2000.11.30.
6) 홍익출판사, 2004.
7) 관동대교육대학원 석사논문, 2002.
8) 관동대대학원 석사논문, 2003.
9) 한국정신문화연구원, 한국학대학, 박사학위논문, 2004.
10) 심연수,『20세기 중국조선족문학사료전집』제1집(심연수 문학편), 중국 조선민족 문화예술출판사, 2004, 277쪽.
11) 그는 많은 시조를 지었지만 간혹 시조 형식에서 얼마간 벗어난 작품들도 있다. 여기서는 이런 작품들까지도 광의의 시조라고 보아 연구대상으로 삼았다.

아우르는 포괄적인 개념'으로 확장되어 쓰이고 있다.12)디아스포라의 개념을 최근의 논의를 중심으로 좀 더 적극적으로 살펴보면, 논자마다 조금씩 다르게 나타난다. 예를 들어, 디아스포라를 '국외로 추방된 소수 집단 공동체Expatriate Minority Communities'라고 정의하고 있는 사프란William Safran은 구체적으로 여섯 가지의 특성을 내세워13) 디아스포라를 협의의 개념으로 사용하고 있는가 하면, 클리퍼드James Clifford의 경우14), "모국으로 귀환하려는 희망을 포기하였거나 또는 처음부터 그러한 생각을 갖지 않은 이주민 집단"도 디아스포라로 간주하는 광의의 개념을 제시하고 있는 것이다. 또한 미국의 문화학자 레이 초우의 논의 등을 참조하면 디아스포라란 '유대인'의 디아스포라를 기원으로 고향으로부터 떠나게 된 사람들을 고찰하기 위해 거듭 사용된 개념으로 ① 기원의 토지와 공간적으로 벗어나지만 ② 그 토지와 정신적으로 유대감을 견지하고, ③ 거기에 '기억'이라는 시간적 요소가 개재하고 있는 상황－존재를 말한다.15) 디아스포라 문학을 하나의 새로운 문학 영역으로 설정하고자 할 때도 위와 같은 논란이 있을 수 있다. 아직 디아스포라 문학이 정식화된 것은 아니지만, 서경식

---

12) 윤인진, 『코리안 디아스포라』, 고려대학교 출판부, 2004.
13) 사프란은 디아스포라의 특성으로 ①특정한 기원지로부터 외국의 주변적인 장소로의 이동 ②모국에 대한 집합적인 기억 ③거주국 사회에서 수용될 수 있다는 희망의 포기와 그로 인한 거주국 사회에서의 소외와 격리 ④조상의 모국을 후손들이 결국 회귀할 진정하고 이상적인 땅으로 보는 견해 ⑤모국에 대한 정치적, 경제적 헌신 ⑥모국에 대한 지속적인 관계 유지라는 여섯 가지를 들고 있다. －William Safran, "Diasporas in Modern Societies; Myths of Homeland and Return", Diasporas 1(1), 1991, 83~99. (윤인진, 「디아스포라를 어떻게 볼 것인가」, 『문학판』, 2006년 봄호, 160쪽에서 재인용.)
14) James Clifford, "Diaspora", Cultural Anthropology, Vol. 9, No. 3, 1994. 8.(정재석, 「해방기 귀환 서사 연구」, 연세대학교 석사논문, 2006, 8쪽에서 재인용.)
15) 나리타 류이치, 한일비교문화세미나 옮김, 『'고향'이라는 이야기』, 동국대학교출판부, 2007, 301쪽에서 재인용.

같은 재일 한국인의 경우, 디아스포라 예술인들을 조명하면서 디아스포라에 대해 다음과 같이 규정한 바 있다.

　　나는 근대의 노예무역, 식민지배, 지역 분쟁 및 세계 전쟁, 시장 경제 글로벌리즘 등 몇 가지 외적인 이유에 의해, 대부분 폭력적으로 자기가 속해 있는 공동체로부터 이산을 강요당한 사람들 및 그들의 후손을 가리키는 용어로서 디아스포라라는 말을 사용하고자 한다.[16]

위 인용문에서 서경식은 디아스포라에 시장 경제 글로벌리즘까지를 포함하고 있지만, '폭력적'이라는 말을 어떻게 해석하는가에 따라 그 범주는 상당히 다르게 논의될 수 있을 것이다. 본고에서는 '디아스포라'의 의미를 '외적인 상황에 의해 생긴 유랑민, 유이민 등을 포괄하는 개념'으로 재정의 하여 사용하고자 한다.

본 연구에서는 일단 심연수의 시의식에는 식민지 시대라는 체험과 디아스포라의 환경 속에서 유랑할 수밖에 없었던 심적 갈등이 내포되어 있다고 보고, 심연수의 이와 같은 의식이 고향 상실과 그것의 극복의지, 나아가 스스로가 디아스포라로서의 삶임을 자각하면서 이를 초월하고자 하는 이상적 공간 설정을 어떻게 하고 있는가를 살펴보고자 한다.

Ⅱ. 고향 상실의 체험과 극복의지

심연수는 1918년 5월 20일 강원도 강릉군 경포면 난곡리 399번지

---

16) 서경식, 김혜신 옮김, 『디아스포라 기행』, 돌베개, 2006, 14쪽.

에서 삼척심씨 심운택의 셋째(아들로는 장남, 누나 2명과 남동생 4명)로 태어났다. 강릉에서 심씨네 가족은 2천 평이 되나마나한 밭뙈기를 소작했는데 땅이 척박하여 소작료를 주고 나면 일곱 식구가 3개월 먹을 양식도 남지 않을 만큼 가난하였다. 가족은 결국 가난으로 인해 심연수가 6세 되던 해인 1924년에 연해주의 블라디보스톡으로 이주하게 된다. 1931년 구소련에서 제1차 5개년 계획을 실시하면서 그곳에 삶의 터전을 일구어 사는 조선인을 강제로 중앙아시아로 집단 이주시키는 바람에 심씨 가족은 살길을 찾아 중국으로 다시 이주하게 된다.

중국으로 이주한 심연수 가족은 처음에는 흑룡강성 밀산, 신안진 등지를 떠돌다가, 1935년 지금의 길흥촌에 정착한다. 블라디보스톡에서 소학교를 다녔던 심연수는 중국에 와서 독선생을 모시고 서당공부를 한 후 용정사립동소학교에 편입하여 19세인 1937년에 소학교를 졸업한다. 심연수가 제대로 교육을 받게 되는 것은 19세인 1937년 동흥중학교 입학 이후의 일이다. 1940년 5월, 22세의 심연수는 동흥중학교 동창들과 17일 동안의 수학여행에 오르고 이 때 67편의 기행시조를 쓴다. 수학여행을 다녀 온 얼마 후 강릉을 방문한 심연수는 이때도 기행시조를 남긴다. 졸업을 앞두고 경제적 어려움 때문에 진학 문제를 놓고 고민하던 심연수는 1941년 23세에 현해탄을 건너 일본대학 예술학원 창작과에 입학한다.

1943년 7월 일본대학을 졸업하고 용정으로 돌아온 심연수는 일본의 학도병 징발을 피해 신안진으로 간다. 그곳에서 진성국민우급학교 교사 생활을 하면서 학생들에게 반일사상과 독립사상을 고취했다는 죄로 두 번이나 유치장에 갇히고 그 후 심연수는 일본군의 감시 대상이 된다. 심연수는 1945년 미국이 히로시마에 원자탄을 투하했다는 소식을 접하고 일제의 패망을 진단하고 8월 8일 흑룡강성 신안진에서

도보로 용정으로 돌아오던 길에 왕청현 춘양진 다리 부근에서 일제 앞잡이에게 붙잡혀 27세의 나이로 피살된다. 1946년 3월 시인의 시신은 용정 선영에 매장된다.

그에게 있어 고향의 심상[17]은 이런 삶의 소용돌이를 겪으면서 편안한 땅을 바라는 동경과 망향의 표상으로 발전하게 되었고, 이것이 고향과 디아스포라 의식을 함께 말하는 근거가 된다. 심연수와 같은 디아스포라인들의 경우에 '고향'을 말하는 것은 실향失鄕의 역사를 되돌아보는 자기 확인의 방식이며, 고향과 디아스포라의 땅들에 얽힌 새로운 고향 찾기의 문학 지리적 관심 가지기라 할 수 있다.[18]

고향은 단순한 지형이나 장소가 아니고 개인의 인격 및 삶과 결부된 공간이다. 하여튼 그 형성 과정이 개별적이든 집단적이든 간에 이런 의미에서 고향은 개인의 삶의 정체성과 자기 정체성 형성의 터전이 되는 것이다. 일찍이 슈타벤하겐K. Stavenhagen이 제대로 말한 대로 '고향은 인간 실존의 근저 根底'인 것이다.[19]

문학에서 거론되는 고향의식이란 정신적인 차원의 고향에 대한 인간의식이 언어를 통해 표현된 것이며, 또한 형상화된 것이다. 물론 이 경우 고향의식은 삶의 세계에 대한 작가마다의 다양한 인식과 태도를 작품을 통해 형상화된 만큼 다양한 내포적 의미를 형성하게 된다. 단지 고향이라는 공간적 의미의 고향이 아닌 의식 깊은 곳에 잠재되어 있는 포괄적 의미를 함의하고 있다.

1930년대의 시기는 일제 강점기란 특수성 속에서도 한민족에게 가

---

17) 여기서 심상이란 어떤 사물의 이상적 표상으로, 사물로부터 멀어진 거리에서 사물이 지배하는 기억의 윤곽을 말한다. (김태준, 「고향, 근대의 심상공간」, 『'고향'의 창조와 재발견』, 동국대학교 문화학술원, 한국문학연구소, 역락, 2007, 14쪽.)
18) 김태준, 위의 책, 15쪽.
19) 전광식, 『고향』, 문학과 지성사, 2007, 25~31쪽.

해지는 정신적인 측면에서의 주체성 상실의 위기의식과 물질적 측면에서 경제적 궁핍화와 이에 따른 이농현상이 점차 심각한 국면으로 조성되었던 시기였다. '간도'라든지 '만주'지역은 우리 민족이 이주해 산 곳이며, 많은 이농 현상에 따른 우리 민족의 정서가 타국이라는 지역적 정서와 어우러진 곳이기도 하다. 그렇다고 한다면 여기서 논하고자 하는 심연수 시조에 나타난 디아스포라 의식은 어떠한가.

첫째, 심연수 시조에는 나라 잃은 상실감이 짙게 깔려 있고, 이것은 그의 개인사적, 민족사적 맥락으로 자리 잡고 있다.

> 金剛이 좋다해도 가지못하니 이름뿐
> 애꾸진 마음만이 금강을 俳談한다.
> 어즈버 이몸이 못가는곳 金剛인가하노라
>
> —「憧憬의 金剛」 전문[20]

이 시조는 심연수가 『노산시조집』속의 '금강행'에 수록된 시조들을 읽고, 그에 대해 동경의 마음이 들게 되었음을 읊은 것이다. 한국 제일의 명산 금강산을 보고 싶고 가고 싶지만 갈 수 없음을 한탄하는 심정이 잘 나타나 있다. 이때의 금강산은 한 지명에 국한하지 않고 고국의 그리움과 고향땅의 그리움을 아우르는 장소 혹은 공간이 되고 있다고 본다.

> 鏡湖畔 亭 짖고서 불러서 鏡湖亭
> 이곧에 놀던 선배 무어라 하더이냐
> 亭子야 적다고 한들 情趣야 적을소냐

---

20) 황규수, 『심연수 원본대조 시전집』, 508쪽.

亭 앞에 자라 있는 부들아 마름 풀아
잉어가 서서 잔 곳 네 품안 그곳이지
자다가 깨서 가는 것 그냥 보고 두었더냐
—「鏡湖亭」 전문

6세의 어린 나이에 태어난 곳을 떠남은 곧, 조국 땅을 벗어남이다. 이국땅에서 성장하면서 어렵게 두 번 고향을 찾은 시인은 「경포대」, 「형제암」, 「새바위」, 「죽도」 등의 시조를 남기게 된다.

여기서 그는 둘러본 여러 곳을 다름 아닌 어머니 품 안처럼 아늑한 안식처로 인식하였다.

새바위 꼭대기에 황새가 졸고 있네
낚시 대 쥐고 졸던 늙은이 돌아가고
물새의 安息處가 된 돌무덕 새바위라.

해 지는 저녁마다 물새는 울엇지만
달 없는 어둔 밤엔 무엇이 울어 주고
맘 흐린 나그네시여 이곳에서 맘 맑히소서.
—「새바위」 전문

"해지는 저녁마다 물새는 울엇지만/달 없는 어둔 밤엔 무엇이 울어 줄고"에서 "달 없는 어둔 밤"의 외로움을 그리고 있다. 저녁이 아닌 달 없는 어둔 밤은 울어줄 물새조차 없는 쓸쓸한 상황이라고 하였다. 새바위는 물새의 안식처로서가 아니라, 자신과 같이 맘 흐린 나그네가 마음 맑히는 공간으로 인식한 것이다.

豆萬江 네아니 몇萬年 흘럿맷니
이江을 건너든이 울더냐 웃더냐웅
나는 건너면서 울음과 웃음새옛다

밤은 깊어간다 그러나 깨여있다
흐르는 물소리는 밤공기를 가볍게 치다
아 나는 웨 자지 않고 이밤을 새우려하나

―「국경의 하로밤」

이 시조는 두만강가에서 하룻밤을 머물면서 떠오르는 술회를 적은 것이다. 어릴 때 떠나온 조국으로 간다는 기쁨과 어쩔 수 없이 조국을 떠나야만 했던 지난날의 사연들이 떠올라 화자는 울다 웃다 한다. 그러다 점차 자신과 같은 처지로 이 두만강을 건너 만주로 연해주로 떠나갔던 동포들의 삶을 생각하자, 잠 못 이루고 물소리를 들으며 밤을 지새운다. 화자는 두만강을 보며 개인적인 감회에 빠졌다가, 어느덧 강과 일체감을 이루어 불우한 우리 민족의 고통어린 세월을 반추하고 있다.

둘째, 현실모순에 대한 저항과 삶의 기백을 강조하고 있다.

國賓이 놀던곧도 이곧이 그엿지만
國賓 없는오날엔 主人도 않놀겟지
흙발에 더러워진 石階는 누구의所行인고.

―「경회루」부분[21]

이 시조의 종장에서 시인은 "흙발에 더러워진 石階는 누구의 所行

---

21) 황규수, 앞의책, 79쪽.

인고."라고 함으로써, 지키고 아껴야 할 석계가 국빈 대신 침략자들의 만행에 더럽힘을 당하는 현실에 대해 분노하고 있다. 국빈은 초청에 의해 찾아온 손님이고 의관을 정제한 차림이어야 하는데 흙발로 누각을 더럽히는 존재는 국빈이 놀던 자리에 오를 수가 없어야 한다는 것이다.

시조「남대문」의 "서울을 찾아와서는 한숨짓고 가는 길손."[22)]에서는 과거와 달라진 남대문의 현재 모습에 탄식하였는데 여기서는 한결 더 고조된 분위기를 나타내고 있다.

무엇이 그다지도 그렇게 囚함인지
앉아서 조는 사람 볼꼴이 사나워
사내야 잠을 자도 사내답게 자소서.

요동벌 한복판을 줄달음 하는 車속
네 가는 그곳에는 어느 뉘 기다리나
내려진 카텐을 격해 어둠이 들려 한다.

-「連京線 밤車」전문

위 작품은 『전집』제2부 시조편에 실려 있는 시이다. 이 시에서 "내려진 카텐을 격해 어둠이 들려"고 하지만 비록 잠을 자야 하는 밤이라 해도 의식은 잠들 수 없어야 하는 밤이라야 한다는 것, 그래서 급기야 "앉아서 조는 사람 볼꼴이 사나워/사내야 잠을 자도 사내답게 자소서"라고 피력하고 있다.

현실이 아무리 어렵더라도 꿋꿋이 맞받아 싸워나가는 사나이의 기백을 우리 민족은 가져야 함을 강조한 게 아닌가 한다.

---

22) _____, 앞의책, 75쪽.

히말라야 빙하에 목을 추기고
고결한 천지에 목욕하자
순결한 벽공에다 리상을 달리자.
정의의 고함을 높이 쳐보세.
젊은이여- 산자여

-「세기의 노래」부분-

이 시에서 보듯 심연수는 사나이 기백을 강조하면서 "정의의 앞에 굴복할 자는 / 허위를 감행하던 악마(惡魔)이리라"라고 "세기의 노래"에서 언급한 점으로 보아 조선인의 기백이 살아 있어야 함을 강조하였다고 보여진다.

심 연수에게 있어 고향 상실 체험은 그 상실감의 극복, 즉 상실된 것을 찾겠다는 의지로 연결된다. 심연수 시조에서의 '고향 찾기'는 여타의 도피적 이상주의와 차별화되는 것으로, 식민화된 조국의 현실에 저항하고 주체적 방식을 찾아가는 시인의 의지를 함축적으로 내포하는 메타포로 자리 잡게 된다.

셋째, 정의로운 삶과 불의에 대한 투지를 보여주고 있다.

①
가거라 부대부대 앞일을랑 조심하여
義에서 사는무리 義를찾어 싸호라
네할일 그밖게없으니 그런줄만 믿으소서.

-「흩어지는 무리(1)」[23] 전문

---

23) 위의책, 205쪽.

②
六年이란 그동안 잊지못할一生의한토막
바람세인 北쪽하늘에 黃塵이날릴제
눌러쓴고개를숙여 龍門橋를 건너다녓다.

봄여름 가을 겨울 흐린날 개인날
말없이 혼자서 다니는때도
마음속엔 언제나 네가 동무하여주엇섯다.
                              ―「추억의 해란강」[24] 부분

①은, 1940년 말경 시인이 만 22세의 늦은 나이로 동흥중학교를 졸업하기에 앞서 쓴 연시조 「흩어지는 무리(1)」의 총 일곱 수 중 마지막 수에 해당되는 부분이다. 당시 어려웠던 생활환경 속에서도 4년이란 그리 짧지 않은 시간 동안을 같이 생활했던 학우들과 헤어지려니 한편으로는 섭섭하지만, 다른 한편으로는 정의롭게 살면서 투지력을 길러 앞날을 개척할 수 있어야 함을 강조하였다. 현실의 모순에 아부하지 않고 정의롭게 살면서 투지력을 길러 밝은 내일을 기약하여야 함을 친구들에게 당부하는 내용이다. 이런 정신은 그의 자유시 속에서도 뚜렷하게 나타난다.

빨래를 생명으로 아는
조선의 엄마 누나야
아들 오빠 땀 젖은 옷
깨끗하게 빨아주소
그들의 마음 가운데
불의의 때가 있거든

24) 황규수 편, 『심연수 원본대조 시전집』, 261쪽.

사정없는 빨래방망이로
뚜드려주소

-「빨래」 전문-

그는 정의롭게 사는 것이 삶의 본질이어야 함을 강조한 시인이다. ②는 시인이 일본으로 떠나기 전까지 6년 동안이나 학창 시절을 보냈던 용정의 해란강에 대한 추억을 함께 담고 있다. 그가 목마르거나 괴롭고 힘들 때 해란강은 그에게 이를 해결해 줄 수 있는 생명수와 같은 존재였던 것이다. 당시 시인이 떠나 있던 곳은 일본이지만, 그의 생각은 아직 추억의 공간인 해란강에 머물러 있었던 것으로 짐작할 수 있다. 그러므로 그의 디아스포라 의식은 고국에 한정되어 있지 않고 그를 키운 해란강 주변까지를 포함하고 있음을 알 수 있다.

Ⅲ. 디아스포라의 자각과 조국애

인간은 누구나 태어나면서 고향을 가지지만 실제 지역을 한정하는 의미와 정서적으로 맥을 같이 하는 심리적 고향으로 나눌 수 있다. 실제 존재하는 고향 공간의 의미가 일차적인 공간이라면 마음 속에 존재하는 보이지 않는 심리적 고향 공간도 고향이라고 할 수 있다. 인간은 그가 태어나고 살아왔던 고향을 비록 떠나온 경우라도 고향에 대한 과거체험과 기억들을 항상 내면의식에 깊이 간직하면서 때때로 자신의 현재의 삶과 연관 지어 그것들을 되살려 내곤 한다. 고향의 의미가 비록 과거적 삶의 현장이나 그 체험과 연관되어 있다 하더라도, 그것은 어디까지나 현재적 삶의 방식과 태도와 연관되어 있는 것으로 보아야 한다.

여기서 고향에 대한 인간의 의식은 때로 과거와 현재를 연결시키는 연속적인 시간과 공간의 의식을 형성하기도 하며, 때로는 시간과 공간을 초월해서 인간의 본질적이며 원초적인 의식세계를 구성하기도 한다. 이런 점에서 고향은 의식 내재적이며, 정신적인 차원의 의미를 지닌다. 고향은 한 개인에게 있어서 삶의 근원을 이루는 원초적인 공간이다. 특히 현실에서의 삶이 힘겹고 고통스러울수록 현실타개의 힘으로 또는 현실 극복의 수단으로 고향에 대한 향수를 갖게 된다. 그렇다면 심연수 시조에는 고향의식이 어떻게 나타나고 있는가. 그의 고향의식은 다음 몇 가지로 설명할 수 있겠다.

첫째, 혈육의 체온을 실감하는 곳으로의 고향 의식이다.

> 鏡湖에 잠겨진지 몇 十年 되엿던가
> 兄 바위 옆에 섯는 동생 岩 보소이소
> 世上에 남긴 傳說이 무엇이 있는가요.
>
> 마름에 싸인 여름 얼음에 갖인 겨울
> 兄 동생 서로 있어 의택함이 믿어워서
> 찬 세월 덥게 지내고 더운 때는 선선커다.
>
> ─「兄弟岩」 전문

심연수의 시 중에 형제애를 노래한 유일한 시로 보인다. 형제끼리 서로 의존하며 "찬 세월 덥게 지내고, 더운 때는 신선"하게 지낼 수 있는 공간이었다. 가난해도 형제애와 가족애로 따뜻했던 시절이 강릉이었다고 느끼고 있다. 그렇게 행복했던 곳을 다시 찾아온 심연수는 다시 떠남을 준비해야 하는 나그네에 불과했다. 자신이 경험했던 아름다운 시절의 고향은 이미 추억으로 남아 있을 뿐이다. 그가 찾은 고향에는 멀고 가까운 친척들이 있고 대대로 승계된 심씨 가문의 전통이 그를 맞이하였을 것이다. 이런 감정의 일단이 兄弟岾에서 나타내었다고 보인다.

고향에 대한 애착25)은 공통적인 인간의 감정이다. 그 강도는 문화에 따라, 역사적 시기에 따라 다르다. 유대가 많으면 많을수록 감정적 결속은 더욱 강해진다. 고향은 이정표를 가지고 있다. 이정표는 기념비, 성지, 신성한 전투지 또는 묘지와 같이 대중적으로 중요성을 가진다는 특성이 있다. 이 가시적 기호들은 사람들의 정체감을 드높이는 데 기여한다. 또한 이것들은 장소에 대한 인식과 충성심을 북돋워준다. 장소에 대한 애착은 이기거나 진 영웅적 전투에 대한 기억 없이도 형성될 수 있으며, 마주보고 있는 다른 사람들에 대한 두려움이나 우월감의 속박 없이도 형성될 수 있다. 깊지만 잠재의식적인 애착은 단순히 친숙함과 편안함, 양육과 안전의 보장, 소리와 냄새에 대한 기억, 오랜 시간동안 축적되어 온 공동의 활동과 편안한 즐거움에 대한 기억26)과

---

25) 장소애착topophilia은 이-푸 투안Yi-Fu Tuan의 용어로 인간이 물리적 환경에 반응하는 방식 일반을 의미한다.(이-푸 투안Yi-Fu Tuan, 구동회·심승희 역,『공간과 장소』, 대윤, 1995, 239~259쪽 참조) 그러므로 이는 특정한 장소에 대한 체험이라기보다 본원적 장소감에 가깝다고 보아야 할 것이다.

26) 미국의 문화학자 레이 초우의 논의 등을 참조하면 이산-디아스포라란 '유대인'의 이산을 기원으로 고향으로부터 떠나게 된 사람들을 고찰하기 위해 거듭 사용된 개념으로 ① 기원의 토지와 공간적으로 벗어나지만 ② 그 토지와 정신적으로 유대감을 견지하고, ③ 거기에 '기억'이라는 시간적 요소가 개재하고 있는 상황-존재를 말한다. 이산은 '기억' 속에 있는 '고향'에 집착하면서 '고향'에 대한 '비동일화'를 견지하는 자세이며, 그것은 '뿌리 없는 풀'과 같이 모든 장소를 상대화한다. 즉 어떤 장소에 대해서도 애착과 거리감을 지니는 존재가 아닌 것이다. 이산자에게 '고향'은 고유명을 가지면서 추상화된 공간이고 거기에 근거를 두고 현재의 장소를 상대화하지만, 그들은 '고향'과의 일체화도 기피한다. 스스로 '디아스포라 지식인Diasporic Interectual'이라고 일컫는 '영국'의 사회학자 스튜어트 홀은 출신지 '자메이카'와의 관계에서 자신의 아이덴티티에 대해 말하고 있다. 홀은 영국과 자메이카 쌍방을 모두 잘 알지만, "어느 쪽

시조문학 탐구

함께 온다.

근대 이전의 사회에서는 고향을 떠나는 일 자체가 대단히 예외적인 일이었다. 설사 일시적으로 고향을 떠나더라도 고향으로 돌아가는 길은 항상 열려 있었다. 고향은 언제나 변하지 않고, 그래서 낙향(또는 귀향)과 동시에 본래적인 삶의 회복이 가능했던 것이다. 반면에 근대, 특히 본격적인 산업화가 시작된 이래 변화의 물결 속에서 변하지 않고 원래의 모습을 유지하고 있는 고향은 더 이상 상상하기 어렵게 되었고 귀향을 한다 하더라도 예전과 같은 삶을 누릴 수는 없게 되었다. 고향 상실은 이제 모든 사람이 공유한 체험이 되었고, 향수는 영원히 떨쳐버릴 수도, 충족될 수도 없게 되어버린 것이다.

둘째, 민족적 동질성에 대한 확인이라 하겠다.

> 서울서 밤을자니 서울밤 보곺어서
> 거리에 나서니까 말소리 서울말씨
> 옷도 조선옷이요 말도다 조선말이더라.
>
> 거리엔 힌옷이 조선옷 힌빛이요
> 얼골은 조선얼골 모습도 조선모습
> 눈을 귀를다뜨고 듣고보고 하엿쇠다.
>
> ―「서울의 밤」 전문[27]

연시조 형식을 취하고 있는 이 시조에는, 시인이 이역 땅에는 온전

에도 완전히 동화"되지 않는다. 또한, '고향'이란 "내가 차지하는 것이 불가능한 공간, 차지하기 위해서는 배우지 않으면 안 되는 공간"이었다고 말한다.(나리타 류이치, 한일비교문화세미나 옮김, 『'고향'이라는 이야기』, 동국대학교출판부, 2007, 301~302쪽.)

27) 황규수 편, 『심연수 원본대조 시전집』, 77쪽.

히 느끼기 어려운, 민족적 동질성에 대한 인식이 잘 제시되어 있다. 특히 이 시조에서는 '흰옷'만이 아니라 '조선말, 조선 얼굴, 조선 모습' 등을 통해서 민족적 동질성을 느끼게 되었다는 점이다. "눈을 귀를다 뜨고 듣고보고 하엿쇠다"라는 구절에서처럼 그는 고국 방문에서 많은 체험을 잘 드러내었다. 고향에서 향수를 느끼지는 않지만 고향을 다녀온 뒤 타향살이를 하다보면 고향이 간절히 생각나고, 고향의 모든 것은 본 대로보다 더 아름답게 느껴지는 법이다.

셋째 이국생활 속에서의 적응력과 인내심을 나타내었다.

이역의 피는 꽃이 제 향기 잃을세라
故鄕을 떠난지도 그들의 할아범시절
그들이 色도變해고 그들에 風俗變햇다.

전차도 끊어진 이 심야 거리길에
무한히 취해버린 로씨야주정뱅이
제 혼자 쌍욕하고 갈 지자 걸음이다

아아, 잊을 수는 없으리 이곳의 밤
뭇손이 이곳에서 얼마나 이걸 봤나
나는 화석처럼 서서 밤의 공기를 마신다.

　　　　　　　　　　　　　　　　　－「끼다야쓰카의 밤」 부분

이 시는 수학여행에서 돌아오던 길에 하얼빈의 번화가 끼다야쓰카에서 본 러시아 이주민들의 힘든 삶과 그들이 여전히 가지고 있는 고향에 대한 향수를 그리고 있다. 시인은 이들 러시아 이주민들이 이미의복 빛깔도 풍속도 변할 정도로 오랫동안 이곳에 살았지만, 아직도 그들이 떠나온 곳을 잊지 못하고 있는 모습을 보았을 것이고 러시아인들이 활개 치는 고장에서 기죽어 살아야 하는 현실을 보면서 '화석처럼' 의식이 굳어져버렸을 것이다.

척박한 현실 상황 속에서도 견뎌내는 동포들의 고된 삶을 보면서 그들의 적응력과 그들 마음속에 잠재하고 있는 향수를 읽었다고 하겠다.

넷째, 현실타개를 위한 미래 지향심을 나타내었다.

藏水는 옛안잊고 忠誠을 다햇건만
옛장수 다없으니 그忠誠 아까워라
文德公 싸혼자리 옌가젠가 살펴봣오

淸川江 부대부대 몸조심 하엿다가
새將수 나거들랑 모으신 그솜씨를
마음껏 다하여서 도와나 주옵소서.

―「청천강」 전문[28)

이 시조에서도 과거와 달라진 시대 상황에 대한 안타까움을 먼저 나타내고 있다. 고구려의 명장 을지문덕이 수나라와의 싸움에서 대승을 거두었던 청천강에서, 지금은 그와 같은 용장이 없음에 대한 아쉬움을 표현하고 있는 것이다. 그는 '옛 장수'에 비견될 만한 '새 장수'의 탄생에 대한 기대와 함께, 그의 힘에 의한 현실타개를 꿈꾸고 있는 것이다. 이처럼 시인의 정신이 과거 또는 현재에만 머물러 있지 않고 미래에까지 미침으로써, 그의 시는 현실 도피적이거나 회의적이지 않고 오히려 현실 타개적 미래에 기대를 걸고 있다.

---

28) 황규수 편, 『심연수 원본대조 시전집』, 91쪽.

IV. 결론

심연수는 디아스포라의 삶을 살았다. 일제 강점기 조선인들이 간도로 이주한 것은 그 이유가 경제적이든 정치적이든 일제의 제국주의와 밀접한 관련을 맺고 있다. 그들은 농사를 경작할 토지를 찾아, 혹은 국내에서의 항일운동에 관한 한계에 직면하여 조국을 등지고 떠날 수밖에 없던 상황이었다.

디아스포라에게 '고향'은 고유명을 가지면서 추상화된 공간이고 거기에 근거를 두고 현재의 장소를 상대화하지만, 그들은 '고향'과의 일체화도 기피한다.

사실 식민지 시대에 시인들의 정신 밑바닥에 숨겨져 있던 고향의식은 실제 자신이 태어난 구체적인 고향에 대한 것이 아닌 경우가 많다. 그것은 보다 일반적인 것이며, 개인이 현재 처해 있는 상황이 고통스러울 때 자신의 상처를 어루만져주고 위로해 줄 '상상적인 어머니'를 뜻하는 것이다. 심연수의 경우 그의 디아스포라로서의 삶이 시조에 어떻게 나타나 있는가를 요약 정리하면 다음이다.

먼저 디아스포라로써 나라 잃은 상실감과 극복의지를 나타내고 있는데 여기에는 세 방향으로 나타나고 있다.

첫째, 나라 잃은 상실감이 짙게 깔려 있고, 이것은 그의 개인사적, 민족사적 맥락으로 자리 잡고 있다.

둘째, 현실 모순에 대한 저항과 삶의 기백을 강조하고 있다.

셋째, 정의로운 삶과 불의에 대한 투지를 나타내었다.

다음으로 그의 시조에는 디아스포라의 연대감과 조국애를 나타내었는데 여기서도 몇 가지로 정리할 수 있다.

첫째, 혈육의 체온을 실감하는 곳으로서의 고향 의식이 나타나고 있다.

시조문학 탐구

둘째, 민족적 동질성을 확인하고 있다.

셋째, 이국생활 속에서의 적응력과 인내심을 나타내고 있다.

넷째, 현실 모순의 타개를 위한 미래 지향심을 나타내고 있다.

이와 같이 볼 때 심연수의 디아스포라로서의 삶은 전 생애에 걸쳐 생존의 조건이면서 현실 모순의 타개 정신을 배양하는 현장이기도 하고 한 편으로는 창작의 기본 정신이 되고 있음을 확인하게 되었다.

【찾아보기】

시조문학 탐구

| **초판 1쇄 인쇄일** | 2009년 11월 11일 |
| **초판 1쇄 발행일** | 2009년 11월 13일 |

지은이	임종찬
펴낸이	정구형
총괄	박지연
편집 · 디자인	김숙희 이솔잎
마케팅	정찬용
관리	한미애 강정수 채지선
인쇄처	태광
펴낸곳	**국학자료원**

등록일 2006 11 02 제2007-12호
서울시 강동구 성내동 447-11 현영빌딩 2층
Tel 442-4623 Fax 442-4625
www.kookhak.co.kr
kookhak2001@hanmail.net

| ISBN | 978-89-6137-450-7 *93800 |
| **가격** | 17,000원 |